KB263747

【《古今著聞集》】研究

著者 呉讚旭

제이앤씨

「古今諧聞集」研究

머 리 말

<고금저문집(『古今著聞集』)>은 일본의 설화집 중에서도 특이한 위치를 차지하고 있는 작품이다. 편자미상의 설화집이 많은데 반해 편자의 이름이 남아 있고, 서문이나 발문을 통해 편찬 동기나 경위를 확인할 수 있을 뿐만 아니라 설화의 서술이나 체재가 거의 사서에 준하는 형태를 취하고 있기 때문이다.

편자 타치바나 노 나리스에(橘成季)는 서문에서 "원래 설화집이란 미나모토 노 타카쿠니(源隆国)가 쓴 <우지대납언이야기(宇治大納言物語)>나 오오에 노 마사후사(大江匡房)의 담화를 기록한 <강담초(江談抄)>"와 같은 부류이나, 은거 후 새로운 형태와 내용의 설화집을 써볼 생각이 들어 "실록을 겸하고, 중국경서를 인용하는 대신 일본의 현실 모습을 담은 고금의 가담항설을 수록" 하게 되었다고 밝힌 후, 발문에서는 "다들 부질없는 이야기에 불과하나 쓸모가 있고 없고 간에 옛날부터 전해져 내려오는 것들을 지금 기록해두지 않으면 달리 누가 이런 이야기를 기록해 남기겠는가?" 며 사명감을 피력하고 있다.

그럼에도도 불구하고 편자에 대해서는 아직도 거의 밝혀진 것이 없고, 서술이나 체재에 관해서는 연구가 전무한 상태여서 어느 설화집보다도 본격적인 연구가 절실히 요망되는 작품 중의 하나이다.

본서는 필자가 그간 국내외에서 발표한 논문을 모아 완성한 박사학위논문을 수정, 보완하여 출간한 것으로 전체의 구성은 다음과 같다.

제1장에서는 <고금저문집>의 성립과정과 편찬 동기 및 편자문제를 다루었고, 제2장에서는 작품의 구조와 서술형식에 대해 논하였다. 제3장에서는 설화언설과 화말(話末)의 평어 분석을 통해 텍스트의 특질을 규명하였고, 제4장에서는 「神祇」와 「釈教」, 그리고 「興言利口」편의 내용분석을 시도하였다. 그리고 마지막으로 제5장에서는 고금저문집 내에 초입돼 있는 설화군의 성격에 대해 논증하였다.

<고금저문집>에 관한 연구는 아직 초보 단계에 있어 국내는 물론 일본에서도 종합적인 연구 성과가 나오고 있지 않고 있는 실정인데 그러한 의미에서 본서는 <고금저문집> 연구에 한 획을 긋는 의미 있는 것이 되리라고 본다. 아직 연구가 부족한 부분도 적지 않고 재검토가 필요한 곳도 있을 것으로 보여, 서문에서 "なほ浅見寡聞の疎越を愧づ。偏へに博識宏達の盧胡を招く." 라고 했던 편자 나리스에의 심경이 이해돼지 않는바 아니나, 국내의 일본 설화문학 연구에 조금이나마 보탬이 됐으면 하는 바람에서 출판을 하게 되었다. 많은 지적과 함께 보살핌이 있기를 기대하며 끝으로 본서의 출판에 도움을 주신 많은 분들께 깊이 감사드리는 바이다.

2005년 7월

저자 씀

目 次

Ⅲ部

抄入話の研究

『古今著聞集』研究

『古今著聞集』研究

序言

一　『古今著聞集』という説話集

　『古今著聞集』(以下、『著聞集』と略す)は不思議な説話集である。七百二十六話(うち、七十九話は後期抄入話)に及ぶ所収話を読んでいくと、そこには宮廷の儀礼や御遊に関する雅な話があるかと思えば、他に類を見ないような極めて露骨な性話があり、年号から月・日・時刻を正確に記す「実録」1)風の説話もあれば、まったく自由な形で書かれたものもあるなど、内容・形式共々非常に多様性に富んでいることが目に付く。説話集は、編纂の形態を問わず、内容と形式にそれぞれの志向性を持っているのが一般的である。即ち、仏教説話か世俗説話かという風に、叙述の形式に統一性はなくても同種の話柄によって構成されているか、もしくは『今昔物語集』のように、内容は多岐に亘っていても叙述形式が一定であるかの、どちらかが普通である。ところが、『著聞集』は組織においては最も完璧な形を取っていながら、所収説話の一つ一つは、篇巻別の傾向はあるものの、多様な形を呈しているのである。『著聞集』の内容・形式に見られるこのような特徴は、整纂説話集としては珍しいもので、『著聞集』の個性と言ってもよさそうなものであるが、意外にこの点はあまり注目されていない。

---

1) 編者は序の中で『古今著聞集』が「…頗る狂簡たりと雖も、聊かにまた実録を兼ぬ。」と、実録を志向する書物であることを明らかにしている。

二　享受史と研究史

1　享受史

　では、これまで『著聞集』はどのように読まれてきたのであろうか。取り
あえずしばらく『著聞集』の享受史を振り返ってみることにしよう。『著
聞集』の編者橘成季は序の中で、「偏へに博識宏達の盧胡を招く。ゆめゆ
め蝸廬を出さざれ。謬って鴻宝に比す」と、自著の門外不出を命じ、跋で
も、「そもそもこの集においては、他見をゆるすべからず。若し子孫の中
に、この鑑誠をそむきて跳外にいだすものあらば、我が子孫たるべからず。
氏の明神かならず照罰を加へ給ふべきものなり」と繰り返し厳しく禁じて
いるが、その一方、「但し人によりて許否あるべし。事にしたがひて思惟を
いたすべし。繊芥のへだてなく、等閑の儀あさからざらむには、間これをゆ
るすべし」と、自ら例外を認めたためか、編纂(建長六年：一二五四年)
後、「蝸廬」を出て広く流布していたようである。『著聞集』の本文に諸
書より抄入が行われたのもそのためであるが、暦応二年(一三三九)には、
「六旬」の「老桑門」(奥書)によって抄入話を含む本文が書写されてお
り、『看聞御記』(応永二十三年：一四一六〜文安五年：一四四八)に三
つの異本(「禁裏本」、「後崇光院本」、「飛鳥井本」)に関する言及が
あるのを見ると、編纂されてから二百年が経たないうちに、数本の異本を
産むほど読まれていたようである。しかも、異本の呼称に明らかなように、
読者は宮廷の貴顕層を中心に広がっていたようである。

　『著聞集』が世に広く知られるようになったのは近世になってからのこと
で、元禄三年に刊行された版本は『著聞集』の存在を一気に一般の人々
の間にまで広めたと見られる。志村有弘の詳細な研究[2]に見るごとく、寛

---

2) 志村有弘「「古今著聞集」の系譜」、『相模国文』第九号、昭和五十七年三

文年間以降、「著聞」を名乗る書物がにわかに増え、『著聞集』との影
響関係が認められる作品も少なからず登場している。山岡俊明の『逸著聞
集』や堀江政富等の『古今妖魅考』などに『著聞集』の影響が認められ
ており3)、上田秋成が『著聞集』を参照したことも確認されている4)。とこ
ろで、近世の文人たちが『著聞集』の中で興味を示したのが「興言利口」
篇と「魚虫禽獣」篇といった、いわゆる「街談巷説」(序)の部類であった
のは興味深いことである。「公事」中心の貴族的世界を扱った篇々はすで
に人々の関心から遠のいていたのである。

　近代になってからは、物語性を重視する風潮が流行る中で、「実録」的
傾向の強い『著聞集』は「文学」として認められなかった上に、近世に注
目されていた「興言利口」篇さえもきわどい内容の性話群の存在が手伝っ
て、戦前はほとんど冷遇に等しい扱いを受けていたが、戦後、説話文学が
再評価される動きの中で、「興言利口」篇や「偸盗」篇など、「街談巷
説」が再び注目を集めている。

2　研究史

　『著聞集』の研究は近世から始まる。それについては日本古典文学大系
本『古今著聞集』の解説(五　「研究文献解題」)に詳しいので詳論は避け
るが、語釈(『古今著聞集問答』)や本文の考証(『鳴門中将物語考証』、
『大井河行幸和歌考証』)が中心をなすものであったと要約できよう。

　初めて全巻を対象とする研究が行われたのは明治時代になってからであ
る。矢野玄道の『古今著聞集私記』(明治十六年)はその先駆をなすもの
で、本文、語釈、出典に大変詳細な考証を加え、『著聞集』注釈の礎と

　　月。
3) 注 2)に同じ。
4) 中村幸彦「上田秋成と古今著聞集」、『文学』、昭和二十八年十月。

なっている。しかし、それはあくまでも注釈作業であって、『著聞集』を作品として読もうとするものではなかった。『著聞集』に関する本格的な研究が始まるのは大正時代に入ってからである。文学史を新しく組立て、記述しようとする動きが顕在化する中で、説話文学が文学史の一領域として位置づけられるようになるが、このような流れに乗って『著聞集』についてもその文学的特質を問うようになったのである。藤岡作太郎や尾上八良の仕事5)はその代表的なものであるが、尾上の「説話の編輯は、創作力の欠乏した時代の事業6)」という発言に見るように、当時の研究者たちは説話文学については偏見と言うべきものを抱いていたようである。『今昔物語集』や『宇治拾遺物語』は、その物語性を評価して積極的に取り上げているが、記録類の多い『著聞集』については、「一纂録に過ぎぬ7)」と酷評し、また、「興言利口」編のような物語性のあるものに対しても、性話群の存在を挙げ、「事男女間に及ぶと、猥雑陋醜が甚だしく、口に上すべからざるほど度を過ぎてゐる。これは実に顰蹙すべきものである8)」と厳しく貶している。尾上らの『著聞集』に対する評価は爾来『著聞集』認識の典型となったと言っても過言ではなく、現在に至るまで何らかの形で尾を引いているのは否めないことである。

　昭和になってからはテクストの活字化が活溌に行われ、数多くの『著聞集』が全集の一部として発行され、その存在が世に広く知られるようになるが9)、これに伴い作品の細部に亘る細心な考証が「解説」という形で纏められ、『著聞集』の研究は大きく前進した。その主たる存在は大森史郎

---

5) 藤岡作太郎『鎌倉室町時代文学史』、大倉書店、大正四年。尾上八郎『校註日本文学大系』第十巻の解題、国民図書、大正十五年九月。
6) 尾上の前掲解題、二十二ペー。
7) 注6)に同じ、三十五ペー。
8) 注6)に同じ、二十六ペー。
9) 代表的なものとしては、日本古典全書本(昭和四〜五年)、国史大系本(同五年)、岩波文庫本(同十五年)などが挙げられる。

の「古今著聞集考」(日本古典全書本)で、編者から成立、編成、伝本、抄入話にいたるまで緻密な考証を行なっているが、現在の研究水準から見れば不備なところも多々あるものの、戦前の『著聞集』研究の一頂点を示している。もう一つ特記すべきは、永積安明による伝本研究である[10]。四十を越える『著聞集』の伝本の系統を精査し、二部門 ・四類・八種に整理した氏の業績は今日でも尚色褪せることなく広く支持されている。

　戦後、『著聞集』の研究は転機を迎えることになるが、まずは岩波日本古典文学大系本と新潮日本古典集成本『古今著聞集』の登場を挙げねばなるまい。両書は本文ばかりでなく、それまでの研究成果を解説にまとめあげ、『著聞集』の研究環境を一新させた。そしてそれまで白眼視されていた「興言利口」篇が再評価され、『著聞集』の〈負〉の部分に関する研究に光が当てられたことである[11]。

　また、冒頭形式、表現、語法(福田益和)．説話の配列(小林保治)、文体(峰岸明)、編者論(篭谷真智子、五味文彦、宮田和美、小林保治、松本麻子など)、編成(出雲路修)、系譜(志村有弘)、抄入話(泉基博)、序文(荒木浩)など、各方面における研究が地道に行われ、『著聞集』研究の裾野は戦前に比べ著しい広がりを見せている。

三　問題の提起

　『著聞集』研究の裾野が広がったことは確かであるが、集全体を視野に

---

10)　永積安明「古今著聞集伝本考」上・下、『国語と国文学』、昭和九年七、九月。
11)　塚崎進「古今著聞集の笑い」、『国文学解釈と鑑賞』、昭和四十年二月。織田正吉『日本のユーモア2古典・説話篇』、筑摩書房、一九八七年六月。大谷伊都子「笑話の分析―『古今著聞集』巻十六「興言利口」について―」(『宮地裕・敦子先生古希記念論集日本語の研究』所収)、明治書院、平成七年十一月。

入れた総合的な研究はほとんど行われず、ことに『著聞集』の説話言説の固有な特質を究明しようとする試みなどは全くなされることがなかった。未だに『著聞集』を体系的に論じた研究書が一つも出ていないことに明らかなように、他の説話集の研究に比べ遥かに後れているのは紛れもない事実である。

　『著聞集』の研究がこのように停滞している背景として、『著聞集』に対する先入観の影響を無視するわけにはいかないだろう。なぜなら、〈享受史〉でも触れたように、「実録」的な性向や露骨な性話群のために『著聞集』はずっと敬遠の対象となっていたからである。が、それと共に『著聞集』の内部の問題、つまり、『著聞集』という説話言説が抱えている複雑な性格がより根本的な要因として横たわっていたことを指摘せざるを得ない。周知のとおり、『著聞集』には「実録」的な部分と物語的な部分とがあるが、それぞれの説話言説は、内容は勿論のこと叙述形式も非常に多様な形を呈していて、その位置づけや整合性のある解釈の定立が至難だったからである。『著聞集』を論じることは、取りも直さず「実録」志向と「物語」志向の説話が混在する『著聞集』の説話言説をどのように位置づけ、かつ統一的に捉え直せるかを問うことに他ならないが、説話集研究が様々な分野で刮目すべき発展を遂げつつある情況の中で、『著聞集』についても本腰を入れて研究に立ち向かわなければならない時点に来ているのは言うまでもない。

四　本書の構成

　如上の状況を踏まえ、本書では『著聞集』の形式と内容の全般に亘って次のように考察を進めることにしたい。

　Ⅰ部は、『著聞集』の書名、編者、構造、叙述など、主に編纂と形式

にかかわる基礎的事項に関する論考によって構成されている。最初の検討
対象は、『著聞集』という書名の命名動機である。なぜ「著聞」でなけれ
ばならなかったのかを究明することによって、編者の自著にかける期待と抱
負を明らかにして行きたい。それは次節の編纂の動機にも繋がることで、こ
こでは序と跋の読み直しを通じて、説話集の私撰という行為の持つ意義を
検討することにしたい。そして、第三節では、出自の詮索に始終したこれ
までの編者論を止揚し、テクストの分析を通して作品内部から編者像を捉
えて行きたい。

　第二章では『著聞集』の構造と叙述形式を取り上げる。第一節では二
十巻三十篇から成る『著聞集』の編成がどのような構想と内的論理によっ
て組み立てられているかを検討し、第二節では、『著聞集』の時空間がど
れほどの広がりを有し、登場人物はどのように構成されているかについて述
べることにしたい。前者が作品の枠組みを問題とするものならば、後者は説
話の基本的な構成要素を明らかにしようとするものである。第三節では、
『著聞集』の冒頭形式の特徴を取り上げることにする。『著聞集』の冒頭
形式は、説話集の伝統的な形式を受け継いでいないという点で異質と言え
るが、その異質性がどこから起因するものかを考えて行きたい。

　Ⅱ部は『著聞集』の説話言説に関する論考によって構成されている。まず第三章では、『著聞集』の説話言説の位相問題と話末評語の特質を取り上げることにしたい。いわゆる「〈実語〉と〈妄語〉の相剋と葛藤」[12]の構造が『著聞集』においても認められるかを問うことが前者の目論見であり、話末評語の分析を通して編者のものの見方を読みとろうとするのが後者の狙いである。第四章では、「神祇」・「釈教」篇と「興言利口」篇など、篇別の説話世界の特質を考察して行きたい。

　Ⅲ部は抄入話に関する論考によって構成されている。七十九話に及ぶ後

───────────────

12) 小峯和明「実語と妄語の〈説話〉史」（『日本文学史を読むⅡ　古代後期』所
　　収）、有精堂、一九九一年五月、二四三㌻）

期抄入話は、編者の手によるものでないので研究の対象から除外されるの
が一般的であり、本書でも対象外としたが、その代わり、抄入話の中でも
中心をなす『十訓抄』よりの抄入話を対象に、抄入の方法、抄入元となっ
たテクスト、抄入者などについて検討することにしたい。

I 部
基礎的研究

第一章
『古今著聞集』の成立と編者

第一節　「著聞集」から『古今著聞集』へ
-『古今著聞集』の書名考 -

一　はじめに

　『古今著聞集』。橘成季が長年の苦労の末完成した自著に付した書名である。どこか生硬で、しかも幾分仰々しい印象すら与える書名であるが、それが「古今」と「著聞」という漢語、ことに「著聞」という耳慣れぬ言葉に起因することは言うまでもない。

　『古今著聞集』という命名が『古今和歌集』を意識したものであることはもはや贅言を要すまい。集の体裁が二十巻編成であること、集の完成を祝って竟宴を行ったこと(跋)、そして何よりも「古今」という語を冠していることなどがそれを裏づけている。『古今著聞集』(以下、『著聞集』と略す)の「古今」については、典拠も明らかであるし、編者自身が序と跋の中でそれぞれ、「日域古今の際」(序)、または「いそのかみふるきむかしのあとより、浅茅がすゑの世のなさけにいたるまで」(跋)などと、所収説話の空間的・時間的な広がりを明記しているので選語の背景が分かりやすい。ところが、「著聞」の方は出処も語意も用例が少ないため、選語理由が気になるところである。

　「著聞」という語の出所については、すでに江戸時代に山岡俊明の指摘があり、下っては大正期の野村八郎、昭和期の大森志朗、永積安明らに

よって次第に詳細な調査が行われ[1]、それが中国でも日本でも動詞もしく
は名詞として使われていたことが明らかにされている[2]。そして、その語意
については、中島悦次が「著名な話といふ意味」[3]という見解を示して以
来、これが広く認められ、昭和五十年刊の『日本国語大辞典』(小学館)
の「世間によく知られること」という定義に落ち着いている。

　ところが、如何に出所が判明し、語意が一般化されても、編者がこの語
を書名の一部に採択した意図は依然として不明と言う他はない。そのよう
な意味で、「説話本文における「著聞」に照応する表現の検討」を行った
福田益和の試み[4]や、「著聞」を「聞く事をあらはしたもの」と解釈した
荒木の読み[5]は、「著聞」の名義を『著聞集』の表現の中から読み取ろう
とした点で『著聞集』の書名研究に新しい地平を開いたものであった。

　が、「著聞」を「あらはれきこえ」た説話の漢語的表現と見る福田の意
見は、「よきこと」と「あしきこと」(跋)、雅と俗、ハレとケとに分節さ
れ、それぞれの世界の内容と表現が一様でない『著聞集』を一律に捉え過

---

1) 山岡俊明『類聚名物考』(井上頼国・近藤瓶城校訂、明治三十六〜年)
　　野村八郎「古今著聞集」(『増補鎌倉時代文学新論』、明治書院、大正十一
　　年十二月)
　　大森志朗「古今著聞集考」(日本古典全集『古今著聞集』下、日本古典全書
　　刊行会、昭和五年四月)
　　永積安明　日本古典文学大系本『古今著聞集』の「解説」(岩波書店、一九六
　　六年三月)
2) 漢籍の場合は、『大漢和辞典』に漢書・論衡・後漢書の例が引かれているほ
　　か、福田益和の「「古今著聞集」小考—名義をめぐって—」(『語文研究』第
　　三七号、九大国語国文学会、昭和四十九年八月)にその他の例がほぼ網羅され
　　ており、日本の例は、福田の論文の他に、「撰択伝弘決疑鈔」(沙門良忠)の
　　「於戯五千三百之恢弘也。巻舒積レ年。南三北七之著聞也。鑽仰累レ日」な
　　どが知られる。
3) 中島悦次「宇治拾遺物語と古今著聞集との性格」(『解釈と鑑賞』、昭和十六
　　年二月、八九ジ)
4) 注 2)の福田論文、五八ジ。
5) 荒木浩「説話の形態と出典注記の問題—『古今著聞集』序文の解釈から—」、
　　『国語国文』第五十三巻第十二号、昭和五十九年十二月、五ベ。

ぎている嫌いがあり、荒木の見解も、全般的に頷けるところが少なくない
が、幾つかの問題点が見受けられる。そこで本節では、「著聞」の名義を
中心に既存説、ことに荒木説を批判的に継承する形で私見を述べることに
したい。

二　巧語／清談／著聞

『著聞集』には「著聞」という言葉が二回登場する。いずれも序文の中
であって、

　　　それ a 著聞集といふは、宇県の亜相が巧語の遺類、江家の都督が清談
　　の余波なり。〈中略〉註緝して三十篇となす。編次すること二十巻、名
　　づけて b 古今著聞集と曰ふ。〈後略〉

　　　（＊本文は新潮日本古典集成本『古今著聞集』によった。以下同
　　じ。＊＊原文は漢文。引用部分の原文は次のようになっている。「夫著
　　聞集者、宇県亜相巧語之遺類、江家都督清談之余波。〈中略〉註緝為三
　　十篇、編次二十巻。名曰古今著聞集」）

という箇所の、傍線部 a と b の中の「著聞」がそれである。ここで注意す
べきは、いずれも「著聞」が独立しては使われずに、「著聞集」・「古今
著聞集」のように、複合名詞として使われているということである。「著
聞集」とは、単純に解釈すれば、「著聞」を集めたものという意味になる
ので、「著聞」の意味が明らかになれば、「著聞集」の意味も自ずと明ら
かになるはずだが、本文の中には「著聞」に関する説明が何もないため、
逆に「著聞集」から「著聞」の意を類推するしかない。
　では「著聞集」とは何だったのか。編者によれば、それは「宇県の亜相

が巧語の遺類」で、「江家の都督が清談の余波」というものであった。「宇県の亜相が巧語」、つまり『宇治大納言物語』と、「江家の都督が清談」、即ち『江談抄』の「遺類・余波」だというのである。従来、この「著聞集」は『著聞集』を指すものと認識され、冒頭の記述も、「説話文学についてのジャンル意識というべきものがあったということになる貴重な言表」6)と受け止められていたが、それに異議を唱えたのが荒木であった。荒木は真名序の一般的な叙述法を引き合いに出して、

  『古今著聞集』もまた、その序文は、『古今集』、『新古今集』の真名序を念頭に置いて書かれている。〈中略〉そして当然のことながら、冒頭の部分も、
    夫和歌者、託其根於心地。発其華於詞林者也。   （古今）
    夫和歌者、群徳之祖、百福之宗也。   （新古今）
  という部分に対応するのは間違いない。「夫和歌者」とは、「和歌というものは」との意であり、和歌たるものの概念規定をしている、定義を述べているところである。とすれば、「夫著聞集者」というのも、「私の著聞集は」と語っているのではなく、「一般に著聞集というものは」とのジャンルの概念を定義しているところ、と読むべきである。

と、冒頭の「著聞集」は、平安時代に現れた両大説話集の流れを汲む書物類をあらわす「ジャンルの概念」として使われているに過ぎないと主張した7)。そして「巧語」と「清談」の訓み方の分析を通して次のような「仮説」を打ち出した8)。

---

6)　西尾光一　新潮日本古典集成本『古今著聞集』の解説、四八三ジ。
7)　前掲の荒木論文に同じ、三ジ。
8)　前掲の荒木論文に同じ、四ジ。

「宇県亜相が巧語」が『宇治大納言物語』であるならば、「巧語」とは「物語」の漢語化であろう。「清談」も、『日本書紀』の古訓に「モノガタリ」と訓まれている如く、「物語」と置きかえうる。そして両書共に、「物語」とは、今日でいう、「説話集」に相当すべき、「ものがたり」の「集」という実体を持っていたと考えられる。されば「著聞集」とは、「ものがたり集」のこと、すなわち「著聞」の背後にある和語とは「ものがたり」である、という仮説がたてられる。

　そして、「ジャンルの概念」をあらわす「著聞」の中から「物語」の意味を読みとった荒木は更に一歩進んで、

　　「著聞」とは、「著レ聞」であり、「聞く事をあらはしたもの」であるとの説明のため、「著」という字を意味的にも、用法上からも、一対一に対応する「あらはす」という語がここに置かれるべく選ばれた、という推定は成り立たないだろうか。

と、「著聞」とは「聞く事をあらはしたもの」の意であるという見解を提示した9)。

　「著聞」の背後に「ものがたり」があるという荒木の「仮説」は、跋に記されている、「時にとりてすぐれたる物語をあつめて…つぎつぎにその物語をあらはせり」という編者の記述から見て充分説得力を持つものである。「著聞」はつまり「ものがたり」であり、ここで言う「ものがたり」とは今日われわれが言う「説話」であるから、「著聞」は即ち「説話」であり、従って「著聞集」は「説話集」に他ならないという荒木の読みは当を得たものと考えられる。

---

9) 前掲の荒木論文に同じ、五ジ。

　ところが、荒木の所説には指摘すべき問題点が幾つかある。その一つは、ものがたりを「巧語」と翻訳した編者がなぜ新たに「著聞」という造語を作らなければならなかったのかについて十分な説明がなされていないことである。「巧語」も「著聞」も「ものがたり」ならば、両者は如何なる関係にあり、かつ区別されなければならないかが明らかにされるべきであろうが、それが明確にされていないのである。

　もう一つは、「ジャンルの概念」としての「著聞集」と、本集の『著聞集』との差異が十分説明されていないことである。「著聞集」から『著聞集』への移行過程は『著聞集』の本質に関わる問題であるだけに、もっと丁寧な説明を必要とするところであるが、それがなされていないのである。そこでこれからしばらくこれらの問題について考察を行ってみたい。

　まずは「巧語」と「著聞」との差異であるが、「巧語」という訳語の意味の内包と外延を把握するためには何よりも出所の『宇治大納言物語』の方から接近して行くのが順序であろう。『宇治大納言物語』は散逸のためその全容は不明だが、『宇治拾遺物語』の序の、

　　世に、宇治大納言物語といふ物あり。〈中略〉天竺の事もあり、大唐の事もあり、日本の事もあり。それがうちに、貴き事もあり、をかしき事もあり、おそろしき事もあり、哀なる事もあり、きたなき事もあり、少々は、空物語もあり、利口なる事もあり、様々やうなり。〈後略〉
　　　　　　　　　（本文は日本古典文学大系本『宇治拾遺物語』による）

という記事及び散逸を免れた逸話群の内容などから判断すると、虚構を建前とする雑多な説話から成る『今昔物語集』系の説話集に非常に近い内容のものであったと推測される。「巧語」とは従って、右の『宇治拾遺物語』の序に述べられているような、「様々やうな」る話柄から成る「物語」を漢語化したもの、と見て差し支えなかろう。

　ところで、『著聞集』には「巧語」の用例が他には見当たらないが、それと近い意味の言葉に「利口」という言葉が見られる。即ち、「興言利口」篇の小序の、「興言利口は、放遊境を得るの時、談話に虚言を成し、当座殊に笑ひを取り、耳を驚かすこと有るものなり」という記述の中の「興言利口」がそれであるが、この語は前に引用した『宇治拾遺物語』の序の言説を借りれば、「をかしき事」、「きたなき事」、「空物語」、「利口なる事」などの総称として用いられている。「利口」とは即ち「巧言」（『日本国語大辞典』）のことなので、巧語・巧言＝利口（興言利口）という等式が成り立つが、主に「街談巷説」（序）を集めた「興言利口」篇は滑稽、艶笑、作り話、奇抜な物言いに関する逸話で埋められていて、まさに「巧語」のオンパレードとなっている。

　しかし、「巧語」であれ「利口」であれ、所詮「虚言」にすぎないこれらの話柄は、「実説」（三九四話）と「正説」（二七六話）に拘泥し、至る所で「おぼつかなし（おぼつかなきことなり）」10)、「尋ぬべし」11)を連発している編者にとっては、副次的な関心事項に過ぎなかっただろう。『著聞集』の一つ一つの説話（＝物語）の漢語訳として「巧語」を選ばなかったのはこのような理由からではないだろうか。

　編者は「著聞集」の系列として、『宇治大納言物語』の他に『江談抄』を挙げている。一方の「巧語」に対し「清談」と訳された『江談抄』は、現在の水準から判断すれば、「記事には誤りが多く、価値は匡房の知見よりは貴族・詩人の説話を記すところにある。」12)という程度の評価に

---

10)「おぼつかなし」は二、五、八、一一一、一四三、二〇五、三八四、四七八、四八二、六五〇、六九五、七一一話に、「おぼつかなきことなり」は二、一三一、二七六、四五六、五八三、六六七、六八六話に見られる。

11) 二五四、二六一、三九四話。この他にも、「委しく尋ねて注すべし」（三八四話）、「尋ねてしるすべし」（一三、二二四話）、「尋ね侍るべし」（四五六話）、「くはしう尋ねてなほすべし」（四七八話）、「なほ尋ぬべし」（五一七話）などが見られる。

12) 篠原昭二『日本古典文学大辞典』（岩波書店）の「江談抄」項目。

留まるものであるが、当時故実有識の口伝として重宝された書物であった
ことは改めて言うまでもない。この書に見える如き口伝による老若間の知
識の伝承を編者は「清談」と言ったが、この語は『著聞集』の本文中に一
回のみ用例が見られる。即ち、「孝行恩愛」篇の三〇五話に、

> 軼人監物頼能、重病をうけたりける時、大納言重通卿みづから行き向
> ひて訪はれけり。大方精進せられざりける人の、頼能早世の後は、その忌
> 日毎に魚肉を食せられざりけり。夢中に頼能清談する事、その数を知らず
> 多かりけり。

と見えるのがそれであるが、笛の名人同士が幽明相隔てて管絃に関する対
話を交わしたことを指して編者は「清談」という言葉で表現している。同
じ対話でも、編者は次に見る如く人々が寄り合って交わす世間話は「清
談」と言わず、「雑談」と使い分けている。

> ・後白河院の御所、いつよりものどかにて、近習の公卿両三人、女房少々候
> ひて雑談ありける時、…　（三二二話、「好色」）
> ・順徳院御位の時、或る所の恪勤者、よりあひて雑談しけるに、
> 　　　　　　　　　　　　　　　　　　　　　　（五三八話、「興言利口」）
> ・さてその後寄り合ひて、雑談・酒宴などしけるとかや。
> 　　　　　　　　　　　　　　　　　　　　　　（五七六話、「興言利口」）

　「清談」とは故実や芸能についての、専門家同士の問答または対話を意
味する言葉であった。荒木は「清談」について、「『日本書紀』の古訓に
「モノガタリ」と訓まれている如く、「物語」と置きかえうる。」と述べ
ているが13)、『著聞集』の編纂に際し、編者が『日本書紀』を直接参照

13）前掲の荒木論文に同じ、四ジ。

したという確証がない上に、『江談抄』の題も「江」の「談」となっていること、そして本文上の用例などから判断すれば、「清談」を「モノガタリ」と訓むのは無理ではないかと思われる。

三　記すと著す

　荒木説が抱えている二つ目の問題点、つまり「著聞集」と『著聞集』との差異はどこにあるのか。その答えの一端は編者自身が明らかにしている。つまり、序と跋の中で編者は『著聞集』の編纂に至る経緯を次のように述べている。

　　風流の地勢に随ひ、品物の天為に叶ふ、悉く彩筆の写すべきを憶ふ。これによつて或は伶客に伴ひて潜かに治世の雅音を楽しみ、或は画工に訛へて略振古の勝概を呈す。蓋し居ること暇景多かつしより以降、閑かに徂年に度るの故に、この両端を勘ふるに拠つて、その庶事を捜り索む。註緝して三十篇となす。編次すること二十巻、名づけて古今著聞集と曰ふ。
　　頗る狂簡たりと雖も、聊かにまた実録を兼ぬ。敢へて漢家経史の中を窺はず。世風人俗の製有り。只今、日域古今の際を知つて、街談巷説の諺有り。(序)

　　この集のおこりは、予そのかみ、詩歌管絃のみちみちに、時にとりてすぐれたる物語をあつめて絵にかきとどめむがためにと、いそのかみふるきむかしのあとより、浅茅がすゑの世のなさけにいたるまで、ひろく勘へ、あまねくしるすあまり、他の物語にもおよびて、かれこれ聞きすてず書きあつむるほどに、夏野の草ことしげく、もりのおちばかずそひ侍りにけり。これ、そこはかとなきすずろごとなれども、いにしへより、よきこともあしきことも、しるし置き侍らずは、たれかふるきをしたふなさけをのこし侍るべき。

> これによりて、或は家々の記録をうかがひ、或は処々の勝絶をたづね、し
> かのみならず、たまぼこのみちゆきずりの語らひ、あまさかるひなのてぶり
> のならひにつけて、ただに聞きつてに聞く事をもしるせれば、さだめてうけ
> る事も、またたしかなることもまじり侍らんかし。つひに部をわかち巻をさ
> だめて、三十篇二十巻とす。篇のはしばしにいささかそのことのおこりを
> のべて、つぎつぎにその物語をあらはせり。(跋)

　この序、跋の記述を頼りに『著聞集』の編纂過程を再現してみると、
『著聞集』は凡そ次のような長くかつ複雑な経緯を経て今日のような形に
なったものである。

　a　最初は絵にするために詩歌管絃に関する説話の収集を始める
　b　「ひろく勘へ、あまねくしる」しているうちに、考えが変わって他の物語
　　　へと収集対象が広がる
　c　そのうち、ある使命感とも言うべきものが芽ばえ、世相をありのままに描
　　　こうと決心する
　d　「家々の記録をうかがひ、所々の勝絶をたづね、ただに聞きつてに聞く事
　　　もしるす」など、本格的な資料収集活動に乗り出す
　e　篇巻区分という、集の枠組み作業に入って、まず三十の篇に「註緝」し
　　　てから、さらに二十巻に纏めるという「編次」作業を行う
　f　各篇に小序を書き、説話を配列して形を整える
　g　書名を付す

　序と跋で繰り返し述べられているのは、『著聞集』の編纂が、作画の資
料としての詩歌管絃に関する話柄の収集から始まったことである。編者成
季は、生まれが「芳橘の種胤」(序)であること以外は自らの出自や経歴に
ついてほとんど語っていないが、藤原孝時から琵琶を習んで、「伶客に伴

ひて潜かに治世の雅音を楽し」んだり、絵を好んで、「画工に誂へて略振古の勝概を呈」したりする一方、盛時には詩歌を嗜む暮らしをしていたことが、「予そのかみ、詩歌管絃のみちみちに」という序、跋の記述から窺える。詩歌管絃という、貴族階級の教養分野へのに関心から始まった説話の収集は、何がきっかけとなったのかは不明だが、それ以外の話柄にも目が向けられるようになり、「世風人俗の製」、「街談巷説の諺」、「家々の記録」、「みちゆきずりの語らひ」といった、言うならば世俗の物語と語りにまでも手が出せるようになったのである。結果的に『著聞集』は、「公事」「文学」「和歌」「管絃歌舞」など、貴族階級の文化的な事象に関する事柄を軸に、「興言利口」「偸盗」「宿執」などの「巧語」・「清談」の言説を加味した、巨大説話集へと生まれ変わったわけであるが、「著聞集」と『著聞集』との相違点の一つはここにあると言えよう。

　もう一つ、両者を区分するのは説話叙述の違いである。すでに述べたことであるが、「巧語」は「様々やうな」る話柄から成る説話言説であったし、「清談」は対話から成る説話言説であった。ところが、『著聞集』は、原資料が「物語」であれ、「語らひ」であれ、内容の真偽を正して、「実説」もしくは「正説」へと価値変換がなされているところにその言説の特徴が見られる。

　では、「実説」もしくは「正説」としての「著聞」とは如何なるものであったのか。説話集としての『著聞集』の特徴は「著」の世界と「聞」の世界が共存しているところにあるが、実は編者が最も苦心したのもそれを確かめ、明らかにすることであった。編者は跋の中で、「或は家々の記録をうかがひ、或は処々の勝絶をたづね、しかのみならず、たまぼこのみちゆきずりの語らひ、あまさかるひなのてぶりのならひにつけて、ただに聞きつてに聞く事をもしるせれば、」と、『著聞集』の膨大な説話をどのような過程や方法でもって収集したかを明らかにしている。ここで「家々の記録をうかが」ったというのは、すでに編纂された書籍類から必要な資料を得たことを意味し、「聞きつてに聞く事をもしる」したというのは、自らの耳で直に聞いたことを選んだことを指している。編者はつまり、説話の取材方法として書承ばかりでなく、口承をも取り入れたことを明らかにしているわけであるが、これは「実録を兼ね」、「街談巷説の諺」を載せたという序文の表現とも照応するところでもある。

　現に編者は収録話が絵空事ではなくてすでにどこかに記されていることか、もしくは自分自身の耳で聞いて確かめたことであることを証明するために随所で注記や附記をつけている。例えば、すでに書かれていること、つまり「著」であることを証明する注記は次に示す如く計十三の例が見出せる。

・その日の御記に云はく、（二話、「神祇」）

・宇治の左府の御記には、御堂の御事にやとぞ侍るなる。

　　　　　　　　　　　　　　　　　　　　　（一八話、「神祇」）

・委しき旨は伝の文を見よ。（三五話、「釈教」）

・奥に大師、記を書かせ給へり。その御記に云はく、（三八話、「釈教」）

・かの日記には侍る。（五五話、「釈教」）

・この事更にうける事にあらず。法深房語り申されしうへ、三位の入道、この事を記したる状に判を加へて法深房のもとへ送りたる状を書き侍るなり。（二九一話、「能書」）

・宇治の左府の御記に、「頼長、初め…」（三〇八話、「孝行恩愛」）

・小野宮の記に見えたり。（六一五話、「飲食」）

・「江記」に見えたり。（六五三話、「草木」）

・「中右記」に見えたり。（六五八話、「草木」）

・「為範記」に見えたり。（六五九話、「草木」）

・この物語は「法花伝」にも見えたり。（六八一話、「魚虫禽獣」）

・委しくは別記にあり。（六八三話、「魚虫禽獣」）

　次に聞いたこと、即ち「聞」であることを確認する附記は十カ所で確かめられる。

- 「かかる不思議こそありしか」とて、親守語りしを聞きてしるし侍るなり。(六八話、「釈教」)
- まさしく見たるとて、人の語り侍りしなり。(二一四話、「和歌」)
- この事更にうける事にあらず。法深房語り申されしうへ、三位の入道、この事を記したる状に判を加へて法深房のもとへ送りたる状を書き侍るなり。(二九一話、「能書」)
- この馬に乗りて二たび高名せられたりける、くせ事になん申しあへりける。
　　　　　　　　　　　　　　　　　　　　　　　　　　(三六八話、「馬芸」)
- その時見たりける人の語り侍りしなり。(六〇五話、「変化」)
- …て問ひければ、かく語りけるとなん。(六一一話、「変化」)
- これはまさしくかけるが語りけるなり。(六九五話、「魚虫禽獣」)
- …とて、かの上人語りけるなり。(六九七話、「魚虫禽獣」)
- まさしく見たりとて、語りしなり。…と語り侍りけり。
　　　　　　　　　　　　　　　　　　　　　　　　　　(七〇〇話、「魚虫禽獣」)
- …まことにや、この本妻もその夜よりなやみて、やがて失せにけると申し侍り。(七二〇話、「魚虫禽獣」)

　これらの注記や附記の中には書写の際、後人の手によって追記されたものもあろうが、その大半は編者が直接記したものと考えられる。編者がかくまで記されたことと聞いたことに拘っていたのは、それが「実説」であることを証明するために他ならない。虚構ではない、確かな根拠のある説話を集めて新しい説話集の編纂をめざす、これこそ編者の意図したところであって、「著」と「聞」はそれを具体化するための方法であったと言える。「著聞」は如上の事情を背景として生まれた言葉であったと考えられる。

　因みに、荒木は編者が様々な経路を通じて集めた話を一つの説話として
まとめて書く作業が「著す」ことであったと述べているが14)、しかし、次に
見る如く編者はそれを「著す」ではなく「記す」と表現している。

・その間の瑞相くはしく記すにおよばず。(三六話、「釈教」)
・すべて種々の奇瑞等つぶさに記するにいとまあらず。(六四話、「釈教」)
・「かかる不思議こそありしか」とて、親守語りしを聞きてしるし侍るな
　り。(六八話、「釈教」)
・建長元年九月、外宮遷宮に予参向の時、この曼陀羅を請ひ出して、をが
　みたてまつりて、これを記すなり。(一六四話、「和歌」)
・世すゑになりて、この道やうやう陵遅せり。くはしくしるすにはばかりあ
　り。(四九六話、「宿執」)
・ひろく勘へ、あまねくしるすあまり、…いにしへより、よきこともあしきこ
　とも、しるし置き侍らずは、…ただに聞きつに聞く事もしるせれば、(跋)
・註緝して三十篇となす。(序)

　何かを書く行為、それを編者は「しるす」と言っているが、自らのこと
についてばかりではなく他人の著述行為についても次のように同じ言い方を
している。

・これ故実たるよし、吏部王記し給ひて侍るとかや。(四四九話、「祝言」)
・土御門の大臣の母は式部卿為平の御子の御女のよし、系図に註せる、

　　　　　　　　　　　　　　　　　　　　　(四五六話、「哀傷」)

　読んだこと、見たこと、聞いたことに関わらず、そして短い事件の報告の
場合であれ、それらを集めて一巻の書物に纏め上げる場合であれ、編者は

____

14)　前掲の荒木論文に同じ、五ジ。

その行為を「しるす」と表記しているのである。

　一方、編者は『著聞集』の中で、次の用例に見るごとく「しるす」に「記」の他に、「註」「注」などを当てっているが、編者が意識的に多様な漢字を使い分けつつ筆を運んでいたことを物語っている。

・註緝して三十篇となす。(序)
・本願の禅尼歓喜身にあまりて、化人の告げを注して公家に奏聞す。

(三六話、「釈教」)

・延喜の聖主、位につかせおはしまして後、「本院の右大臣・菅家・定国朝
　臣・季長朝臣・長谷雄朝臣、この五人その心をしれり、顧問にもそなはりぬ
　べし」とて、寛平法皇注し申させ給ひける。(七四話、「政道忠臣」)
・もろもろの医書ども、みなことごとくひきのせて、ゆゆしく注し申したりけれ
　ば、叡感ありて、申しうくるにしたがひて、和気の姓を給はせける。

(二九八話、「術道」)

・建長の造内裏の時、少々また用捨せられける。委しく尋ねて注すべし。

(三八四話、「画図」)

・順徳院の御位の時、あたらしき御琵琶のありけるを、いかなる名をかつくべ
　きとて、蔵人孝時に風俗・催馬楽の名ならびにその歌の詞の中にさもありぬ
　べからん注し申すべきよし勅定ありければ、則ち注進しけり。

(四〇二話、「画図」)

・…またこの定なると注したる物のあるか」と御尋ねあるに、大納言つまびら
　かに申す旨なし。(〃)
・しかあるを、土御門の大臣の母は式部卿為平の御子の御女のよし、系図に註
　せる、おぼつかなき事なり。(四五六話、「哀傷」)

　さて、「著聞」の「著」は「あらわす」と訓むのが一般的であるが、古
訓に「しるす」があり(著、(古訓)シルス：『漢和大辞典』)、実際そのよ

うに訓まれていたことが次の例で知られる。

・流沙創海をば夏載い伊堯の域と著(シルセ)り：『大唐三蔵玄奘法師表啓平
安初期点』(『日本国語大辞典』)
・遂舞、著ｚ詞曰：『遊仙窟』(『時代別国語大辞典上代編』)

　これらの用例は、「著聞」の「著」の背後にある訓みが、「あらはす」
ではなく「しるす」であったかも知れないという手がかりを提示するもので
あるが、編者が「しるす」に幾つもの漢字を当てていたことと考え合わせれ
ば、その可能性は十分あり得ると考えられる。もしそうだとすれば、「著
聞」とは、〈記されていること〉と〈聞いたこと〉、つまり記録と世間話
という、説話の取材源と取材方法をあらわすために編者が作り出した造語
であったということが出来よう。
　因みに、『著聞集』には「あらはす」という言葉が次のように十七回使
われているが、それらは、

　a　表に出してはっきり示す(七回)
　b　形あるものとして実現する・新造する・神仏がその力でふしぎな現象を
　　示す(六回)
　c　ことば、表情その他の手段で表現する(三回)
　d　うち明ける(一回)

などの意(『日本国語大辞典』による)に使われていて、純粋に「記述す
る」の意味に使われているのは「書きあらはせり」(一六四話)しかない。し
かも、その目的語が「三十六人の名字」であることを考え合わせれば、単
に記すという意味よりも、「書き連ねる、書き並べる」の意に近いもの
で、ｂの「曼陀羅を織りあらはして」(三六話)とほぼ同様の使われ方であ

る。次に、『著聞集』におけるａ〜ｄの用例を例示する。

ａ・三井寺の鎮守新羅明神は、娑竭羅竜王の子なり。智証大師渡唐の時、
　　大師の仏法をまもらんと誓ひ給ひて、形をあらはしてかの寺に跡を垂れ
　　給へるなり。(四話、「神祇」)
　・その時、護法かたちをあらはして、花をとり水を汲みて給仕し給ひけ
　　り。(四六話、「釈教」)
　・本寺の住房にして、はじめて不動の護摩を修せられける時、夢中に不動
　　尊の仕者、形をあらはして見え給ひけり。(五二話、「釈教」)
　・夢に人丸来て、われを恋ふるゆゑにかたちを現はせるよしを告げけり。
　　　　　　　　　　　　　　　　　　　　　　　(二〇四話、「和歌」)
　・はじめはただ光ものとこそ見つるに、ちかづきたるを見れば、光の中にと
　　しよりたるうばのゑみゑみとしたる形をあらはして見えけり。
　　　　　　　　　　　　　　　　　　　　　　　(六〇三話、「変化」)
　・住吉大明神のかの歌を感ぜさせ給ひて、御体をあらはし給ひけるにや。
　　　　　　　　　　　　　　　　　　　　　　　(一六五話、「和歌」)
　・…院の御所より庄田若狭の前司頼度がいまだ六位なりけるをめして、
　　「件のばけもの見あらはして参れ」とおほせられて、かの御所へ参らせ
　　られにけり。(六〇二話、「変化」)

ｂ・秦河勝に仰せて、ぬるでの木をもて四天王の像をきざみつくらしめて、
　　本鳥のうへ、鉾のさきにさして、願をおこしてのたまはく、「我をして
　　戦ひに勝たしめ給ひたらば、四天王の像をあらはして寺塔を立てん」
　　と。(三五話、「釈教」)
　・女人、藁二把を油二升にひたして灯として、この道場の乾の角にして、
　　戌の終りより寅の始めに至るまでに一丈五尺の曼陀羅を織りあらはし
　　て、(三六話、「釈教」)
　・その中に秘術験をあらはして、奇異多く聞ゆ。(「術道」の小序)

・これぞ大井子が力あらはしそむるはじめなりける。

（三七七話、「相撲強力」）

・諸道に長けぬるは、かくのごとくの徳をかならずあらはす事なり。

（四三〇話、「偸盗」）

・執心のふかきゆゑにふたたび馬にむまれて志をあらはしける、いとあはれなり。（七一九話、「魚虫禽獣」）

c・和歌の曼陀羅を図絵して、過去七仏を書きたてまつり、また三十六人の名字を書きあらはせり。（一六四話、「和歌」）

・…三七日の夜、後京極殿の二位の中将にておはしましけるに、御夢に故大臣六韻の詩をあらはして和させ給ふべきよし申されけり。

（四六三話、「哀傷」）

・およそ六文八体のすがたをあらはす輩、驚鸞・反鵲のいきほひをならふ人、わづかに一字の跡をのこして、はるかに万代のほまれをいたす。

（「能書」の小序）

d・…法皇も人々も、「まことにたへがたかりけん。このうへは、そのぬしをあらはすべし」と仰せられけるを、小侍従「いかにもその事はかなひ侍らじ」と、ふかくいなみ申しけるを、（三二二話、「好色」）

　以上の用例から判断すれば、「つぎつぎにその物語をあらはせり」の「あらはせり」は、「物語」を「記」したという意味ではなく、「三十篇二十巻」という集全体の枠組みを作った後、小序をつけ、それまで「しる」しておいた物語を篇巻別に区分けして配列したことを指しているものと解される。要するに、編者は自らの記述行為に対し、「あらはす」という表現を用いた例がないということになるが、そのような意味で荒木の「「著聞」とは、「著レ聞」であり、「聞く事をあらはしたもの」」という推定は、成り立ちにくいのではないかと思われる。

四　「著聞」の誕生

　編者が序の冒頭で説話集の流れを述べたのは、その正統性や権威にあやかろうとしたためではなく、既存の説話集の問題点を補って、かつてない説話集を作ってみようという意欲の現れであったと見られる。編者はあらゆる面で新しい物語集＝著聞集の編纂を目指していた。『宇治大納言物語』と『江談抄』を越えた新しい説話集、言い替えれば、「巧語」や「清談」を止揚し、「実説」から成る説話集を編纂しようとしたのである。そこで、形式から表現、内容に至るまで、既存の説話集とは一線を画すものを編むべく、様々な工夫 ─ 構成、叙述、配列など ─ が凝らされたが、「著聞」はそのような工夫を背景として出来上がった造語であったと言うべきであろう。それは旧来の物語への反措定であったわけで、その試みが正しかったのかはともかくとして、革新的なものであったことは言うまでもない。

　「著聞」という言葉が編纂のどの段階で考案されたかは定かでない。が、本文中にこの語が使われていないことを見ると、最終段階 ─ 序が書かれた建長六年十月あたり ─ になってからと見るのが妥当であろう。しかし、書名が定まった時期とは無関係に、編者の意識の奥底にはかなり早くからこの言葉の種とも言うべきものが根付いていたようである。なぜならば、説話を一つ一つ記す段階ですでに「著」と「聞」に拘っていたからである。

　「著聞集」から『著聞集』への道程は、編者自身も吐露(序、跋)したように、並大抵の作業ではなかったに違いない。おそらく使命感のようなものがなかったらば、完成に漕ぎ着けることはできなかっただろうが、編者は「巧語」と「清談」を「うけること」と「たしかなること」とに分節する説話言説に仕上げたのである15)。後世の人々に「実録」と見なされることを期待しつつ。

---

15) これについては、Ⅱ部の第三章第一節で詳述する。

第二節　編纂の動機

一　はじめに

　一つの文学作品が〈集〉という形で類聚されるとき、そこにはある目的
意識が働きかけていることが多い。最初の勅撰和歌集である『古今和歌
集』を例に取ると、周知の通り、「仮名序」の後半に編纂の動機が次のよ
うに述べられている。

　　　今すべらぎの天の下しろしめすこと、四つのとき、九のかへりになむな
　　りぬる。〈中略〉万の政をきこしめすいとま、もろもろのことを捨てたま
　　はぬ余りに、古のことをも忘れじ、旧りにしことをも興したまふとて、今
　　もみそなはし、後の世にも伝はれとて〈中略〉『万葉集』に入らぬ古き
　　歌、みづからのをも奉らしめ給ひてなむ。
　　　（本文は日本古典文学全集本『古今和歌集』による。傍線は引用者、
　　以下同じ。）

　つまり、古き良き伝統を今日に復興、発展させ、後世の典範たらしめん
とする目的意識 ── ここでは帝の意志というかたちに収斂されているが ──
が編纂の動機として働いていたわけであるが、『古今和歌集』のように公
的な動機によるものはさておき、説話集のように私的な動機によるものの場
合はどうであろうか。説話集には、序や跋が欠け編纂の意図が全く不明の
もの、序はあっても『宇治拾遺物語』のように編纂の意図が判然としない
もの、『古今著聞集』（以下、『著聞集』と略す）のように序・跋が比較的
詳細に記されているものなど、多様な編纂形態が存する。本節では、『著
聞集』の編纂の動機について考察するが、それを述べる前に、歴代の説話
集がどのような動機や背景の下で編纂されてきたかを概観してから本題に

入ることにしよう。

二　先行説話集の編纂動機

　日本の説話集の濫觴と言うべき『日本国現報善悪霊異記』(以下『日本霊異記』と略す)は、私度僧出身の景戒の手によるもので、上巻の序文には、編纂の動機が次のように述べられている。

　　　是に諾楽の薬師寺の沙門景戒、熟世の人を瞰るに、才好くして鄙ナル行あり。利養を翹て、財物を貪ること、磁石の鉄山を挙して鉄を嘘フヨリモ過ぎたり。〈中略〉善悪の状を呈すにあらずは、何を以てか、曲執を直し是非を定めむ。因果の報を示すにあらずは、何によりてか、悪心を改めて善道を修めむ。〈中略〉故、聊かに側ニ聞けることを注し、号けて日本国現報善悪霊異記と曰ふ。

　　　　　　　　　　(本文は日本古典文学全集本『日本霊異記』による)

　この記述によると、『日本霊異記』は世の中の人々に「善悪の状」、即ち、因果応報の理を悟らせ、善道に導こうとする教化意識が編纂の動機として働いていたことになる。日本初の説話集が、八世紀という律令体制及び官寺仏教の解体期に、その危機意識を背景に衆生を教化しようとする目的から編纂されたことは、日本の説話集のあり方を示すものとして注目される。

　ところが、衆生の教化のために始まった説話集の編纂は、その後の展開過程を見ると、時代が下るにつれて動機も多様となり、複雑な様相を呈することになる。その好例が『閑居友』であるが、編者慶政は跋文の中で編纂の経緯を次のように述べている。

　そもそもこの書二巻を記しそめ侍しかど、言葉つたなく、心みじかきも
のゆゑ、時もむなしくうつり、ひかげもいたづらにかたぶけば、恥ぢてすゞ
りををさむといへども、藻塩草、かきあぐべきよし、かねてきこえさせけれ
ば、海女のぬれぎぬおもひみで、またふでとれるなるべし。

（本文は三弥井書店刊、中世の文学、『閑居友』による）

　さる人からの依頼で古今の説話を集め、書き出したことが執筆の契機と
なったと言うのであるが、『日本霊異記』が衆生の救済のために書かれた
のに対し、『閑居友』の場合は、特定の人物のために書かれた点が対照的
である。

　一方、鴨長明の撰による『発心集』は、右の二書とも相異なる動機に
よって書かれたことを、われわれはその序文によって知ることができる。そ
れは次に引用するように、自らの座右の銘とするため、即ち己のための編纂
である。次にその部分を引用する。

　此れにより、短き心を顧みて、殊更に深き法を求めず、はかなく見る
事、聞く事を註し集めつつ、しのびに座の右に置ける事あり。即ち、賢き
を見ては、及び難くとも、こひねがふ縁として、愚かなるを見ては、自ら
改むる媒とせむとなり。（本文は新潮日本古典集成本『発心集』による）

　同様の傾向は、十三世紀の中頃の成立とされる『撰集抄』にも見られる
ことで、編者(未詳)は序文の中で編集の動機を次のように述べている。

　しかれば、おなじ夢の中のあそびにも、新旧のかしこきあとを撰びもと
める言の葉を書きあつめ、『撰集抄』と名づけて、座の右に置きて、一
筋に知識にたのまむとなり。（本文は岩波文庫本『撰集抄』による）

　このように『発心集』や『撰集抄』は、他者の教化や啓蒙のためではなく、自分自身の修業のための座右の銘という発想、言うならば為我的発想が編纂の第一の動機となっていることが特徴である。

　以上、仏教説話集の編纂の動機を、序や跋の文面を通して確認できるもののみを対象に調べてみた。それによると、仏教説話集は、他者の教化と自らの修業という二つの動機によって編纂されており、初めは前者が目的であったが、時代が移るにつれ後者の方へ変化して行ったと要約できよう。

*

　では、世俗説話集の場合は如何であろうか。十二世紀の中頃の成立と見られる『注好選』は、中国の故事説話に印度の仏教説話を加えた、いわば世俗・仏教説話集であるが、故事が大半を占め、どちらかと言えば世俗説話集としての性格が強い作品である。その『注好選』の上巻のはしがきには、短いながら編纂の目的とおぼしきものが次のように綴られている。

　　惟末代学士。未必習本文。因茲纔雖学文書。難織本義。譬如田夫作苗不作穂。惟只竭力是有何益者。粗注入譲小童云々。
　　　　　　　　　　　　（本文は『続群書類従』（巻第九百五十)による）

　少童の啓蒙という、いわば教育的な動機から編纂が始まったとしているが、啓蒙性は、周知の通り、世俗説話集の特徴でもあり、機能でもあった。それが最も明確に打ち出されているのが『著聞集』より二年前に編纂された『十訓抄』である。書名通り、十項目の教訓を挙げ、それぞれに例話を添えた本書の序文には編纂の動機が次のように語られている。

　　いまだ此道をまなびしらざらむ少年のたぐひをして、心をつくるたより
　となさしめんがために、こゝろみに十段の筋をわかちて、十訓抄と名づ
　く。〈後略〉(本文は岩波文庫本『十訓抄』による)

　編者の意図は明確である。青少年たちに「心をつくるたより」、言い換
えれば、世を生きる知恵を育ませようというのが執筆の動機だったのであ
る。一方、一二一九年に編纂された『続古事談』は、編者(未詳)自身の
手によるものと見られる跋文に、成立過程や編纂動機等が次のように詳し
く説かれている。

　　フルキ人ノサマザマノ物語ヲ、オノヅカラ廃忘ニソナヘンガタメニ、カ
　キアツメ「テ」侍シ。ワスレテ年ヲヘテ、ハコノソコニクチノコレリ。イホ
　リヲハラフ塵ノ中ヨリモトメイデテ、クラシカネタル雨ノ中ニコレヲシル
　ス。ミヅクキノフルキアトヲアラタメテ、ヤマトアシ原ノコトグサニカキナ
　ガス。コレ猶要ナキシワザナリ。ハヤクケブリトナスベシ。建保ナヽトセノ
　卯月ノシモノ三日コレヲシルス。(本文は『群書類従』本による)

　これによると、本書は他者の啓蒙などのためではなく、自らの備忘のため
に編纂されたものである。もちろん、自作に対する謙遜の意から発した言辞
に過ぎないかも知れないが、「コレ猶要ナキシワザナリ。ハヤクケブリトナ
スベシ。」と述べているところに真意の一端が窺える。

＊

　以上、序文や跋文に編纂の意図が具体的に記述されているものを取り上
げて、説話集の一般的な編集動機について概観してみた。これを纏める
と、説話集の編纂には、他人の教化や啓蒙といった利他的な契機と共に、

自らの座右銘や備忘として備えたいという為我的な契機が、有力な動因として働いていたということになる。もちろん、数多い説話集のうち、序文や跋文を具しているものは少数なので、以上の結果を得たばかりで結論を急ぐのは無理があろう。現に、説話集の中には『打聞集』のように「仏教の例話引証のための資料」16)として編纂されたとされるものもあれば、「読者を予想」し、「人々に話しかけようとし」17)たと見られている『宇治拾遺物語』のようなものもあって、その動機は必ずしも一様ではない。が、今成元昭も指摘しているように18)、他者に向かっての説示性と自らに向かっての規範性が説話集を生んだ主要な動因であったことは否めない。

三 『著聞集』の編纂動機

それでは『著聞集』の場合はどうであろうか。本集には序と跋があり、しかもその中には編纂の動機や経緯、方法等が詳細に記述されていて、他の説話集よりは資料が揃っている方であるが、問題はそれをどう読むかである。まずは序文から見てみよう。

　　余、芳橘の種胤を稟けて、瑣才の樗質を顧みるに、琵琶は賢師の伝ふる所なり。たまたま六律六呂の調べを辯ふ。図画は愚性の好む所なり。自ら一日一時の心を養ふ。於戲、春鸎の花の下に囀り、秋鴈の月の前に叫ぶ、暗に幽曲の和し易きことを感ず。風流の地勢に随ひ、品物の天為に叶ふ、悉く彩筆の写すべきを憶ふ。これによつて或は伶客に伴ひて潜かに治世の雅音を楽しみ、或は画工に誂へて略振古の勝概を呈す。蓋し、居

---

16) 中島悦次　『打聞集』、白帝社、昭和三十六年十月。
17) 西尾光一　『中世説話文学論』、塙書房、昭和三十八年三月、二五五ジ。
18) 今成元昭「説話文学試論」（『論纂説話と説話文学』所収）、笠間書院、昭和五十四年六月。

ること暇景多かつしより以降、閑かに徂年に度るの故に、この両端を勘ふ
るに拠つて、その庶事を捜り索む。註緝して三十篇となす。編次すること
二十巻、名づけて古今著聞集と曰ふ。

次は跋文の中から該当の部分を引用する。

　　この集のおこりは、予そのかみ、詩歌管絃のみちみちに、時にとりてす
ぐれたる物語をあつめて絵にかきとどめむがためにと、いそのかみふるきむ
かしのあとより、浅茅がすゑの世のなさけにいたるまで、ひろく勘へ、あま
ねくしるすあまり、他の物語にもおよびて、かれこれ聞きすてず書きあつむ
るほどに、夏野の草ことしげく、もりのおちばかずそひ侍りにけり。これ、
そこはかとなきすずろごとなれども、いにしへより、よきこともあしきこと
も、しるし置き侍らずは、たれかふるきをしたふなさけをのこし侍るべき。
これによりて、或は家々の記録をうかがひ、或は所々の勝絶をたづね、し
かのみならず、たまぼこのみちゆきずりの語らひ、あまさかるひなのてぶり
のならひにつけて、ただに聞きつてに聞く事をもしるせれば、さだめてうけ
る事も、またたしかなることもまじり侍らんかし。つひに部をわかち巻をさ
だめて、三十篇二十巻とす。篇のはしばしにいささかそのことのおこりを
のべて、つぎつぎにその物語をあらわせり。〈後略〉

この序、跋文によると、最初の動機は画材の蒐集を思い立ったことで
あったらしい。ところが、資料を集めているうちに考えが変わり、編者は目
標の全面的な修正に踏み切ったようである。その理由についてはただ「ひ
ろく勘へ、あまねくしるすあまり(跋)」と、ごく短く述べているのみである
が、含みのある表現である。実際に編者の胸中にどのようなことが起こった
かは今となっては知る術もないが、この過程で編者は自分の仕事について
ある使命感とも言うべきものを自覚したようである。なぜなら、趣味半分で

画材を集めていた編者が次のような決意を表明するようになるからである、「いにしへより、よきこともあしきことも、しるし置き侍らずは、たれかふるきをしたふなさけをのこし侍るべき」と。自らの玩賞のために始まった編纂作業は、ここに至って突然他者の啓蒙へと方向転換が行われるのである。仮に、「ひろく勘へ」るという思惟過程と、「あまねくしるす」という執筆過程がなかったとすれば、今日われわれが目にするような『著聞集』はおそらく生まれなかったかも知れない。

　さて、ここで気になるのは、編者が伝えようとした「ふるきをしたふなさけ…」の「ふるき」とは何を指し、またそれを「したふ」主体として編者が想定した対象が誰かということである。そこで、ここではひとまずこの一文がどのように読まれてきたかを見てみることにする。管見によれば、これについて最初に問題を提起したのは大森志郎である。大森は日本古典全書本『古今著聞集』の解説（「古今著聞集考」）において、編者の記述態度を述べる中で次のような見解を示している[19]。

　　　一つ一つの説話の記述の態度を見ると、〈中略〉惣じて客観的であって、中には短い批評感想を挿んだものもあるが、その為に記述の客観性が失はれる事はない。この様な記述の態度は作者が絵畫の資料として材料を蒐集し始めたことや、公卿の日記や古い記録などに資料を仰ぐことの多かつたによるのは勿論であらうが、更にそれらの奥に「いにしへより、よきこともあしきことも、しるし置き侍らずは、たれかふるきをしたふなさけをのこし侍るべき。」といふ作者の尚古主義が有力に作らいてゐるのを見逃すことはできない。この尚古主義・歴史主義は院政鎌倉時代を通じての公卿社会の主潮で、又この書を貫いての指導精神であつたのである。

19）大森四郎「古今著聞集考」（日本古典全集本『古今著聞集』の解説）、昭和五年四月、一〇ジ。

　大森はこれが編者の尚古的な態度を表したものと解釈したわけであるが、この解釈は以来ほぼ定説化し、次に引用する日本古典文学大系本『古今著聞集』の解説(永積安明による)に見られる形に継承され、また近時刊行された『日本古典文学大辞典』においてもそのまま受け継がれている。

　　古今著聞集の著者橘成季の胸中には、「いにしへより、よきこともあしきことも、しるし置き侍らずは、たれかふるきをしたふなさけをのこし侍るべき(跋)」と記している通り、古代貴族世界に対するやみがたい追慕の情があり、それは説話の結びに〈中略〉「いにしへ」へ対する無限の憧憬を、ほとんど詠嘆的にくりかえしているのによっても、このような懐古的な思想が、著聞集編成のいわば第一原理であったことは疑えない。

　が、果たしてそうであろうか。今まで繰り返し述べられてきたように編者の視線は「いにしへ」へばかり向けられていたのであろうか。「古今」の「著聞」の「集」を期した編者が「今」に眼を閉ざすことができたであろうか。以下それについて私見を述べたい。

＊

　まず、編者が『著聞集』に収録する説話について述べる中で、「よきこともあしきことも、しるし置(跋)」くと記したことに注目したい。もし編者が大森らが言うように、「尚古主義」もしくは「「いにしへ」に対する無限の憧憬」をばかり抱いていたとすれば、なぜあえてその「あしきこと」をも収録する必要があったのであろうか。『著聞集』に「いにしへ」の雅を讃えた説話が圧倒的に多いことは事実である。しかし、「いにしへ」に対し批判的な内容の説話も少なからず収められているが、次の説話はその良い例となるものである。

　　小野宮は、むかし惟喬新王の、双六のしちに取り給へる所なり。かの新
　　王は、たのしき人にてなんおはしましける。昔もかかる軽々の事はありける
　　にこそ。(四一八話)

　本話は、「博奕」篇の篇頭を飾っている説話であるが、編者は「昔」
(惟喬新王の在世期間は八四四〜八九七年)を「今」と何ら変わりのない
ものとして、対象化した書き方をしている。また、「政道忠臣」編には次
のような説話が見られる。

　　匡房の中納言は、大宰の権の帥になりて任におもむかれたりけるに、道
　　理にてとりたる物をば船一艘に積み、非道にて取りたる物をばまた一艘に
　　積みてのぼられけるに、道理の船は入海してけり。非道の船はたひらかに
　　着きてければ, 汀帥いはれけるは、「世ははやくするゑになりにたり。人い
　　たく正直なるまじきなり」とぞ侍りけり。それをさとらんがために、かく積
　　みてのぼせられけるにや。昔なか比だにかやうに侍りけり。末代よくよく用
　　心あるべきことなり。(八二話)

　大江匡房が大宰の権の帥に任ぜられ、任地に下向したのは一〇九八年の
ことで、院政が始まって間もない時期であった。ところが、編者はこの時期
を憧憬の眼で見るどころか、むしろ否定的な見方をしているのである。
　わずか二つの例を挙げたに過ぎないが、『著聞集』にはこのように決し
て尚古的とは言い切れない話が意外に多く収録されている。編者が「いに
しえ」について並々ならぬ関心を持っていたことは、全体的に見て否定し
得ないことであるが、右のような説話群の存在は必ずしもそうでなかったこ
とを物語っている。また、そもそも編者が対象としたのは「いにしへより」
の世相であって「いにしへ」のそれではなかったことにも留意する必要があ
ろう。跋の件の一文は、省略されたと見られる語句を補って書き直せば、

おそらく次のようになるのではなかろうか。「いにしへより、(今に至るまでの)よきこともあしきことも…」と。このように解せば、同じ跋文の中の「いそのかみふるきむかしのあとより、浅茅がすゑの世のなさけにいたるまで…」という記述とも照応することになり、また、しばしば『著聞集』の世界とは異質と見なされてきた「興言利口」以下の諸篇の存在理由も自ずと解けるのではなかろうか。

如上のことから判断すれば、編者は決して尚古的でもなければ、昔にばかり憧れていたのでもなかった。彼は「古」の世相のみならず、「今」の世相も描こうとしたし、しかも、その肯定的な側面と共に否定的な部分も取り上げようとしたのである。要するに『著聞集』の編纂動機は、古今の雅俗、貴賎、美醜、善悪の諸相をありのままに捉え、伝えようとしたところにあったのである。

四　おわりに

編者が在世した鎌倉前期は、一言で言えば転換期であった。平安時代を通して貴族たちが排他的に領有していた政治的・経済的な諸々の特権は、新興勢力の武士階級に取って代わられ、貴族階級は歴史を動かす主役の座から退けられた。と同時に、何百年も続いてきた都を頂点とする一元的な体制は分極化し、社会の底辺でも様々な分化が押し進められた時期であった。

このような新局面への展開は、承久の乱が失敗に終わることによってもはや取り戻すことのできない、不動のものとなるが、これによって立場が逆転した人々の胸中が悲喜こもごもであっただろうことは想像に難くない。

『著聞集』はまさにこのような時代に生まれた作品である。編纂作業が完了した一二五四年は、承久の乱から数えて三十三年目になる年で、ちょうど北条氏執権体制の確立期に当たる。源平争乱以前の世相を知る者はすでに故人となったか、あるいは生存していても最高齢層に属し、新しい治世になって生まれた世代がはや壮年期を迎えようとした時期であった。いわば新旧の世代交替期の真っ直中だったわけである。

　編者はこの時五十歳前後であったと推定されているから[20]、承久の乱を青年期に経験した、言うならば〈戦中派〉の世代に属する。この世代は置かれた立場上、〈戦前〉と〈戦後〉の世の中の変遷を誰よりも敏感に体感させられた世代であったことに特徴がある。

　『古今和歌集』が古き良き伝統を復興させ、後世の規範たらしめんとして編集され、また『日本霊異記』が既成秩序の崩壊という危機意識から生まれたことは先述の通りであるが、このような時代の変わり目に、過ぎ去った世のことを熱狂的に蒐集し記録しようとする動きが活発化するのは当然のことで、中世の初期もその例外ではなかった。

　『著聞集』はこのような状況と流れの中から生まれたもので、そのような意味では前代及び当代の文学と縦・横に相繋がるものを持っていると言える。本集の編纂動機は、このような脈絡の上で捉えるべきであり、また辿れるはずであるが、それはつまり、失われてしまった、あるいは失われつつあるものを次の世代の人々に伝えなければならないという危機意識から発した使命感に他ならない。この点、『著聞集』は編纂の動機において、説話集の伝統を踏まえたものと言えよう。

　しかし、『著聞集』の『著聞集』たるところは、単にそれにとどまらず、編者が自らの独自性を確保したところにある。というのは、編者は「古」の説話ばかりではなく多くの「今」の説話を収録し、また貴族的な話柄にとどまらず庶民的なものも取り入れているからである。古今の世相

---

20) 藤崎俊成は、跋文の「つらつらこれらのおもむきを思へば、みな遽氏之非に似たり。」という表現が『准男子』原道の「遽伯玉年五十而、有‖四十九之非｜」を出典とするし、編者が『著聞集』を「五十前後で書いたのではないか」と推測した。（「『古今著聞集』と時代性」、『古典研究』第六巻第一号、昭和十六年一月）

の全体像の再現　——　「ひろく勘へ、あまねくしるす」(跋)過程を経て編者
が辿りついたのはこれだった。

第三節 編者の面影

一 既存の編者論

　「物語」21)を集めて『古今著聞集』（以下、『著聞集』と略す）とい
う、幾分仰々しい書名をつけ、序と跋の中に自らのことを書き連ね、自著
の完成を祝って「竟宴」まで催した橘成季は一体どんな人であったのか。
編者に関する情報の乏しい説話集が多い中、『著聞集』は作品の内外に
編者の体臭が色濃く漂っている珍しい説話集である。ところが、いざその
実体を捕らえようとすると、意外と不明なことばかりなのが『著聞集』の
編者橘成季である。作品の内部には断片的な手掛かりしかない上に、同時
代の記録類を見ても、同名異人の存在や不確かな系図のために、実像の把
握が非常に困難になっているからである。

　これまでの編者論は、歴史上に実在した人物としての出自・系譜に関す
る研究と、『著聞集』という作品を通して見るその人物像の研究という、
二つの方面から進められてきたと概括できる。前者の場合は、『明月
記』、『文机談』、『百錬抄』など、同時代の日記・楽書・史書の記述
の中から編者に関する情報を拾いあつめて再構成しようとしたもので、戦
前・戦後に亘ってかなりの情報が集積されている。たとえば、編者の身分
に関しては、彼の名が頻出する『明月記』の記事を根拠に、「随身侍」
説22)が一時有力視されたが、最近は『明月記』のより緻密な解読と新し

---

21) 時にとりてすぐれたる物語をあつめて絵にかきとどめむがために」、「篇のはし
　　ばしにいささかそのことのおこりをのべて、つぎつぎにその物語をあらはせ
　　り。」（跋）などのように、編者は『著聞集』に収録した一つ一つの説話を「物
　　語」と呼んでいる。
22) 中島悦次「宇治拾遺物語と古今著聞集との性格」（『国文学 解釈と鑑賞』昭
　　和十六年二月）
　　篭谷真智子「『古今著聞集』の作者考」（『史窓』第三十七号、一九八〇年

い資料の発掘によって、「諸大夫層の一員」23)と見る説が説得力を得つつある。そして、若い頃の経歴については、やはり『明月記』を拠り所に長い間「九条家の家司」説が唱えられてきたが、最近は「西園寺家」や「徳大寺家」との関わりを指摘する説も出ており24)、後の官歴については、「修理権亮」「左衛門」「前大隅守」「右馬頭」「伊賀守」などを歴任し、『著聞集』の編纂を終えた頃には「朝請大夫(序)」(従五位上)を最後に「散木士(跋)」になっていたことが確認されている25)。

　これに比べ後者の場合は、「多芸多能の才子」26)、「極めて多趣味の人」27)、「非常に多趣味な知識層」28)など、曖昧で印象批評の域を出ない所説が出されているのみで、『著聞集』の説話世界を綿密に分析した上

　　三月)
23)　五味文彦「『古今著聞集』と橘成季(上)(下)」(『古代文化』、一九八五年十一月、八六年一月)
24)　西園寺家との関わりについては、石井進(「『古今著聞集』の鎌倉武士たち」、日本古典文学大系本『古今著聞集』の月報)が、徳大寺家については、小泉恵子(「『古今著聞集』成立の周辺」、『日本歴史』、一九八八年七月)がそれぞれその蓋然性を提示している。
25)　現在まで確認された編者の役職とその典拠、論者及び論文名は次の通り。
　　・「修理権亮」:『類聚国史紙背文書』(嘉禄二年十二月二十一日除目聞書)。五味文彦「王朝の物語」(『武士と文士の中世史』所収、一九九二年十月、東京大学出版会)
　　・「左衛門」:『明月記』(寛喜三年八月十五日)。松本麻子「九条家をめぐる二人の成季―『古今著聞集』の作者について―」(『青山語文』、一九九六年三月)
　　・「大隅守」:『百錬抄』(暦仁元年三月九日)。松本麻子、前掲論文
　　・「右馬頭」:『資季卿記』(延応元年十一月二十四日)。松本麻子、前掲論文
　　・「伊賀守」:『文机談』巻五。大森四郎「古今著聞集考」(日本古典全集『古今著聞集』解説、昭和五年四月)
26)　神谷敏夫「古今著聞集に現れたる橘成季の思想」、『国学』創刊号、昭和九年十二月、一三一ページ。
27)　中島悦次「宇治拾遺物語と古今著聞集との性格」(『国文学 解釈と鑑賞』、昭和十六年二月、八七ページ。
28)　遠藤元男「古今著聞集について(上)」(『古典研究』第六巻、第一号、昭和十六年一月、三七ページ)

での編者論は未だ出されていない。

　編者の出自や経歴が判明されれば、『著聞集』の理解に進展があろうと見る見解に異存はない。が、如何に編者に関する正確な個人情報が揃っても、それのみで編者論が成り立たないことは言うまでもない。テクストの分析による、作品内部からの探索こそ等身大の編者に出会える近道ではあるまいか。本節では如上の立場から、本文の内容分析を通して編者の人物像に迫ってみたい。

二　　『著聞集』の中の編者

　編者は『著聞集』の中で八回ほど姿を現している。名前を明記するか、「予」という一人称を使用して、自らを明かしている例が四つ、文意から話主が編者と推定される例が四つある。編者が如何なる人物であったかを知るために、取りあえずこの八つの例を使って彼の行跡と交遊関係を年次順に再現してみることにする。

　年齢の面での初出は「飲食」篇の六三九話で、編者はここで藤原家隆と歌を交わしている。次にその全文を挙げる。

　　　同じ二品、不食の所労の比、蓮の実ばかりを食するよし聞きて、坊城
　　殿の池の蓮の実を所望して、おくり侍りし返事に、
　　　老の身にねがふはちすの花の実に君も千歳の後や生れん

　「おくり侍りし」という記述に示されているように、この説話は編者の直接体験を記したものである。年次表記がないので正確な時期は不明であるが、家隆(一一五八〜一二三七年)は一二三七年に他界しているので、少なくともそれ以前のことであるのは間違いない。とすれば、この時編者はまだ三十代の中盤にも達していなかったことになるが[29)、この若さで彼は、

「老の身に」という第一句の表現の通りならばすでに晩年を迎えていたはずの家隆と、物を送ったり歌を交わしたりするほどの親交があったということになる。「和歌」篇の二一二話で、編者は、

　　　まことにや、後鳥羽院はじめて歌の道御沙汰ありける比、後京極殿に申し合せまゐらせられける時、かの殿奏せさせ給ひけるは、「家隆は末代の人丸にて候ふなり。彼が歌をまなばせ給ふべし」と申させ給ひける。

と、家隆を褒め称えているが、如上の深い繋がりがあったからこそ可能な表現であったと言えよう。

　その次に登場するのは、「哀傷」篇の四七一話であるが、今度は家隆の代わりにその息子、隆祐と歌を交わしている。次にその部分を引用する。

　　　明義門院、寛元元年三月二十九日にかくれさせ給ひにしを、侍従隆祐、備後の国にて聞きまゐらせて、よみて送り侍りし、
　　　袖のうへにやよひの雨の晴れやらでかげとたのみし花や恋しき
　　　この歌をはるかに程へて持ちて来たられしに、その年の九月にまた陰明門院失せさせおはしまししかば、醍醐殿の御葬家にこもり侍りしに、かのつかひくだるとて返事こひ侍りしかば、人に書かせて遣はし侍べりし、
　　　思ひやれやよひの雨も晴れやらでまた時雨そふ秋の山ざと

　二人の女院の相次ぐ死を、隆祐と編者は備後と京という遠く離れたところで、歌を交わし合いながら悲しみを共にしている。家隆に送った歌が病気見舞いのものならば、隆祐と交わしたのは哀傷歌で、二人の親交ぶりが窺える。明義門院(諦子内親王：一二一七～四三年)は、順徳院と藤原良経の娘(東一条院)との間に生まれ、わずか二十七才で世を去ったが、良経の

───────────────────────
29)　前掲の藤崎俊成の論文参照。

子の道家に仕える身として女院の早世を悼んでいたはずの編者を慰めるべく、隆祐は遥か備後から歌を送ってきたのである。そして、その半年後に他界した陰明門院(藤原麗子：一一八五〜一二四三年)は大炊御門家の頼実の娘であるが、頼実の「妾」が橘氏の一族(『橘氏系図』)であったことから、編者とは「血縁関係」が指摘されており[30]、一方頼実の母は家隆の父方の祖父光隆の娘であった[31]。即ち、編者と家隆・隆祐父子とは、陰明門院を介して、遠戚ではあるものの血が繋がっていたことになる。この女院の死後、編者が「醍醐殿の御葬家にこも」っていたのも、また隆祐に哀傷歌を送ったのも、背後にそのような繋がりがあったからであろう。

　隆祐との親交を伝える説話はこの他にもある。「哀傷」篇の四六九話の末尾には、立て続けに両親を亡くした編者を慰めるために隆祐が哀傷歌を送り、これに編者が返歌を送ったという説話が添えられている。次に関連部分を引用する。

　　　親父身まかりて次の年、服ぬぎ侍りてのち、伊勢に下りて侍りしに、い
　　くほどなくて母また身まかりにしかば、いそぎのぼりて侍べりしに、隆祐の
　　もとより、
　　　立ち帰り藤の衣やしぼるらんつくしはてにし涙と思へば
　　　いかばかりをりしく浪に立ちにけん人もかれにし伊勢の浜荻

　編者が隆祐を官職名も敬称もつけずに、ただ「隆祐」と呼んでいることに注目したい。二人の関係がどれほどのものであったかを窺わせるもので、姻戚という枠を越えた、男同士の友情さえ感じさせている。編者が伊勢に下っていた理由は不明だが、『著聞集』には同地に関わる説話が少なからず収録されている。「和歌」篇一六四話の末尾にも、編者が伊勢で神祇権

---

30) 宮田和美「橘成季の周辺」、『国学院雑誌』、一九八六年一月。
31) 注30)に同じ。

少副中臣親守が所持していた「和歌の曼陀羅」を見たという説話が次のように添えられている。

　　　建長元年九月、外宮遷宮に予参向の時、この曼陀羅を請ひ出して、をがみたてまつりて、これを記すなり。

　建長元年(一二四九)なら編者が四十五歳前後の時であるが、遷宮参向に伊勢へ下ったついでに、瞻西上人が描いた「和歌の曼陀羅」を見るために親守を訪ねている。編者と親守とは付き合いが長かったらしく、「釈教」篇の六八話では親守のことを、「かの親守は、五部の大乗経自筆に書きたてまつりたるものなり。まさしく正直のものにて、ながく虚ごとなどせざりしものあり。」と述べている。二人の親交が伊勢という場を媒介にして成り立ったのか、あるいは文化圏の共有によるものかは判じかねるが、秘蔵のものを見せ、不思議な体験話を打ち明けるほど隔たりのない間柄であったことは間違いない。「和歌の曼陀羅」は歌人の間では評判になっていたらしいが、編者も例に漏れず関心を寄せていたことがこの話によって判明する。編者は歌人として名をなした人ではないが、歌を好んだことは「和歌」篇に収められている夥しい量の和歌説話群と共に、『著聞集』に自作の歌を四首も載せていることを見れば頷ける[32]。「草木」篇の六七〇話もその一つで、桜について次のような歌を残している。

　　　金光院に人々にあてて桜をうゑられ侍りしに、むすびつけ侍りし歌、
　　　　君がため移しぞううる八重桜かさねて千代の春にあへとて

---

[32] これまで挙げた三首の他に、「興言利口」篇の五三五話にある、「はきさして人のためには残すとも片行縢にたれかなるべき」も文脈から見て編者の歌と判断される。

　詠者名はないが、「うゑられ侍りし」、「むすびつけ侍りし」などの表記から編者の作と判断される歌である。金光院を日本古典文学大系本や日本古典集成本の頭注の解釈に従って「金光寺」と受け取れば、この寺の創建は建長三年（一二五一）であるから、それ以降の作、ということになる。編者と「金光寺」とがどう繋がっているのか、なぜそこに桜を植えたのか、などなど短いながら多くの謎を秘めている説話であるが、一つ確かなことは編者が大変風雅な人物であった、ということである。編者を随身と見る説が文献の精読によって説得力を失いつつあると述べたが、このような話から伝わってくる編者の印象はあくまでも文人のそれである。勿論詩歌を嗜む随身もいたであろうが、管絃の遊びや絵の素養まで持ち合わせた、いわばマルチ文化人の域に達し得た人物が随身の中にいたのだろうか。御所の遊びに太鼓持ちとして参列したことを記した次の話などを読めば、ますますそのように思われてならない。

　　宝治三年六月、仙洞の御講に蘇合一具侍りしに、予、太鼓つかうまつりしにも、両帖にうち侍りき。かつこれ、法深房に申し合する所なり。

　二七六話（「管絃歌舞」篇）の末尾に添えられている、極めて短い記事であるが、「侍りし」「つかうまつりし」「侍りき」などの表記と、「予」という一人称から、これも編者の直接体験を記したものと判断される話である。宝治三年（一二四九）の仙洞の主は後嵯峨院であったが、編者は同院の前で行われた御遊に歴とした〈楽人〉として出席していたのである。編者が藤原孝時から琵琶を習ったことは、序の記述（「琵琶は賢師の伝ふる所なり」）の他に、『文机談』によっても確認できることだが、彼は琵琶を弾くばかりでなく太鼓を敲くこともできる、音楽全般に亘る幅広い素養の持ち主であったらしい。これは「管絃歌舞」篇二五七話での、「太鼓の撥をとる日は、笛吹とよくいひあはせて、存知すべき事なり。これ古人の伝ふるところなり」、という記述からも確かめられる。しかも、その素養は浅薄なものではなく、仙洞で楽人を務めるほどの本格的なものであったのである。四十五才前後の頃、編者は第一級の歌人ではなかったが、名家の後を嗣いだ隆祐と歌を交わし、「和歌の曼陀羅」を拝み、楽人として仙洞へ出入りするなど、文化人ぶりを存分に発揮していた。編者の存在は、当時の貴顕の間でも認められていたらしく、七二一話はこうした編者の活動の一齣を次のように伝えている。

　　　院の御随身右府生秦頼方、みやこどりをある殿上人に参らせたるを、
　　成季にあづけられて侍り。〈中略〉建長六年十二月二十日、節分の御方
　　違のために、前の相国の富の小路の亭に行幸なりて、次の日一日御逗留
　　ありし。相国、みやこ鳥をめして叡覧にそなへられけり。返し遣すとて、
　　少将の内侍、紅の薄様に歌を書きて、鳥につけて侍りける、
　　　春にあふ心は花の都鳥のどけき御代のことや問はまし
　　大臣また、女房にかはりて、檀紙に書きて、おなじくむすびつけける、
　　　すみだ川すむとし聞きし宮こ鳥けふは雲井のうへに見るかな
　　この事を兼直の宿禰つたへ聞きて、本主に申しこひて見侍りて、返すとて、
　　　都鳥の芳名、昔、万里の跡に聞く。微禽の奇体、今一見の望みを
　　遂ぐ。畏みてこれを悦ぶ余り、謹みて心緒を述ぶるのみ。
　　　にごりなき御代にあひ見る角田川すみける鳥の名を尋ねつつ
　　　　　　　　前の三河の守卜部兼直上る

　都鳥を軸に展開される人々の動きは一巻の王朝絵巻を観るような思いがするが、編者は脇役ではあるものの、この中に登場してそれなりの役を演じている。後嵯峨院の時代は、「王朝復興と啓蒙、教養の時代」と言われるが、一時的だったにせよ文化の諸領域において「祝言性」と「儒教的啓蒙主義」33)が風靡した、言うならば「王朝的公共性」34)が最後の光を放っ

ていた時代であった。本話にもそのような雰囲気が色濃く反映されている
が、少将の内侍の歌の中の「春」、「花の都」、「のどけき御代」、そし
て、兼直の宿禰の歌の中の「にごりなき御代」などの言説の中にそれは濃
密に漂っている。

　以上、『著聞集』の中から編者の足跡を追ってみたが、歌人と楽人とし
て、そして後嵯峨院時代を支えた文化人の一人として活躍していた編者の
姿を確認することができた。

三　評語から観る編者

　次は話中、話末に付せられた評語の分析を通して、編者が自分の周りの
事物や他者をどのように捉えていたかを見てみたい。『著聞集』には、
『今昔物語集』ほどではないが、多くの説話の末尾に編者の評語が付して
ある。これらの評語の中には、編者の意識構造の一端をあらわす言葉が含
まれているが、そのほとんどは類型的なものである。たとえば、「興あり、
めでたし、ゆゆし、優なり、いみじ、やさし、面白し、めづらし、ゆかし、
口惜し、うつくし、あはれ、をかし、比興、をこ、」などがそれであるが、
一瞥して明らかなように、平安貴族の美意識を代表するとされる語や、歌
論の世界で古くから使われてきた語から成る評語群である。『著聞集』の

---

33) 浅見和彦「古へと今の世―『十訓抄』と後嵯峨院時代―」、『国文学』、一
　　九九五年十月、七九ジ。
34)「公共性」は、ユルゲン・ハーバーマスが一八世紀及び一九世紀初期のイギリ
　　ス・フランスなどにおける「市民社会」の行動様式を説明するために用いた概
　　念であるが(『公共性の構造転換　―　市民社会の一　カテゴリについての探求
　　―』、細谷貞雄・山田正行訳、未来社、一九七三年六月)、近来中古から中
　　世に亘るは日本の王朝貴族文化の実態を総称する概念として使われている。
　　(前田雅之「説話集に見る中世の濫觴＊〈公〉・〈私〉・〈世俗〉をめぐっ
　　て」、『日本文学史を読むⅢ中世』所収、有精堂、一九九二年三月。後に、
　　『今昔物語集の世界構想』に転載、笠間書院、平成十一年十月)

評語はそのような意味で編者個人の感性や見方をそのまま反映したものとは言いがたい。が、類型化した言葉ではあっても、使い手や時代、状況によって意味は微妙に揺れ動くものであるし、また使い手の個性や言語習慣によって用語の種類、頻度に自ずと差は付くので、使い手の個性なり特徴をある程度までは読みとれるはずである。

　編者は『著聞集』の中で、自分が好感を抱く物事に対しては、「興あり」「めづらし」「めでたし」「いみじ」「やさし」などを、その反対の場合は、「口惜し」という語を使って、好悪の感を露わにしている。その好悪の感がどのような動機や仕組みによって決定されるかを知るために、それぞれ代表的なもの ― 「興あり」と「口惜し」 ― を選んでその用例を検討してみよう。

　まず「興あり」だが、地の文や対話中のものを除けば、二十二の用例が確かめられる35)。その中からいくつか例を挙げて見ると、

---

35) 「興あり」の他の用例は次の通り。
　　・…大納言見て、「随身に随身のかくばかりするやうやある」といはれければ、「随身も随身にこそよれ」といひたりける、いと興ある事なり。(一〇四話、「公事」)
　　・一句すぐれたるは多けれども、四句の体ことなるによりて、ありがたき事にや。両人同心のほど、興あることなり。(一〇九話、「文学」)
　　・大内記善滋保胤、六条の宮に参じて下間の時、事、時輩の文章にをおよびけるに、…と申まうしける、いと興ある事なり。(一一八話、「文学」)
　　・このあそび、いと興ありてこそ侍れ。(一四七話、「和歌」)
　　・僧正…「あの住吉とてもとまるべきかはは、いかに」と仰せられたりけるに、国基あきれまどひて、申すべき事も申さで、取り袴してにげにけり。いと興あることなり。(一五一話、「和歌」)
　　・かくなん書きて…返しければ、使しぶる気色ながらもて帰りにけり。いと興あることなりかし。(一六一話、「和歌」)
　　・一院の御会に、かの影の前にて、その文台にて和歌披講せらるなる、いと興ある事なり。(二〇四話、「和歌」)
　　・主上、催馬楽を付けうたはせ給ひける、めづらしく目出たかりける事なり。仰せによりてさらにまた更衣・鷹の子など数反ありける、興ありける事なり。(二六七話、「管絃歌舞」)
　　・いまだ競馬に負けざりけるものにて、かくいひける、いと興あるいひやうなる

　　内宴は弘仁年中にはじまりたりけるが…このたびの御遊ことにおもしろ
かりければ、主上興に入いらせをおはしましけり。按察笙を閣おきて、
時々唱歌せられけり。興ある事なり。(九八話、「公事」)

と、二条天皇の時、君臣が管絃の遊びに共に興じたことについて編者は
「興ある事なり」と評している。また、

　　嵯峨野の御幸に、御輿の上に虎の皮をおほひたるなど、ふるき事どもを
かかれたる、いと興あり。…延喜の御時の月の宴、御溝水のながれ様な

　　べし。(三五四話、「馬芸」)
・晦日、還御のみち、長坂の東野にて、御馬をおさへて競馬の事ありけり。…
　勝負如何なりけるやらん、いと興ある事なり。(三五七話、「馬芸」)
・公景この事を聞きて…といひたりける、いと興ある申し事なり。(三六〇話、
　「馬芸」)
・四条院の御時、西園寺の相国の禅門修理せられける時、頭の中将資季朝臣
　申し給ひて立てられたり。いと興ある事なり。(三八四話、「画図」)
・ふるき絵のいまいましげにやぶれたるを…進ぜられたりければ、様々にきらひ
　申されて、いと興ありけり。(四〇三話、「画図」)
・内大臣、序を書き給ひけるに、「海内苗安の日、洛外花開く時」と、かみ
　おろしに書き給ひたりける、いと興ありける。(四七七話、「遊覧」)
・長寛の月日をたがへず、陶元が齢をおもはれたりけるは、かねてよりおもひさ
　だめられけるこそ。世の人、惜しむ事限りなし。三品経範卿、詩を和したり
　ける、いと興ある事なり。(五〇〇話、「宿執」)
・…そのあひだに院御笛にて胡飲酒をふかせおはしましたりけるに、右府、柑
　子を箸にさして肴にして、秘蔵の手をつくして舞はれたりける、いと興ありて
　ぞ侍べりける。(六二七話、「飲食」)
・まかりいでざまに、障子のかみ辺にて、「あはれ一の上や」と、たびごとに申
　しける、いと興ある事なり。(六三一話、「飲食」)
・昭陽舎の桜を一本、清涼殿の東北の庭にうつしうへゐられけるに、殿上人ど
　もおりたちて、ふみかためけり。いと興ある事なり。(六五四話、「草木」)
・一番講ぜらるる間、右方、虫を籠に入れて二籠奉りたりけり。その籠にも歌
　をつけたり。虫の声も聞に入りて、いと興ある事なりけり。(六五八話、「草
　木」)
・定家卿は、はしりたちてにげにけり。為長卿は、詩を作くりて奉りけるとな
　ん。いと興ある事なり。(六六三話、「草木」)

　　ど、ふるきにたがへずかかれたる、いと興ある事になん侍るなる。

（四〇六話、「画図」）

と、一条室町の御所の障子絵を従来通りに模写したことについても編者は「いと興あり」、「いと興ある事になん侍るなる」を繰り返している。君臣和楽する昔の美風、または後世におけるその再興に対し、編者は「興あり」と言っているわけだが、発話の契機をもう少し詳しく内容別に分けてみると次のようになる。

　　a　公、私的な君臣の和合　　　　　　　　　　　五話
　　b　古き良き時代の美風　　　　　　　　　　　　五話
　　c　道を極めた人々の優れた才能や行為　　　　　四話
　　d　過去の美風の再現、再興　　　　　　　　　　三話
　　e　愉快な物言い　　　　　　　　　　　　　　　五話

　　eを除いたa～dはすべて御門と内裏を軸に繰り広げられた儀礼や遊びの模様に関するもので、王朝貴族の公共性に関わるものである。当然のことかも知れないが、編者が理想としたのは貴族としての公共性が見事に具現し発揚されている状態であって、それが具現されていれば編者は「興あり」と評価している。編者が好意的な評価を下した事柄は、すべてがこのようなケースで、前に挙げた「めづらし」「めでたし」「いみじ」「やさし」なども程度の差はあれ、編者のそれへの関心と執着度が投影されたものである。たとえば、「めづらし」は、

　　・弘徽殿の女御の歌合せに、花かうじ・しらまゆみといへる文字ぐさりを歌
　　　の句のかみにすゑて、折句の歌によませられける、めづらしかりける事な
　　　り。（一四四話、「和歌」）

・主上、催馬楽を付けうたはせ給ひける、めづらしく目出たかりける事なり。(二六七話、「管絃歌舞」)

などのように、「女御」、「主上」といった最高位の人物たちの行為に対して用いられている。更に細かく見ると、内裏を舞台として、天皇・院・女御・殿上人が、朝覲・列見・節会・御賀・御賀の後宴・花の宴・競馬・坪庭での蹴鞠・歌合といった場において、管絃の演奏・歌・芸才の披露・折句の遊び・風雅な振舞いをしたこと―公共性の具現―に向けて発せられている。

　そして、「いみじ」は、内裏の焼亡の際、神器及び宝物の有無を天皇に一つ一つ確認した右中辯藤原宗忠の行動に対する「心早く一一に分明に申しける、いみじかりける事なり。」(「政道忠臣」、八三話)という評や、また、屏風の真贋を見事に当てた絵師の公茂の眼力に対する「案のごとく公忠が字ありけり。いみじかりける事なり。」(「画図」、三八八話)という評などを見ると、「興あり」や「めづらし」と同様の状況に向けて発せられていることが判明する。但し、「いみじ」は「興あり」に比べ、危機に際しての冷静な判断や名人の鑑識眼といった、より具体的で、専門的な事柄に対し用いられるというように、言葉の使い分けが見受けられる。

　一方、これと対照的な状況に対し、編者が最も頻繁に口にしたのが「口惜し」である。五つの例が見出せるが、前掲の九八話(「公事」)の場合はその好例として挙げることができよう。

　　内宴は弘仁年中にはじまりたりけるが…このたびの御遊ことにおもしろかりければ、主上興に入らせおはしましけり。按察笙を閣きて、時々唱歌せられけり。興ある事なり。永暦よりおこなはれずなりにける、口惜しきことなり。

　永暦(一一六〇〜六一年)以降、内宴の伝統が絶え、また美風の一つが廃れてしまったことを編者は「口惜し」と嘆いているのだが、この他にも次のような場合に編者はこの語を用いている。

・一隅をまもりて善悪を定めん事は、口惜しかるべき事なり。諸道同じ事なるべきにや。(一一八話、「文学」)
・むかしは、この座にして盃酌ありて、或いは詩をつくり、或いは管絃を命じて、心にまかせて終日遊戯しける。今ぞかやうの事も絶え侍りぬる、口惜しきかな。(一二一話、「文学」)
・兼房朝臣の正本は、小野の皇太后宮申しうけて御覧じけるほどに、焼けにけり。貫之が自筆の「古今」もその時おなじく焼けにけり。口惜しき事なり。(二〇四話、「和歌」)
・相撲は〈中略〉安元(高倉)より以来絶えて、その名のみ聞く、口惜しき事なり。(三七〇話、「相撲」)

　その昔、華やかに行われていた儀式や行事、または書物が、「今」はなくなってしまったことを編者は惜しんでいるのである。同様の気持ちを表す言葉としては、この他にも「あさまし」「むざん」「無念」「うたて」などが見られる。

　以上、評語の中に登場する言葉の使われ方を調べてみたが、編者は貴族的公共性のあるべき姿が具現されている場合は肯定的な反応を示すが、それが廃れ、すでに過去のものになってしまった時には否定的な反応を表していることを確認した。編者は平安時代を通して培われてきた、儀礼と諸芸から成る王朝文化、就中、諸芸の方に格別な思いを寄せていた人物であったと見える。そして、その判断基準と用語が王朝文化の枠組みをそのまま踏襲していることから、一種過去志向的な価値観の持ち主であったと捉えることができよう。

四　人間観の特質

　次は編者の人間観の特質について考察する。評語や本文中の記述の分析を通して、編者が自らの周りの事物をどのように見、受け止めていたかを見てきたが、これは文字通り、ものやことを対象とするものであった。そこで、ここでは編者が人間をどのような基準や観点から見、判断していたかを調べることにする。源頼朝と法然という、鎌倉時代に政治と宗教分野において、それぞれ最も劇的な変革を引き起こした二人をどう捉えているかを検証し、その人間観の特質を明らかにしてみたい。

　まず源頼朝だが、政治のあり方を説いた「政道忠臣」篇で編者は頼朝の挙兵を、「伊豆の国の流人前の右兵衛頼朝謀反」、「東国謀反」（八七話）という書き方をしている。王朝的支配体制と文化の擁護者だっただけに、その基盤を揺るがし、覆そうとした頼朝の行為に反感を抱いていたに違いない。ところが、話題が政治という〈公〉の世界から私的な世界へ変わると、頼朝は次の四話の例に見るごとく大変優れた、望ましい人物に変貌する。

　最初は「釈教」篇の六二話であるが、善光寺の如来が一度は定印を、次は来迎の印を結んでいるのを見たという頼朝の話に、天王寺の別当（鳥羽の宮）が、「かの幕下は、ただ人にはあらざりける」と感心したことを挙げ、頼朝を優れた眼力を持つ非凡な人物として描いている。

　次は前話と時と場を同じくするものと考えられる話（二一四話、「和歌」）で、頼朝の歌才と度量の広さを伝える説話である。所領の安堵を直訴した尼に、それを認める旨の歌を扇に書いて与えたという内容で、頼朝が武士の棟梁に相応しい度量を備えた上に、歌にも通じていたことを伝えている。更に、その次の二一五話では、頼朝の連歌が披露され、前話と合わせて彼が公家文化の要とも言うべき詠歌の才に富んでいたことを取り上げている。また、「画図」篇の四〇〇話では、後白河院が東大寺供養のために上洛した頼朝に所蔵の絵を見せようとしたところ、「君の御秘蔵候ふ御物に、いかでか頼朝が眼をあて候ふべき」と自ら辞退したとし、頼朝が臣下の礼を辮えている武将であったことを浮き彫りにしている。

　「政道忠臣」篇では謀反人だった頼朝が、「和歌」と「画図」篇では、眼力があって、歌才に富み、礼儀を知る人物と変わっているわけだが、一人の人物の評価に対しこのような偏差が生じたのはなぜだろうか。それは、編者が歴史上の人物を一つの原則やある統一的な基準によって評価しようとせず、異なった物差しや角度から捉えようとしたからに違いない。つまり、頼朝を歴史的な視点から見ようとせず、別々の独立した枠組みを通して見、判断したからであるが、これは編者に一人の人間を総合的かつ統一的な視点から規定し、定義付けようとする意識が欠如していたためと考えられる。

＊

　次は法然に対してであるが、念仏宗の祖で、日本の宗教史に大きな足跡を残したこの仏教界の巨人を編者はどう描いているだろうか。第四章第一節で詳論することになるが、ここでは宗教意識ではなく、編者の人間の描き方という側面からアプローチする。

　編者は、「釈教」篇の六三話の冒頭で、法然を

　　源空上人は一向専修の人なり。直人にはおはせざりけり。弥陀如来の化身とも申し、勢至菩薩の垂跡とも申すとぞ。その証あきらかなり。諸宗の奥旨さぐり極めずといふ事なし。

と、激賛に近い筆致で書き出しているが、しかし、その後法然の功績とし

て挙げていることは、類型的な表現で飾られた奇瑞と霊験の話に過ぎない。たとえば、往生と関連しては、

　　　いまだ墓所を点ぜざるに、両三人の夢に、その所にあたりて天童行道
　　し、蓮華開敷せり。三四年よりこのかた、老病身にまとひて耳目蒙昧なり
　　けるが、往生の期近づきては、殊に目も見え耳も聞かれにけり。

と、現実的にはあり得ないことを極めて類型的な表現でその奇瑞をたたえており、また彼の前生についても、

　　往生之業中　一日六時刹　〈中略〉
　　源空本地身　大勢至菩薩　衆生為化故　来此界度々
　　かく示めして去に給ひにけり。勢至菩薩の化身といふ事、これより符合す
　　るところなり。

と、夢告譚を引用してその非凡さの証明としている。法然に対するこのような書き方は、法然の一生を、歴史の主体としてその存在の意味や業績を客観的乃至本質的に問おうとする代わりに、往生時の奇瑞・霊験という類型的で外面的な現象のみに注目したためであるが、編者は人間という存在をその本質ではなく、外側に現れた部分でもって評価し、判断しようとする傾向が強かったようである。頼朝の場合に見るような統一的視点の欠如、そして法然の場合に見るような、本質より外側に注目する傾向は編者の人間観の一特質であったと言えよう。

五　意識構造

　次は、各篇の小序や説話本文の言説の中から、編者の意識構造や思考

パターンを反映していると判断される記述の分析を通して、更に編者の精神世界の深層を垣間見ることにしよう。説話集の編者の主たる機能は説話の収集にあるが、収集の際、すでに編纂の方針や個人的な好みによって取捨選択が行われ、更に執筆段階で手を加えたり、書き換えたりするものなので、〈集〉という形で編纂された説話集の説話言説は多かれ少なかれ編者の個性の影響を蒙るのが一般的である。説話言説を分析していけばその個性に関わる部分が析出でき、それによって編者の思考体系をある程度までは解読することができるだろう。

　このような観点からまず編者の政治認識—〈政道観〉—を見てみると、編者は当代の政治的な状況に無関心を装っていたが、決して政治そのものに無関心であったわけではなく、自分なりの〈政道観〉をきちんと持っていたようである。たとえば、「政道忠臣」篇の七五話を見ると、

　　　神泉苑の正殿を乾臨閣と名づけて、近衛の次将を別当になして、天子つねに遊覧ありて、風月之興、絃管の遊びありけり。また宴飲も侍りけるを、延喜の御時、天神の臣下にておはしましける時、いさめたてまつられければ、とどまりにけり。寛平の遺訓にも、「春風秋月、実事無きが若くんば、神泉・北野に幸し、且つは風月を翫び、且つは文武を調へよ。一年に並幸すべからず。また大熱大寒にはこれを慎め」と侍り。

と、帝王は〈節度〉を守るべきだとし、また、八一話では、

　　　同じ院(後三条院：筆者)、「律令式格にたがはず」と、宣命に書かせさせ給はせけるを、資仲卿、「これより後をこそ申させ給はめ。前にすでにたがひたる事どもをばいかでかかくは申させ給ふぞ」と、制しまゐらせけるに、程なくうせさせおはしましにければ、「その宣命のゆゑにや」とぞ人申しける。〈後略〉

と、後三条院の例を挙げて、帝王は〈正道〉を重んじるべきだと説いている。編者は〈節度〉と〈正道〉を「政道」の要と受け止めていたようである。この他にも、「政道忠臣」篇を繙くと、公正な人事(八〇、八四話)、道理(八二、八七話)、臣下としての責任と心構え(八三、八五話)などに関する説話が収められているが、編者が「政道」で何を重視していたかを示すものである。

ところで、編者の政治認識と関連して看過してはならないのは、編者が「政道忠臣」篇に治承四年以降のことを取り上げていないことである。延喜時代を聖代と捉え36)、王朝的支配秩序を「政道」のあるべき姿と認識していただけに、政権が武家に渡った以降はもはや「政道」と呼ぶに相応しくないと諦めていただろうか、開幕以降の政界の動きについては全く触れていない。ただ、「政道忠臣」篇の最後(八七話)に、東国謀反を群議する場で左大弁の藤原長方が院政を止め、関白を流刑に処した清盛の措置を厳しく批判したという話を載せているが、承久の乱後の幕府の仕打ちに対する非難の念を婉曲に表したとも受け取ることができよう。

政治と現実への絶望は貴族階級の文化に対する自意識と自負心を高揚させ、鎌倉前期には和歌から説話に至るまで、様々な知的遺産が集大成されるに至るが、編者が長きに亘って貴族階級の代表的具現とも言うべき知識・教養体系を収集し、記録していたのもそれと脈を同じくするものであったろう。文化コードの維持と継承こそが、生き甲斐であり、生の根拠であったはずだが、詩歌管絃は、前述の通り編者にとって格別な愛情と共に自信の持てる世界であった。ことに管絃に関しては随所で専門家さながらの知識を披露しているが、次は「管絃歌舞」篇の端々に書き込まれている、管絃に関する編者の寸評を見てみることにしよう。

---

36)「博奕」篇の四一九話で編者は、「聖代にも、かやうの勝負禁なかりけるにこそ」と、延喜時代を聖代と呼んでいる。

a この事不審。帰徳ならば、松をばなど鉾には用ゐざりけるにか。(二三七話)

b 管絃はよくよく用心あるべき事なり。…かかるためしあれば、事におきて
　 よくよく用心あるべき事なり。なかにも御物のつねにも吹かれざらむを
　 ば、まづ小息にて心見るべきなり。(二四六話)

c 太鼓の撥をとる日は、笛吹とよくいひあはせて存知すべき事なり。これ古
　 人の伝ふるところなり。(二五七話)

d 知足院殿仰せられけるは、万秋楽はゆるるかに吹くべしと、人はみな知り
　 けれども、真実は、責め伏せて吹くべきなり。(二七七話)

　「べし」と「なり」という、当然と断定の意をあらわす助動詞を使って
確信に満ちた口調で論評しているが、注目すべきは、aを除いたb、c、
dでは、傍線部の「ためし」、「古人の伝ふるところ」、「知足院仰せら
れけるは」などのように、前例や他説を批判の根拠としていることである。
管絃はすでに遥か昔に〈古典〉と化し、古式通りに演奏することが慣わし
になっていたが、演奏の細かい部分でさえ古人と名家の名を借りて説明し
なければ気が済まなかったのが編者だったらしい。編者が生きた鎌倉前期
は、「日本人の精神活動が、多種多様な領域で、その思考方法の根底に
まで及ぶ深まりを持って、共通に、独特の、異様と言ってもよいほどの創
造性と活発さを示した時期」であったと言われる[37]。それはすでに法制や
宗教の教説などに広く行われていたが、「例」をもって物事を説明しよう
とする編者の姿勢は、「例」を認識の第一の拠り所としていた前時代の思
考パターンとそれほど変わっていない。編者が「例」にどれほど固執してい
たかは次の例で確かめられよう。

---

37) 竜福義友「転換期の貴族意識」(《岩波講座日本通史》第7巻　中世1所収)、
　　一九九三年十一月、二五五ジ

・白河院、寝殿の御簾を君げて、再三御感ありて、「今一度、今一度」と
　仰せらるる事、五六度に及びけり。故実を知ろしめして御感ありけるこそ
　いみじき御事なれ。(二七七話、「管絃歌舞」)
・榊のふりに末句をうたはざるは、故実にて侍るとなん。

　　　　　　　　　　　　　　　　　　　　　　　(二七九話、「管絃歌舞」)

・舞曲を御覧ぜられけるに、左大臣・右大臣・右大将保忠卿(不審、延喜
　年中に薨ずと云々)・大納言恒佐卿、庭におりて崑崙を舞ひ給ひけり。こ
　れ故実たる由、吏部王記し給ひて侍るとかや。(四四九話、「祝言」)
・良道が名も、作者の名を付けられたるとかや。またぬしの名なりともい
　ふ。いづれか実説に侍るらん、尋ぬべし。(三九四話、「画図」)
・この条は、いはれなき事にや。両帖共に打つ事、これまた正説なり。妙音
　院殿も両帖ともに打つべきよし、たしかにしるし置かれたり。

　　　　　　　　　　　　　　　　　　　　　　　(二七六話、「管絃歌舞」)

　何事にも「故実」「実説」「正説」を尋ね、確認しなければ気が済ま
なかったのが編者の性格だったらしい。このいわば確認癖とも言うべき姿勢
は『著聞集』の全巻に一貫していて、語彙や表現の違いこそはあれ、至る
所で散見できる。

・或る御記かくのごとし。小野宮殿の事見えず。おぼつかなきことなり。

　　　　　　　　　　　　　　　　　　　　　　　　　(二話、「神祇」)
・かの右府の記しおかれたるとかや。尋ぬべし。(二六一話、「管絃歌舞」)
・これみな、いづれの御時よりといふ事を知らず。由緒かたがたおぼつかな
　し。(三八四話、「画図」)
・やがて造内裏ありしに、この桜のたね、大監物源光行が家にうつしうゑたる
　よし聞えて、めしてうゑられけるとぞ。いづれの時のたねにてかありけむ。お
　ぼつかなし。(六五〇話、「草木」)

　編者のこのような思考方式はいわゆる「例」に没頭した平安中期貴族とさほど変わっていない。平安中期貴族の最も特徴的な思考基準を「例」と捉えた竜福義友はその特徴を、

　　　《例》は、ことがらに内在するもののうち臨場的に露呈される性格だけに即することを要請されて価値基準を具体化・外面化し、内面的・理念的基準の作用しがたい精神世界を形成した。《例》が価値判断で果たしたのは判断の根拠となることではなく、その結果を対他的・対社会的に正当化する手段となることでしかなかった。

と捉えたが[38]、過去の例を固執し、一つ一つ確認しようとする編者の態度は、まさに竜福の指摘通りと言っても過言ではない。説話の選定、集の枠組みの設計、評語での意見開示、本文の語彙使用に至るまで、『著聞集』の全巻を支配しているのはこのような精神世界である。尚古的、保守的と言われるのも故なしとしないだろう。

　但し、わずかではあるものの、この「例」志向的な精神構造とは反対の性向、即ち価値基準の主観化と内面化 ― 竜福の言葉を借りれば「理」― への志向が混在していることを見過ごすわけには行かない。説話の内容を故実と比べてそれが事実であることを証明して見せようと務めてきた編者だが、時には次のように故実そのものの真偽を疑ったり、あるいは世間の常識に照らして物事を判断しようとする姿勢を示している場合も見受けられる。

　　ａ　しかあるを、土御門の大臣の母は式部卿為平の御子の御女のよし、系図に註せる、おぼつかなき事なり。尋ね侍るべし。（四五六話、「哀傷」）
　　ｂ　この事たしかに申しつたへ侍れども、兼国、松殿の官人となりたる事たしかならず。なほ尋ぬべし。（五一七話、「興言利口」）

────────────

38）　前掲の竜福論文に同じ、二七四㌻。

c 天徳の内裏の焼亡に、神鏡みづから飛び出で給ひて、南殿の桜の木にかか
　らせ給ひたりけるを、小野宮殿ひざまづきて御目をふさぎて、警蹕を高く
　唱へて御うへの衣の袖をひろげて、うけまゐらせられければ、即ち飛び帰
　りて、御袖に入らせ給ひたりと申し伝へて侍り。されどこの事おぼつかな
　し。(二話、「神祇」)
d さしもの上人の、いかにそらごとをばせられけるにか。この事おぼつかな
　し。(一一一話、「文学」)
e 勝命法師、仮名の序書きたりけり。このたびは、ことなる事なかりけるに
　や。そもそも七叟の中に僧まじはりたる事おぼつかなし。

(二〇五話、「和歌」)

f そもそも序の奥八拍子は、たえて久しくなれり。しかるを、かの亜相ひと
　りつたへられたる事もおぼつかなき事なり。(二七六話、「管絃歌舞」)

　a では系図の内容の真偽に疑問を投げかけ、b と c では「申し伝へ」ら
れていることの信憑性を疑っている。そして、d 、e 、f では、客観的事
実による推論乃至は常識的な判断によって物事の当否を判じている。編者
が「実説」を追い求めたこと、そしてその一環として「尋ぬべし」や「お
ぼつかなし」を繰り返したことは有名だが、ただ単に「例」の照合のため
ではなく、その真偽や当否に向けてもそれが発せられたということは、編者
に「実説」なるものを対象化しようとする意識が芽生えていたことを示す
ものと見てよかろう。

六　おわりに

　西尾光一は、新潮日本古典集成本『古今著聞集』(上)の解説の中で、編者に
関する既存の研究成果を使って彼の一生を次のように復元している。

　橘成季は、元久二年(一二〇五)頃生まれ、同族橘光季の養子となり、壮年の頃は右衛門尉ほどの身分で、関白九条道家の随身として、重用されて活躍した。漢詩文や和歌をよくし、音楽・絵画を好み、藤原孝時の琵琶の伝授を受け伝えた。〈中略〉退隠閑暇の状況の中で、『著聞集』二十巻三十篇を編んだ。時に建長六年(一二五四)成季五十歳の頃のことであった。その後、文永九年(一二七二)までの十八年のどこかで、七十歳には達しない年齢で死去したものと考えられる。

　新しい資料の発掘によって、系譜や経歴の記述の一部を書き換えなければならないことがあるかも知れないが、歴史上に実在した人物としての編者の一生は大体このようなものである。だが、こうした経歴の叙述ばかりでは『著聞集』という膨大で複雑な説話言説の世界を作り上げた人物の説明にならないことは言うまでもない。本稿では、編者を経歴の面からではなく、思考パターンや意識構造の面から捉え直してみたが、総じて言うならば、編者は「例」志向性の強い人物であったと言える。

　すでに時代は「例」より「理」を重んじる方向へと変わりつつあったが、編者は依然として旧時代の思考パターンをそのまま堅持し、王朝が事実上形骸化してしまったにもかかわらず、王朝文化のあるべき姿に憧れを寄せていた人物であった。彼が時に賛嘆し、時に嘆いたのは今は無き過去そのものではなかった。彼が憧れていたのは過去そのものではなく、そのあるべき姿であった。仮に「今」であっても、王朝文化のあるべき姿が現前してさえいれば編者は満足したに違いない。そのような意味で編者は基本的には保守的な人物であったが、その一方で物事を対象化して見ようとする意識を持ち合わせていたことの意味は大きい。「今」を描いた「興言利口」篇が『著聞集』の中に存在し得たのは、「例」によらず、世間の常識と自らの知力のみでものが判断できる眼があったからに他ならないからである。

第二章
『古今著聞集』の構造と叙述形式

第一節　『古今著聞集』の組織

一　はじめに

　真名序と仮名の跋に、二十巻三十篇の篇ごとに篇目と小序(第二十一の「哀傷」篇は欠落)を持つ『古今著聞集』(以下『著聞集』と略す)は、次に見る如く類纂説話集の中でも最も整然として且つ体系的な編成で知られる。

　　巻一：「神祇」、巻二：「釈教」、巻三：「政道忠臣」・「公事」、
　　巻四：「文学」、巻五：「和歌」、巻六：「管絃歌舞」、巻七：「能
　　書」・「術道」、巻八：「孝行恩愛」・「好色」、巻九：「武勇」・
　　「弓箭」、巻十：「馬芸」・「相撲強力」、巻十一：「画図」・「蹴
　　鞠」、巻十二：「博奕」・「偸盗」、巻十三：「祝言」・「哀傷」、
　　巻十四：「遊覧」、巻十五：「宿執」・「闘諍」、巻十六：「興言利
　　口」、巻十七：「怪異」・「変怪」、巻十八：「飲食」、巻十九：
　　「草木」、巻二十：「魚虫禽獣」

　神仏から変怪、動植物に至るまで、人間を取り巻く様々な事象が名を連ねているが、前後の連結関係を見ると、ただ無造作に並んでいるのではなく、「神祇」　―　「釈教」、「文学」　―　「和歌」、「怪異」　―　「変怪」等のように、まず同類の事柄が類聚されていることが目に付く。そして、これらが織り成す世界を調べてみると、公事・和歌・武勇・興言

利口等、人事万端に関わる事柄を軸にして、その前後に神祇・釈教といった宗教的な事象と、草木・魚虫禽獣等、自然界の事柄をそれぞれ配置するという、類書一般の分類法が用いられている。

　出雲路修は『著聞集』のこのような分類法を『太平広記』のそれと比較した上で、『著聞集』を宗教、人間、自然の三部の組織に分け、宗教には「神祇」・「釈教」、人間には「政道忠臣」〜「飲食」、自然には「草木」・「魚虫禽獣」の諸篇を振り分けている[39]。筆者も『著聞集』が類書の基本的な分類法である三部組織から成ることについては意見を共にするが、各部の編成、とりわけ「人間」の編成については、更なる検討が必要ではなかろうかと思っている。なぜなら、篇目のみを取り上げて分類するならば、出雲路のように分けることもできようが、『著聞集』の編纂動機を考え合わせた時、別の分け方も可能であるからである。そこで本節では、『著聞集』の編成とその意義について私見を述べることにしたい。

　なお、人間という名称は、この部が取り上げているのが人間そのもののみならず、人間に関する様々な事柄に及んでいる故、人事と呼んだ方がより相応しいと思う。そこで本稿では行論の際、意味上の混同が生じないよう、各部の名称を〈宗教部〉、〈人事部〉、〈自然部〉のように呼びわけることにしたい。

二　〈宗教部〉の構成

　「神祇」、「釈教」の両篇から成る〈宗教部〉は、人間の幸不幸を決定する神々の託宣や高僧たちの霊験譚が中心となっており、凡人の力の及ばぬ超越的な世界を対象としている。〈宗教部〉を『著聞集』の冒頭に配

---

39) 出雲路修「《古今著聞集》の世界」、『国語国文』第四十八巻五号、一九七九年五月。後に『説話集の世界』(岩波書店、一九八八年九月)に所収。

置したのは、出雲路も指摘しているように[40]、天地及び宗教関係の項目を先頭に配置する類書の配列法に倣ったものと見られるが、部の構成において注目されるのは、「神祇」篇を「釈教」篇より先に置いたことである。その理由は幾つか考えられるが、まず挙げられるのは、時代の風潮である。編者が在世した中世前期は、神祇思想が社会の各分野で台頭してきた時期で、文学の世界もその例外ではなかった。勅撰集を例に挙げると、『千載和歌集』までは「釈教」（巻十九）の次に置かれていた「神祇」（巻二十）が、『新古今和歌集』では両巻の位置が逆転し、更に『新勅撰和歌集』では「神祇」と「釈教」がそれぞれ巻九と巻十に浮上する等、次第に「神祇」の比重が増しているので、編者がこのような時流の影響を蒙った可能性は排除できない。が、『著聞集』の場合はそのような外因よりも、「篇のはしばしにいささかそのことのおこりをのべて、つぎつぎにその物語をあらはせり。」と跋に示されている年代順配列という編纂原則がより大きな影響力を及ぼしているようである。

　因みに、両篇のそれぞれの起源を調べてみると、まず神祇の起源について編者は「神祇」篇の小序で次のように述べている。

　　　天地いまだわかれず、混沌たる鶏の子のごとし。その澄めるはたなびきて天となり。濁れるは沈み滞りて地となる。時に天地の中に一つの物なり。かたち葦牙のごとし。則ち化して神となる。国常立尊これなり。それよりこのかた、天神七代、地神五代なり。＜後略＞

　『日本書紀』の冒頭部分の引用と見られる天地創生の話から始まり、人代に及んでいるが、言うまでもなくこれは『著聞集』の中で最も〈古い〉話に当たる。

40）注39)に同じ。

　一方、「釈教」篇の小序で編者は、仏教の始まりと日本への伝来過程を次のように記している。

　　　地神の末に当りて、釈迦如来天竺に出で給ひけり。〈中略〉一千四百
　　　八十年に当りて、我が朝第三十代欽明天皇十三年に、百済の国より始め
　　　て金銅の釈迦像・経論・幡蓋等を奉りけり。〈後略〉

（傍線は筆者。以下同じ）

　「神祇」が天地創生から始まるのに対し、「釈教」はそれから遥かに後れて、地神の末頃の釈迦の誕生をもってその始源としている。編者が「神祇」篇を先に配置したのは、このように年代順配列という原則から見て、本篇が『著聞集』の巻頭を飾るに最も相応しかったからであろう。

三　〈人事部〉と〈自然部〉の構成

　次は「人事部」である。天皇から一般庶民に至るまでのあらゆる人間のなす、政治から博打に至る様々の行いが対象となっている。この部は、所収話の性格によって全体を二つの群に分けることができる。即ち、賞賛すべき性質を有する話群 ── これらは跋文中の編者の言葉（「いにしへより、よきこともあしきことも、しるし置き侍らずは、たれかふるきをしたふなさけをのこし侍るべき」）を借りて「よきこと」群と呼ぶことにする ── と、禁制すべき内容の話群 ── 同じく「あしきこと」群 ── がそれである。

　「よきこと」群は、「政道忠臣」篇から「蹴鞠」篇までの十五篇で構成されるが、政事や有識故実にまつわる説話を集めた〈公の世界〉を筆頭にして、詩歌管絃等頭脳による文化的事象を対象とした〈精神的技芸群〉と、弓矢、馬芸等身体による諸芸を対象とする〈肉体的技芸群〉とで構成されている。「あしきこと」群（「博奕」篇から「興言利口」篇ま

での八篇)は、概括するならば、各篇が「よきこと」群の負の側面、言い換えれば対象化された世界で構成されている。以上を纏めたものが〈表一〉である。

〈表一〉

<table>
<tr><td>
「よきこと」群
・〈公の世界〉：「政道忠臣」・「公事」
・〈精神的技芸群の世界〉：「文学」〜「好色」
・〈肉体的技芸群の世界〉：「武勇」〜「蹴鞠」

「あしきこと」群
・〈「よきこと」群の負の世界〉：「博奕」〜「興言利口」
</td></tr>
</table>

「人事部」の最初には「政道忠臣」と「公事」の二篇が配置されている。この二篇は「よきこと」の中で最も公的な世界を舞台としたもので、「政道忠臣」篇の小序には、

　　治世の政、万方靡然たり。これ則ち、君は仁を以て臣を使ひ、臣は忠を以て君に奉り、君は国を憂へ、臣は家を忘るれば、君臣合体し、上下和睦する者るなり。

と、君臣関係のあり方が述べられている。〈人事部〉の先頭に政道に関する項目を置くのは類書の通例でもあるが、「…君臣合体し、上下和睦云々」という言説には、末流ながら貴族階級の一員であった編者の政道観がよく現れている。以下の巻篇の配列においても、編者は公と関わる事象をまず最初に配置しているが、それについては逐次後述する。

*

　この次には、「文学」、「和歌」、「管絃歌舞」、「能書」、「術道」、「孝行恩愛」、「好色」等、王朝的文化を具現する〈精神的技芸群〉を配置している。このうち、「文学」～「術道」の諸篇は、どちらかと言えば公的な性格が強く知的な性向の技芸群であるのに対し、「孝行恩愛」と「好色」の両篇は私的で、情的性向の強いものであるという点が対照的である。

　知的性向の技芸群のうち、「文学」、「和歌」、「管絃歌舞」の三篇は、貴族たちの日常生活に不可欠な技芸を対象としている上、『著聞集』編纂の一次的動機となった素材であっただけに、質量共に本集の中心をなしている部分である。「文学」篇を「和歌」篇より先に配置しているが、これは編者が漢詩と和歌をそれぞれ異なった効能を持つものとして認識していた結果であることが各篇の小序の記述で知られる。

　つまり、漢詩について編者は、

　　〈前略〉書に曰く、「玉琢かざれば、器に成らず。人学ばざれば、道を知らず」と。また云はく、「風を弘め俗を導くに、文より尚きは莫く、教へを敷き民を訓ふるに、学より善きは莫し」と。文学の用たる、蓋しかくのごとし。（「文学」篇の小序）

と、修身や経国治世に役立つ公利的なもの、という見方をしている。

　一方、和歌については、

　　〈前略〉春の花の下、秋の月の前、これをもて予遊のなかだちとし、これをもて賞楽の友とす。（「和歌」篇の小序）

と、どちらかと言えば私的で遊楽のためのもの、という捉え方をしている。詩歌管絃という言葉が示す通り、社会通念上、歌より詩を先とする傾向もあったであろうが、公的なものをまず先に出そうとする編者の姿がここでも明確に現れている。「政道忠臣」や「公事」の次に「文学」を接続させたのも、そのような認識の発露によるものであろう。

　「能書」篇と「術道」篇は、書道と陰陽道という一見関連性が希薄と思われるもの同士が一つの巻(巻第七)に収められているが、同じく知的技芸でありながら、少数の専門家による職業性の強い技芸である点が、教養中心の他の技芸とは異なっており、また両方共その道を極めた者はよく神仏との感応を体験するというモティーフ上の共通点を持っている。

　次の「孝行恩愛」と「好色」の両篇は、前述の通り、貴族たちの私的世界を取り上げたもので、親子、師弟、男女関係といった私的な世界が対象となっている。この両篇も一つの巻(巻第八)に収められているが、共に人間の心の問題を扱っているのが共通しているからであろう。

＊

　〈精神的技芸群〉の後には肉体的技芸を取り上げた諸篇を配置している。「武勇」、「弓箭」、「馬芸」、「相撲強力」、「画図」、「蹴鞠」等がそれで、『著聞集』の全体的な構成からみれば、精神的技芸と対をなしている。

　肉体的技芸群の先頭には、「武勇」と「弓箭」の二篇を一つの巻(巻第九)に収めて配置しているが、平安時代の武将や院政期の滝口、随身にまつわる説話を集めたもので、「平常時における武勇談」[41]が中心となっている。「武勇」をこの群の先頭に置いたのは、精神的技芸における「文

41）新潮　日本古典集成本『古今著聞集』上の解説、五一一ページ。

学」篇の場合と同様、「武」の公的性格によるものと思われる。即ち、「武」のあり方について編者は、

> 武は暴を禁しめ、兵を革め、大を保ち、功を定め、民を安んじ、衆を和し、財を豊かにす。これ武の七徳なり。征戦の場に臨みて、死を一寸に去り、羆鑠の勇を振ひて、名を万代に貽すは、蓋し、この道なり。(「武勇」篇の小序)

と、国の安寧秩序の維持がその本分であるという考えを示しているのである。編者のこのような見方には、「文」とは国家の内的秩序の維持に、「武」とは外的秩序の確立に不可欠なもの、という中国古来の儒教的文武観が表れているが、編者の政治哲学を反映するものと言えよう。

　「弓箭」篇は内裏における小弓や賭弓、弓の名人に関する逸話を集めたものであるが、『今昔物語集』や『古事談』とは異なり、合戦譚を一話も含まず、単なる技芸譚で終始していることが特徴である。「武勇」篇が「文学」篇の対をなしているなら、「弓箭」篇は、そのような意味で、「春の花の下、秋の月の前、これをもて予逸のなかだちとし、これをもて賞楽の友とす」(小序)るものとして捉えられている「和歌」篇と対応する一面を持っている。

　この次には、「馬芸」と「相撲強力」を一つの巻(巻第十)にして配置している。この両篇は肉体的技芸の中でも競馬と相撲という、宮廷の行事として行われたものを取り上げたもので、「馬芸」篇の小序で編者は、

> 神事の庭には競馬を先とし、公事の砌には青馬をはじめとす。しかのみならず、武徳殿に御幸なりて、さまざまの馬芸をつくさる。「中略」およそこの芸は、乗尻の好むところなり。随身の専らにするところなり。

と競馬の特質を説いている。また、「相撲強力」篇の小序においても、

　　　〈前略〉昔は禁中にてその節をおこなはれ、諸国に強力のものを尋ねめさ
　　　れけり。安元(高倉)より以来絶えて、その名のみ聞く、口惜しき事なり。

と、その故実を紹介している。両者共に行事としての武芸である点を強調
しているわけであるが、そのような意味でこの二篇は〈精神的技芸群〉に
おける「管絃歌舞」篇に対応する性格を持っている。
　この次に配置したのが「画図」と「蹴鞠」の二篇で、やはり一つの巻
(巻第十一)に収められている。この両篇は、異色の組み合わせで、特に
「画図」が肉体的技芸として分類されているのは異例のことである。編者
は序の中で自らの趣味について

　　　琵琶は賢師の伝ふる所なり。たまたま六律六呂の調べを辯ふ。図画は
　　　愚性の好む所なり。自ら一日一時の心を養ふ…

と、ことに琵琶と絵を嗜んだことを明らかにしているが、「画図」篇を
〈精神的技芸群〉の中に入れなかったことを見ると両者に対する認識は大
きく異なっていたようである。「画図」を肉体的技芸として分類したの
は、おそらく蹴菊が主に足を使う技芸であるのに対し、絵は手を主に使う
技芸であることに着眼し、両者を同じ巻の中に収めたものと見られる。
　なお、編者は両篇の小序の中で絵画を「閑中の玩」と言い、蹴鞠を「前
庭の壮観」、「感興尽し難きもの」と表現しているが、これを見ると彼は
両者を私的な逸遊のための技芸と捉えていたようである。その点、両篇は
〈精神的技芸群〉における「孝行恩愛」と「好色」の二篇に相応する性
格を有している。

*

　次は「人事部」の中で「よきこと」群の負の側面を捉えた「あしきこと」群について考察する。「博奕」、「偸盗」、「祝言」、「哀傷」、「遊覧」、「宿執」、「闘諍」、「興言利口」の諸篇がその対象となる。
　これまでに見てきた「よきこと」群の小序にはそれぞれの技芸を賞賛する言辞が述べられていたが、「あしきこと」群では次に挙げる「博奕」の小序に見るごとく、禁制の言説が多いというところに特色がある。

　　　天武天皇十四年、天皇、大安殿に御し、王興等を喚びて博奕せしむ。しかれども、その賭物をいましむるがゆゑに、憲章その咎をまうく。専ら禁ずべき事にこそ。

　また、「闘諍」の小序においても、

　　　闘諍の起るや、少より大に及ぶ。啻に雄を闘ふのみに匪ずして、多くは以て死を決す。凡そ血気有る、皆争心有り。能く小忿を忍び、奮を致すこと勿かれ。いまだしきに慎むべし慎むべし。然れども先賢間これ有り。後愚、誡しめを如何にせん。

と、同じように禁制の言辞を並べているが、これらはこの群に対する編者の認識を示すものである。
　この群の先頭には、「博奕」篇と「偸盗」篇を一つの巻(巻第十二)に収めて配置している。両篇の小序には、「憲章その咎をまうく：博奕」、「盗賊は刑獄の法たり：偸盗」といった語句が見られるが、これは博打や盗みが憲章や刑獄の法、つまり王法によって禁じられた行為であったことを表している。文武が王法を守護・維持するための要とされているのに対し、博奕や盗賊はそれへの違反もしくは破壊行為として捉えられているのである。「あしきこと」群の先頭に「博奕」と「偸盗」を置いたのは、両篇のこのような反公共性によるもので、この二篇は「よきこと」群の「政道忠臣」・「公事」、「武勇」等の諸篇と対立し、その負的側面を担っている。

　この次には「祝言」、「哀傷」、「遊覧」の三篇が続く。「祝言」と「哀傷」が巻第十三に、「遊覧」は一篇で巻第十四をなしているが、この三篇は一見して分かるように、非常に意外な組み合わせとなっている。祝言や遊覧は哀傷と異質の事柄であり、またその内容を見る限りここよりは「よきこと」群に入れた方が望ましいはずなのになぜこのような配置をしたのか気になるところである。さて、ここで喚起されたいのが勅撰集 ― とりわけ『著聞集』より半世紀程前に成立した『新古今和歌集』の部立てである。『新古今和歌集』は巻七から巻十までが「賀」（巻七） ― 「哀傷」（巻八） ― 「離別」（巻九） ― 「羈旅」（巻十)と続いているが、「祝言」、「哀傷」、「遊覧」と続く『著聞集』の配列はこれに酷似している。推測の域を出ないが、編者は「祝言」・「遊覧」の二篇が内容上、「政道忠臣」や「公事」にも、諸技芸群の方にも入れにくかった上に、手元に集まった説話の量が祝言の場合はただの六話、遊覧の方も七話にすぎなかったので、仕方なく勅撰集の部立てに倣って「哀傷」の前後に配置したのではなかろうか。いずれにせよ、今まで編者一流の内的論理によって整然とした形で展開されてきた『著聞集』の篇目配列はここに来て初めて不整合性を呈することになるが、編者にとってこれはやむを得ぬことであったろうと思われる。

　このうち、所収話の量から見ても構成の流れから見ても問題となるのは結局、「哀傷」編であるが、本篇には挽歌を素材とした説話が十二話も含まれている。詩歌説話のうち、「文学」・「和歌」の両篇から漏れたものを一堂に集めたような感もあるが、「文学」・「和歌」に収められている詩歌が公私の場における人々の出会いを詠歌の契機としているのに対し、「哀傷」の場合は親、友人、主君等との別れ ― しかも死別が詠歌の契機となっていて対照的である。「文学」・「和歌」篇の否定的側面を取り上げたこの「哀傷」篇はそのような意味でそれらに対立する役割をしている。

　次の巻第十五には「宿執」と「闘諍」の二篇を収めている。「宿執」とは執念のことであるが、次に引用する小序によく表れているように、編者はこれを非常に限定的な局面でのみ用いている。

　　　宿執は、天性の染着する所なり。文武以下諸雑芸、その道を稟け、その名を思ふ者は、老に臨むと雖も、棄捐し難し。人皆癖有り。罷めんと欲するも能はず。これまた前業の然らしむるか。

　つまり、編者はその対象を「文武以下諸雑芸、その道を稟け、その名を思ふ者」に絞っており、二十の所収話のうち、諸方面において優れた技芸人に関する説話が十四話に及んでいる。わけても、圧倒的多数を占めているのが知的技芸(管絃：十一、詩歌：一)に優れた人々の死に際、あるいは死後における執念ぶりを伝える説話である。本篇はその点、知的技芸の負の側面という性格を有し、〈精神的技芸群〉と対立している。

　一方、「闘諍」篇は人々の争いを取り上げており、中でも「啻に雄を闘ふのみに匪ずして、多くは以て死を決す。凡そ血気有る、皆争心有り」という、前掲のはしがきの記述に明確に表れているように、主に武力による闘争が中心となっている。本篇はそのような意味で「武勇」、「弓箭」、「馬芸」、「相撲強力」篇等〈肉体的技芸群〉の負の側面という性格を有し、それらと対立している。

　「あしきこと」群の最後を飾るのは「興言利口」篇(巻第十六)である。

後期抄入話を除けば、集中随一の話数を有しており、また今日『著聞集』のうち最も知られている篇ですらある。貴族的な色合いの強い『著聞集』の中で、庶民を主人公とする説話を多く含み、また笑いを論じる際、欠かすことのできない本篇は一体どのような意図の下でここに配置されたのであろうか。

　所収話に目を通してみると、無知ぶりあるいは過信が裏目に出て引き起こす失敗譚、滑稽譚が多数収められているが、これらの説話は有識故実に精通し、または文武の諸芸に秀でて人々から賞賛を受ける「よきこと」群の中の文武技芸譚とは対照的である。また、あまりにも露骨な描写で非難の対象となったこともある性話群の世界は、「好色」篇におけるいわゆる「平安朝の美意識」42)としての色好みの世界とは表裏の関係とは言え、対極的なものである。このように、本篇は「よきこと」群全般を対象化したような側面を幅広く取り上げて見せているが、編者が「あしきこと」群の最後に本篇を配置したのはこのような理由によるものと見られる。

＊

　最後の〈自然部〉は人間世界の外側を対象としたもので、「怪異」、「変怪」、「飲食」、「草木」、「魚虫禽獣」等を配置している。「怪異」と「変怪」の二篇が一巻(巻第十七)に、他の三篇はそれぞれ一巻をなしている。その配列法は類書の一般的な分類法に倣ったもので、〈宗教部〉が超自然的な現象の中でも宗教問題をテーマとしているのに対し、〈自然部〉は自然界の不可解な事件と現象を取り上げている。

---

42) 中村真一郎　『色好みの構造』(岩波新書 319、一九八五年十一月)

四　おわりに

　以上、『著聞集』の編成を概観したが、二十巻三十篇から成る本集は、完璧とは言えないながらも、ほぼ全篇が編者の世界観に基づいた緻密な構想と内的論理によって、体系的に組織されていることを確認した。特に〈人事部〉は世の中の事象を肯定的な側面と否定的な側面に両分し、それぞれの諸相を対称的な形で展開するという構造をなしているが、これは「いにしへより、よきこともあしきことも、しるし置き侍らずは、たれかふるきをしたふなさけをのこし侍るべき」(跋)という、本集の編纂意図を具現化したものに他ならない。『著聞集』については、従来貴族的で尚古的という評価が支配的であった。が、編者が志向した世界が必ずしもそうでなかったことを『著聞集』の組織そのものは物語っている。

　世相を雅俗共に総体的に描こうとする傾向は、編者が在世した鎌倉前期を前後して盛んに編纂された類書類の特徴でもあり、また小西甚一も指摘している如く43)、当時の文芸の一つの流れでもあったが、『著聞集』に見るような本格的な試みは、説話文学においては画期的な出来事であった。その点、『著聞集』はもっと積極的に評価されてよい作品であり、またそうされるべきであろう。

---

43)　小西甚一　『日本文芸史』Ⅲ（講談社、一九八六年四月）

第二節　『古今著聞集』の舞台

一　はじめに

　説話集は、創作意欲ではなく、目的意識に動かされて生まれた文学様式である。そのため、説話集を読む際、まず問わねばならないことは、その対象と目的、方法であろう。つまり、何を、何のために、どう表現しようとしたのかを問うことが、研究の出発点となるわけである。『古今著聞集』（以下、『著聞集』と略す）の研究史を振り返ってみると、編纂の目的や方法については議論が行われてきたが、対象の方は、二十巻三十篇という枠組みの意義をめぐる論議があるのみで、作品世界の時空間や登場人物についてはほとんど問われることがなかった。

　『著聞集』はその多様性で知られた説話集である。三十の項目に、それぞれの歴史の流れの中で喜怒哀楽する人間群の姿が万華鏡のように繰り広げられているが、その時空間が実際にどれほどの広がりを持っているか、また登場人物は如何に構成されているかについては、具体的に検討されたことがない。

　前節に続いて本節でも、『著聞集』という説話集の対象、即ち『著聞集』が何を描こうとしたのかを取り上げることにする。前節では主に、作品の枠組みを問題としたが、本節では説話の内部に入って、登場人物・時代背景・場所など、説話の基本的な構成要素について考察することにしたい。

二　時代背景

　『著聞集』の編纂動機が「古今」の諸相をあるがままに描いて後世に残すことにあったことは第一章第二節で述べた通りである。では、その「古今」とは一体どれぐらいの広がりを持ち、また、「古」と「今」は作品の中でそれぞれどのような比重を持っているのだろうか。それを考える手掛かりとして、ここでは『著聞集』の時代背景を時間の流れに沿って再配列し、そのリニアな時間軸の構成を検討することから始めたい。

　まず、『著聞集』の時代背景がどれほどの広がりを持っているかを見るために、その上限と下限を調べてみると、最も年代の下るものは「魚虫禽獣」篇所収の七二〇話である。

　　　白拍子ふとだまわうが家にある女に、ある僧通ひけるを、本妻あさましく物ねたみのものにて、「いかにせむ」とねたみけれども、なほもちゐず通ひけるほどに、建長六年二月二日の夜、またこの僧、かの女に合宿して、〈後略〉

　建長六年二月と言えば、『著聞集』の編纂(序：建長六年応鐘中旬、跋：建長六年十月十六日)のわずか八ケ月前のことである。編纂完了時期から見てほぼ〈現在〉と言ってよい時点が時間軸の下限となっている。

　一方上限の方は、最も古いのは「神祇」篇の小序に記されている天地開闢説話であるがこれはさておき、その次に見える祭神の起源に関する記事が年代的には一番早い話である[44]。

　　　…この御時、戊子の年九月に、はじめてもろもろの神をまつられけり。
　　　第十代崇神天皇の六年に天照大神を笠縫邑に祭りたてまつる。同じき七年に天社、国社をおよび諸国　諸神の神戸を定めらる…

　ところが、これも神武天皇の実在性が疑わしい上に、異例の早い時期を扱った話で、全体からあまりにもかけ離れている。因に、『著聞集』各篇の時間的な幅は次の〈表一〉ような広がりを持っている[45]。

---

44) 竹居明男の「『古今著聞集』史実年表(稿)」(『国書逸文研究』第二十四号、平成三年十月)による。
45) 各篇の起点は、初話の年次を割り出したものである。

〈表一〉

「神　　祇」篇：　九六〇年	〜	一二一〇年
「釈　　教」篇：　五七二年	〜	一二四九年
「政道忠臣」篇：　八九八年	〜	一一八〇年
「公　　事」篇：一〇〇三年	〜	一二〇八年
「文　　学」篇：七世紀後半	〜	一一八七年
「和　　歌」篇：　八〇六年	〜	一一七二年
「管絃歌舞」篇：十世紀初め頃	〜	一一五〇年
「能　　書」篇：九世紀初め頃	〜	一二五一年
「術　　道」篇：十世紀初め頃	〜	十二世紀末頃
「孝行恩愛」篇：一〇一九年	〜	十三世紀初め頃
「好　　色」篇：十世紀末頃	〜	〃
「武　　勇」篇：九世紀初め頃	〜	一二二一年
「弓　　箭」篇：　九二七年	〜	十三世紀末頃
「馬　　芸」篇：　九九一年	〜	一二一七年
「相撲強力」篇：　九二八年	〜	十三世紀初め頃
「画　　図」篇：九世紀末頃	〜	一二四五年
「蹴　　鞠」篇：十一世紀末頃	〜	十三世紀中頃
「博　　奕」篇：九世紀後半	〜	一二五三年
「偸　　盗」篇：十一世紀初頭	〜	十三世紀初め頃
「祝　　言」篇：　九二四年	〜	一二四九年
「哀　　傷」篇：　九三〇年	〜	一二四三年
「遊　　覧」篇：一〇九二年	〜	一二一一年
「宿　　執」篇：十二世紀末頃	〜	一二五〇年
「闘　　諍」篇：一一四〇年	〜	一二三三年
「興言利口」篇：　十一末頃	〜	十三世紀中頃
「怪　　異」篇：　九三〇年	〜	一二一〇年

「変　　怪」篇　：	八八七年	～	十三世紀中頃
「飲　　食」篇　：	九八九年	～	〃
「草　　木」篇　：	九一三年	～	〃
「魚虫禽獣」篇　：	七四〇年	～	一二五四年

　以上に見るごとく、奈良時代以前まで遡る篇は「釈教」、「文学」、「魚虫禽獣」の三篇のみで、他はすべて平安時代以降を起点としており、しかも延喜時代以後の平安中期から始まるものが大半を占めている。即ち、『著聞集』は平安中期から、編者在世中の鎌倉時代中期までの、約三百年間をその主な舞台としているのである。

　では、『著聞集』における「古」と「今」は何時頃を境に分節しているのであろうか。これについてはすでにいくつかの論考が出されているが、たとえば永積安明は『著聞集』の「古今」について次のような見解を示している46)。

　　著聞集の全説話を、かりに年代的に平安時代と鎌倉時代とに二分してみると、全説話数七二六段から抄入追記の疑いのあるもの七七段と小序の二九段とを除いた六二〇段のうち、約二一〇段、つまり全段の約三分の一がほぼ鎌倉時代の説話で、約三分の二という圧倒的多数が王朝時代の説話である。さらに各篇を個別的に点検すると、一篇の過半数の章段が鎌倉時代の説話であるのは、偸盗・興言利口・魚虫禽獣の三篇(中でも興言利口は、例外的に六七段中五七段という圧倒的な近き世の説話を収めていて、この篇の特異な性格を端的に示している。)であるが、いまこの三篇を除いた他の二十七篇によって、比率を求めると、その結果は、いっそう強く古代王朝時代の説話の方に傾斜するのであって、けっきょくのところ、特殊な数篇を除外すると、一般的には昔物語が圧倒的な比重

---

46) 日本古典文学大系本『古今著聞集』の解説、九～一〇ジ゙。

を持っていたことになる。

　が、永積自身も「かりに」と断っていることではあるが、この見解には時代の仕切り方において些か問題がある。なぜなら、平安時代、鎌倉時代という時代区分法は現在の歴史認識に基づいたものであって、『著聞集』の編者に同様の歴史認識があったとは限らないからである。編者が如何なる歴史観を持っていたかは、結局『著聞集』の本文の中から読み取るしかないが、その意味で、福田益和の一連の論稿は非常に注目に値するものである[47]。福田は「古今著聞集研究序説」（長崎大学教養部紀要、第十六巻）の中で、編者が時代を明示する際に使った「昔」「上古」「中比」「近代」「近比」「末代」「世の末」「今」「今の世」等の用語の年時を具体的に調べた後、それぞれの範囲を、

　　イ　上古 ・昔 ・聖代　　　　　？　　　　　～　一一〇〇年頃
　　ロ　中　　　　　比　　一〇九〇年頃　～　一一六〇年頃
　　ハ　近代(比)
　　　　末代(世の末)　　　一一四〇年頃　～　一二五四年頃
　　　　今(の世)

と比定し、『著聞集』の「古」と「今」を次のようにした割り出した。

　　昔、中比(？ ～一一六〇年頃) ― 近代、末代、今
　　　　　　　　　　　　　　　　　(一一四〇年頃～一二五四年頃)

---

47) 福田益和「古今著聞集の研究」（長崎大学教養学部紀要 ［人文科学篇］ 第十一巻、第二号。一九八一年一月）
　　　　〃　　　「古今著聞集研究序説」（長崎大学教養学部紀要 ［人文科学篇］ 第十六巻。昭和五〇年）

　しかし、編者の時代認識を『著聞集』の表現の中から読みとろうとした
この比定にも問題がないのではない。なぜなら、福田は「古」と「今」の
境界を、両者が重なり合う一一四〇年から一一六〇年までの二十年間と
比定しているが、これではあまりにも狭すぎはしないかという疑問があるか
らである。

　編者の時代観を知る上で、時代を示す用語は確かに有効な指標となるも
のである。が、『著聞集』にはそれを示す材料が他にもある。『著聞集』
の各篇における時代の上限と下限については先に述べた通りであるが、こ
れを精査してみると三十篇のほとんどが編者と同時代である鎌倉時代の中
期を下限としているのに対し、「政道忠臣」、「文学」、「和歌」、「管
絃歌舞」の四篇は平安時代の後期を下限としている。この四篇の末話の年
時のみを再び挙げると次の通りである。

「政道忠臣」：一一八〇年　　　　「文　　学」：一一八七年
「和　　歌」：一一七二年　　　　「管絃歌舞」：一一五〇年

　『著聞集』の中で右の四篇がどのような位置を占めているかについては
前節で述べたのでここでは繰り返さないが、たとえば「政道忠臣」篇は、
次に引用する小序の記述を見れば明らかなように、編者の政治観が強く反
映されたものである。

　　治世の政、万方靡然たり。これ則ち、君は仁を以て臣を使ひ、臣は忠
　　を以て君に奉り、君は国を憂へ、臣は家忘るれば、君臣合体し、上下和
　　睦する者なり。

　編者が『著聞集』に「政道忠臣」篇を設け、それに関わる逸話を収
集、採録したのは、小序に述べられているように、「古」の君臣合体、上

下和睦する政治相を「今」に伝えて政道のあり方を示そうとする意図があったからであろう。また、「文学」篇の小序にも編者の古典的な崇文主義が鮮明に打ち出されている。

このように、右の四篇は『著聞集』の中でも「古」への志向が最も強く表れているが、これらの時代の下限が一一五〇年頃から一一八七年にまで及んでいることを見ると、編者の意識の中には、およそこの四十年に亘る期間が「古」と「今」とを分節する境目であったという認識があったようである。一一五〇年代は保元の乱(一一五六年)と平治の乱(一一五八年)が起こった時期であり、一一八七年頃と言えば鎌倉幕府の成立期で、世の中が貴族による秩序から武人による秩序へと移行した大変動の期間であった。編者にとって「古」と「今」は、まさにこの変動期を挟んで向かい合っていたのである。

三 説話の舞台

『著聞集』の作品世界の舞台は、編者が序の中で「只今、日域古今の際を知つて、街談巷説の諺有り。」と述べているように、日本の国内がその対象となっている。所収話の中には海外が舞台となっている説話(七〇、一一一、一一二話)もあるが、いずれも話の中心人物は日本人であるし、海外と言っても日本から渡航する話なので、「日域」のみを舞台としていると言ってよかろう。最初から作品世界の範囲を日本国内に絞った編者が、説話の収集をどのように行ったかは跋に詳しい。

　或は家々の記録をうかがひ、或は所々の勝絶をたづね、しかのみならずたまぼこのみちゆきずりの語らひ、あまさかるひなのてぶりのならひにつけて、ただに聞きつてに聞く事をもしるせれば、〈後略〉

　これによると、編者は「家々の記録」を調べる作業、つまり文献調査を行う傍ら、「みちゆきずりの語らひ」や「ひなのてぶりのならひ」を自ら集めるという、言うならばフィールドワーク作業にも取り組んだことが示されている。編者のこのような姿勢は、『宇治拾遺物語』の序文が伝えている宇治大納言源隆国の次のような説話蒐集方法に比べると対照的なものである。

　　もとゞりをゆひわげて、［をかしげなる姿にて］、莚をいたにしきて、［すゞみゐはべりて］，大なる打輪を［もてあふがせなどして，往来の者］、上下をいはず、［よびあつめ］、昔物語をせさせて、我は内にそひふして、かたるにしたがひて、おほきなるさうしに書かれけり。

　　　　　　　　　（本文は日本古典文学大系本『宇治拾遺物語』による）

　隆国がどちらかというと静的、消極的な集め方をしたと言うならば(勿論これが事実ならばのことだが)、『著聞集』の編者は動的、積極的であったと言えるだろう。が、編者は果たしてこの「ひな」のことについてどれほど関心を持ち、またそれらを『著聞集』の中に取り入れているのだろうか。『著聞集』の二十巻三十篇の所収話の舞台を国別に整理してみたのが〈表二〉であるが、これを古代の行政区画を基準にして、五畿七道別に分類して見ると凡そ次のようになる。

〈表二〉

1 京畿地域(82)	：	京	470	［＊うち、153は内裏を舞台とするもの］					
		摂津	18	山城	2	大和	21	和泉	1
2 東 山 道 (3)	：	近江	15	陸奥	2				
3 東 海 道 (3)	：	伊勢	8	相模	6	伊賀	1	駿河	1	上総	1
		伊豆	1	常陸	1	遠江	1			
4 南 海 道 (2)	：	紀伊	9	阿波	2	伊予	2	淡路	2

5 西 海 道 (2)：筑前　6　　豊前　2　　筑紫　2

6 山 陰 道 (1)：隠岐　1　　伯耆　1　　出雲　2　　丹波　1　　丹後　1

7 山 陽 道 (1)：周防　2　　安芸　2　　備後　1

8 北陸道(1未満)：越後　1

9 未　　詳 (6)：39

＊（　）の内の数字はパーセント

　『著聞集』所収話の舞台となっている六百二十八に及ぶ地域[48]のうち、京が舞台となっているのは四百七十話、畿内が舞台となっているのは四十二話で、京畿地域だけで全体の約82パーセントを占めており、その他の地域の場合は合わせて18パーセント程度に過ぎない。このうち、京と信仰、行政の面で深い関係にある近江、伊勢(伊勢神宮)、紀伊(熊野)、筑前(太宰府)等を舞台としている説話を取り除くと、純粋な地方話の占める割合は更に減ることになり、もし「魚虫禽獣」篇がなかったらば『著聞集』はほぼ京畿一色となっていたであろう。

　『著聞集』のこのような京畿中心は、他の説話集に比べてみても異例であって、たとえば『今昔』の場合、世俗部における京畿地域の占める割合は65パーセントに過ぎず[49]、『宇治拾遺物語』の場合も63パーセントに留まっている[50]。『著聞集』はつまり極めて京畿中心的な、しかも天皇を頂点とする内裏の比重が非常に高い作品なのである。

四　登場人物

　次は『著聞集』を構成するもう一つの軸である登場人物の方を見てみよ

---

48) 一話の中に複数の地域が登場する場合は、地域数通りに数えた。

49) 坂口勉「今昔説話の舞台」(『今昔物語集の世界』所収。教育社、一九八〇年二月)

50) 中野猛　「宇治拾遺物語の舞台について」(『説話』四、昭和四十七年十二月)

う。本集には、七百を越える膨大な量の説話が収められている上に、内裏内外の様々な行事に関する説話が多数含まれているため、登場人物の数は極めて多く、またその階級、階層も多岐に亘っている。『著聞集』に顔を出す有名無名の人々を全部数え上げると、おそらく二千を越える人名が挙げられると思われる。

　しかし、ここではたとえ名前は明記されていても、話中に実際顔を出さない人物の場合や、登場はしてもさほど重要な働きを見せない人々の場合は除外し、話の進行に何らかの役割を果たしている人物のみに絞って考察することにしたい。このような基準に従って『著聞集』に登場する人物群を階層別に分類したのが次の<表三>であるが、本集には延べ約千五百人程の人物が登場している。

<表三>

```
1　天皇とその周辺
　　天　　　　皇　：　109
　　皇　　　　子　：　 40
　　中　宮　・　妃　：　 21
　　女　　　　房　：　 39　　　　　　　（小計：209）


2　貴族階級
　　公　　　　卿　：　561
　　中　・　下流貴族　：　281
　　（その家族）　：　　9　　　　　　　（小計：851）


3　武　　　人
　　平安時代の武将　：　 16
```

随身・その他	：	61		
東国武士	：	32		
(その他)	：	7	(小計：116)	
4 その他				
僧侶	：	159		
神官	：	21		
画工	：	12		
相撲人	：	13		
平民	：	101	(小計：306)	(計：1482)

＊数字は延べ人員数

これを見ると、天皇を頂点とする貴族階級に属する人々が圧倒的に多く、全体の約七割以上を占めている。更に細かく見て行くと、天皇とその周辺の場合は桓武天皇から後嵯峨天皇の至るまでの二十二人の天皇が延べ一〇九回登場している。これは『著聞集』より規模の大きい『今昔物語集』に登場する天皇の十四人という人数に比べて突出した数と言わねばならぬが[51]、『著聞集』が基本的にどのような世界を指向しているかを示すものとして注目される。

個人別の登場回数を見ると、白河院が十八回で最も多く、後は後鳥羽院(十五)、鳥羽院(十三)、後白河院(十)、堀河(九)の順になっているが、後鳥羽院を除いた先頭の三人の天皇がいずれも、いわゆる院政黄金期の絶対君主的な性格の強い帝王たちである点が目に付く。

編者は『著聞集』の中で、醍醐天皇の延喜時代を「聖代」と称えているが、(第四一九話：「聖代にも、かやうの勝負禁なかりけるにこそ」)この時代の前後に在位した君主は、醍醐天皇が五回、宇多天皇が三回登場

51) 坂口勉「今昔説話の登場人物」(前掲書、四十㌻)

するのみで、院政期の君主たちに比べて相対的に少ない。『著聞集』の登場人物の取り上げ方は、たとえば編者の琵琶の師孝時の父である藤原孝道が正四位下の伶人にすぎなかったのにもかかわらず九回も現れ、画工たちが多数登場していることを見れば明らかなように、編者の関心と興味に比例する傾向を見せているが、院政期の君主たちがその前後の帝王たちよりも多く取り上げられているのは、編者の視線が遥か遠い聖代の君主たちよりは、院政期の天皇たちの方に向けられていたことを示している。

　次は貴族階級であるが、位階未詳の者まで含めて数えると、延べ八百五十九人が登場し、全体の過半数を占めている。位階別に　は、まず公卿の場合、従一位が二百十四人、正二位が百七十八人、従二位が三十九人、正三位が四十九人、従三位が七十人、その他が二十人で、合わせて五百八十九人である。一方、中・下流の方は、四位が百十二人、五位が七十二人、それ以下・未詳等が七十一人で、合わせて二百八十一人が登場している。

　貴族階級の中でも、公卿が中・下流の倍以上を占めているわけであるが、とりわけ最高位の従一位が諸位階の中で首位をしめしており、また二位から五位までは、位が高いほど登場回数も多くなる傾向を見せている。これは『著聞集』が貴族中心　—　しかも上流貴族中心の世界を志向する作品であることを意味するものである。

　個人別の登場回数を調べてみると、従一位の中では藤原頼長が十六回で最多を記録し、藤原忠実が十三回、同宗輔が十二回、同忠通が十一回の順になっている。学問や有識故実はもちろんのこと、詩歌管絃等の諸芸に秀で、「日本第一大学生」と称えられたという頼長が最も多く取り上げられていることは、院政期という時代への関心と共に、同様の趣味と教養を備えていた編者の好感の現れと見てよかろう。

　二位では、藤原家隆(十二回)と藤原実国(十一回)が最も多く登場しているが、詩歌の世界との密接な関係のためであり、三位における源有賢(六回)、四位における藤原孝道(九回)、五位における同孝時(十回)の場合は、管絃の道と深く係わっている。これらは詩歌管絃を嗜んだ編者の好みを反映するものと言える。また、彼らの多くが編者と姻戚関係にあったこととも無関係ではなかろう[52]。

　次は武人の方である。『著聞集』は武家政権が誕生してから七十年も経て編纂されているにもかかわらず武人の占める割合は非常に低くて、延べ百十六人、全体の約8パーセントしか取り上げられていない。『著聞集』に登場する武人群は、その身分によって次の三つのグループに分けることができる。一つは、「武勇」篇に集中的に収められている平安朝の武将たちで、坂上田村麻呂、源義家らがこれに当たる。しかし、この部類は合わせて十六人しか登場していない。

　その二は、東国武士たちである。源頼朝を始め、北条時政、梶原景時など、源氏側の武将級の人物たちが何人か顔を出すが、他はほとんどが無名人ばかりで、しかも三十人程度しか取り上げられていない。時代の主役たちが同時代の作品である『著聞集』の中で端役としか扱われていないのである。

　その三は、随身、北面、滝口の類である。彼らは位階は低くても貴族出身の場合が多いゆえ、武人に含め難い一面もあるが、ここでは便宜上武人として数えた。武人グループの中で最も多く、しかも生き生きと描かれているのがこの部類であるが、全体の過半数を越える六十四人が登場する。武人の中でも、王権の守護のために尽くした武将や、貴族たちの日常生活における儀礼と警護に欠かせない随身たちを主に取り上げているところに編者の武人観が表れていると言えよう。

---

52) 編者は、藤原孝道の子の孝時と師弟の関係であったし(『文机談』)、藤原家隆や実国とは遠い姻戚関係にあった(宮田和美、「橘成季の周辺」、『国学院雑誌』、一九八六年一月)

　最後はその他のグループである。まず僧侶が百五十九人、神官が二十一人登場するが、後者のほとんどが「神祇」篇との関係で取り上げられているのに対し、前者は「釈教」篇にばかりでなく、「文学」「和歌」篇等にも歌人として顔を連ねていることが多い。そのため、この人数の寡多が編者の宗教的傾向を直接に反映するものではない。

　次に専門職人として多数登場するものに、画工(十二人)と相撲人(十三人)があるが、それぞれ「画図」や「相撲強力」篇の中に集中的に見られる。最後は平民である。なま侍、下人、遊女、盗人、鋳物師、墓守等、実に多様な職業と階層の人間群が登場して『著聞集』に活気をあたえているが、全体的には延べ約百一人程度が登場するのみで、しかも「偸盗」「興言利口」「魚虫禽獣」篇などの「あしきこと」群に入っている諸篇の中に、その滑稽な振舞いで失笑を買う存在として描かれている。

五　おわりに

　『著聞集』の説話世界を構成している時空間と登場人物について考察を行った。まず、時代背景においては、保元・平治の乱から鎌倉幕府の成立までの期間を境目として「古」と「今」が分かれ、〈公〉に関わる諸篇がこの境界を前後して途絶ることを確認した。空間的には、説話の舞台が京畿中心となっており、しかも内裏関係の話が多いことが特徴となっていることを確かめた。登場人物においても、天皇を始め、高位の貴族たちが主役として活躍していることを確認した。

　以上の結果は、『著聞集』が古今の「街談巷説」(序)や「たまぼこのみちゆきずりの語らひ、あまさかるひなのてぶりのならひ」(跋)を取り入れていると標榜しているのにもかかわらず、実は極めて王朝貴族の世界へ偏っていることを意味するものである。これは今まで繰り返し指摘されてきたことであるが、本節では説話の構成要素の分析を通してそれを具体的に再確認したわけである。ところが、構成要素の内容は説話の収集経路や方法によって大きく左右されるものなので、単純にこの結果をもって『著聞集』の性格を断定するのは早計であろう。「古」の話が多いか「今」のが多いか、あるいは京中心なのかどうかという定量的な分析よりは、それらどう扱い、描いているかという定性的な検討作業が並行されねばならないことは言うまでもない。それについては、II部で改めて述べることにしたい。

第三節　『古今著聞集』の冒頭形式

一　はじめに

　日本の物語53)は実に多彩な冒頭語を持っている。「むかし」、「いまは
むかし」、「いづれの御時にか」「中ごろのことにやありけん」など、枚挙
に暇がないほどである。なぜこんなにも多様な形があるのか、どんな機能を
しているのか、そして物語の内容とはどのような関わり方をしているのかな
ど、気になることが少なくないが、残念ながらまだ解明されていないことが
多すぎる。

　物語の冒頭が「むかし」54)という起句から始まったことは、福田晃など

---

53) ここでは広義の物語、つまり古代から近世時代に亘って作られた虚構、または
　　虚構を装った内容の散文様式(神話・伝説・民話・説話・物語・草子・読本
　　等)を総称する概念として使わせていただく。
54) 日本の物語及び説話文学作品のうち、「むかし」という冒頭形式を持つものに
　　は『伊勢物語』と『住吉物語』があり、「いまはむかし」から始まるものには
　　『竹取物語』『平中物語』『落窪物語』『今昔物語』『宇治拾遺物語』(全
　　百九十七話の中八十三話。他に「これも今は昔」が六十五話ある)『古本説話
　　集』『世継物語』などがある。因みに、他の物語やお伽草紙の冒頭形式を挙
　　げると次のようである。
　　・『源氏物語』：いづれの御時にか
　　・『お伽草紙』
　　　「鉢かづき」：中昔のことにやありけん　　　「浦島太郎」：昔
　　　「御曹司島渡」：さるほどに　　　　　　　　「酒呑童子」：昔
　　　「木幡狐」：中ごろのことにやありけん　　　「瓜姫物語」：昔
　　　「鼠の草紙」：いつの頃にやありけん　　　　「七草草紙」：そもそも、
　　　「猿源氏草紙」：中ごろのことにやありけん　「小敦盛」：さても、
　　　「梵天国」：淳和天皇の御世に　　　　　　　「和泉式部」：中ごろ
　　　「一寸法師」：中ごろのことなるに、　　　　「にせ猿草紙」：さるほどに、
　　　「横笛草紙」：中ごろのことにや
　　一方、中国の場合は、『捜神記』を例に挙げると、「赤松子者、神農時雨師
　　也」(第二話)、「漢宣帝時、南陽陰子方者」(第八十八話)、「周隠王二年四
　　月」(第一〇七話)などのように人、時、所を指す起句から始まるのが一般的で
　　ある。「昔」(第二一四、三四〇、三七六話)や「古」(三四三、四五五話)か

の精緻な研究[55]に見るごとく、まず間違いない。この「むかし」から「いまはむかし」が派生し、そして『源氏物語』やお伽草子に見るような朧化的表現へと発展して行ったと見られる。

物語の一ジャンルである説話集の場合は、最初は定型の冒頭形式を持たなかったが、次第に「昔」あるいは「今は昔」などの冒頭語が冠されるようになって、中古末期までには『今昔物語集』のように統一された形式を備えたものが現れ、中世の初めになると、『宇治拾遺物語』、『古本説話集』、『世継物語』などに見られるような「今は昔」を冠するものが登場してくることになる。

ところが、中世初期の代表的な説話集の一つに数えられる『古今著聞集』(以下、『著聞集』と略す)はこのような冒頭形式を全く踏襲していない[56]。同じ頃に編纂された他の説話集が依然として前代の形式を受け継いでいるのに比べれば、伝統を踏まえない『著聞集』の冒頭形式は異色と言わざるを得ない。本稿では、このような特徴を持つ『著聞集』の冒頭形式について、その形式と意義を中心に考察するが、本題に入る前に、まず説話集に最も普遍的に見られる冒頭語である「むかし」や「いまはむかし」について検討してから、『著聞集』の冒頭様式の分析へと論を進めることにしたい。

ら始まるのもあるが、いずれも年代が不明な場合に限って使われている(中華書局刊『捜神記』による)。唐の伝奇小説の場合も、「梁大同末」(『補江総白猿伝』)、「若夫積石山者」(『遊仙窟』)「任氏、女妖也」(『任氏伝』)などのように時、人から始まるのは普通である。

55) 福田晃「日本昔話の成立—叙述形式「ムカシ」の生成をめぐって—」(『日本昔話集成』一所収、一九八五　年六月)

56) 「変化」篇に「昔」から始まるのが一話(五九五話)のみあるが、この「昔」は形式的なものと言うよりは、事件の発生年代を確認できなかったのでやむず入れたものと見られる。

二、「むかし」と「いまはむかし」

1 「むかし」

　「むかし」という冒頭語の初出は記紀にまで遡行可能であり、『風土記』や『日本霊異記』にも用例が見られるが、一つの様式として確立するのは言うまでもなく『伊勢物語』においてである。この冒頭語の意味や働きについてはすでに中世から注目されていたらしく、古注釈の方を繙いてみると、実に様々な解釈に出会うことができる。その中から主なものを拾ってみると、

・『伊勢物語愚見抄』：今の世の事なれど。わざと昔物語の様に書なし侍り。おほかたは過にしかたは昨日もけふのむかしになり。去年は今年の昔になれば。ことはりに背かぬ事なるべし…。（一条兼良、長禄四年）
・『伊勢物語肖聞抄』：作物語なればむかしと書る也。遠近によらず。過ぬるをむかしといふなるべし。伊勢集のはじめの詞に。いづれの御時にか。大みやす所とかけり。今時の事をもむかしと云り。心はおなじきにや…。（牡丹花肖柏、文明九年）
・『伊勢物語惟清抄』：昔とは大古をもいふ。近古をもいへり。又今日はあすのむかしになり。きのふは　けふのむかしになる。今の事をもむかしともかくべき也。源氏にいづれの御時にかと書も。昔とをかん為也。尚書に古者伏犠氏之王天下也とかくも。古といふを上にかうぶらしめたり…。（清原宣賢、大永年間）
・『伊勢物語童子問』：…むかしと発端にかけるも年月たしかならざる代をさしていふなり。作り物語にて実録にあらざるゆへなり。
　　　　　　　　　　　　　　　　　　　　　　　（荷田春満、享保年間）
・『勢語図説抄』：昔は大古近古をいはず。過にし方を今にむかへてい

　　ふならば、いにしへとはいささか意異なり。いにしへは去方なり。むかし
　　は向方にてその去方を今にむかへていふ名なり。(斉藤彦麿、享和元年)

といった注釈が施されている。これをみれば、中世の古注釈者や近世の国
学者たちは、「むかし」とは過去であるからその通り過去として語り出す
のであり、「作物語なれば」、「作り物語にて実録にあらざるゆへ」にそ
のように語られるものだと考えていたようである。彼らは「むかし」という
言葉が何かを暗示していることに気づいてはいたが、なぜ作り物語が「むか
し」から語り出さなければならないのか、という本質的な問いを発するには
至らなかった。中・近世とは言え、物語がもはや再生産されなくなってし
まい、享受の仕方も今日同様、文字を通じてのみ行われていたためか、彼
らにとっても冒頭語の意味はすでに不明のものになっていたのである。

*

　「むかし」を冒頭語とする文学様式には、古代や中世の物語、説話文学
のほかに昔話がある。昔話の冒頭形式は時代、地域によって様々なヴァリ
エーションがあって一様ではないが、それらの基本が本来「むかし」であっ
たことは再論を待たず、昔話という名称自体がそれを裏付けている。
　さて、これまでの昔話の研究史を振り返ってみると、話型、テクスト、構
造、機能など、様々な面で精緻な研究が行われて来たが、なぜか冒頭形式
のみはあまり注意されることがなかった。その中で、西郷信綱の次のような
発言は注目に値するものである57)。

---

57) 西郷信綱「神話と昔話」(『日本昔話集成』一所収、一九八五年六月、二四ジ)

　ムカシという語自身、ムカフ(向)に由来しており、一つのかなたなる、向こう側の時間を指し示しているといっていい。その点ムカシはイニシヘ＝往ニシヘ(古)とは、包含するところをおのずと異にする。

　西郷は、「ムカシ」が「イニシヘ」とは意を異にする言葉であることを喚起しているわけであるが、同じことをかつて斉藤彦麿も述べたことがある(『勢語図説抄』)。しかし、斉藤が「むかし」を「向方にてその去方を今にむかへていふ名」と捉えたのに対し、西郷は「向こう側の時間」を指すものだという見方をしている。物語に「むかし」、あるいは「いまはむかし」というのはあっても、「いにしえ」または「いまはいにしえ」という冒頭語がないことや、過去の出来事を事実として後代に残そうとした歴史書の冒頭語に「いにしえ」が多用されていることを見れば、西郷のこの指摘は当を得たものと言える。冒頭語の存在理由が単に物語の内容を過去化するためにあるのならば、「いにしえ」を冒頭語とする物語があってもよさそうであるが、それが全く見当たらないということは、両方とも過去を指す言葉であることには変わりないものの、その使われ方がはっきりと区別されていたからに違いない58)。これは単に昔話のみならず、物語全般に亘って言えることで、「むかし」という冒頭語が本来物語と不可分の関係にあった表現様式であったことを示している。

---

58)「むかし」と「いにしえ」の違いについてはすでに先学達の指摘があり、それは小学館の『日本国語大辞典』に次のような形にまとめられている。
　「…いにしえは、往にし方の原義が示すように、時間的にものを捉える場合に用い、むかしは、そのような過ぎ去るという時間的経過の観念が無く、漠然とした遠い以前をさす場合に用いる。歴史的にはいにしえ、物語的にはむかしが用いられるのもこのためといえる。」(「いにしえ」項の補注)

2 「いまはむかし」

　一方、「いまはむかし」は『竹取物語』を初出とし、以降物語文学に限らず、説話文学の冒頭形式として多用された冒頭語である。やはり古注釈の方の諸説を一瞥すると、

- 『竹取物語解』：凡て物語と云ものは、過去し事を、後れてまねぶものなれば、此物語を始て、世々の物語ぶみ、今ノ世の俚び物語に至ても、猶、昔々と談出るなむ、古き効なり。むかしとは、遠くも、近くも、過し以前を云言なり。(田中大秀、天保二年)
- 『落窪物語証解』：竹取物語に今はむかし竹取翁問婦者有けり云々。安閑紀に往歳、古語拾遺に久代と書り。万葉二十にうつり行時見る毎に心いたく牟可之の人し思ほゆるかも、など有て詳にはむかしへと云て迎来し方の義にしていにしへと云に同じ。

(日尾荊山、天保八年)

などの説が披見できる。

　即ち、「いまはむかし」とは作物語に常套的に付されるもので、ある事柄を直接的に明示、言及することを避けた隠喩的な言い方、または自作に対する人の非難を交わすための方法 ─ 伝聞を装う ─ として用いられるものだという見解を示しているわけであるが、やはりその意味や機能の説明にまではなっていない。

　「いまはむかし」という冒頭語について本格的な研究が始まったのは、戦後になってからである。戦前にも、主に『今昔物語集』の「今昔」をめぐっていくつかの見解が出されたことはあったが[59]、いずれも、「今では既

---

59) たとえば、和田英松は「今昔」を「今では既に昔の物語となつたといふこと」と捉えており(『国学院雑誌』十巻二・三・五号、明治三十七)、坂井衡平も

に昔の話となったが」という、「むかし」を「いま」に対立させて強調する観点に立ったものばかりであった。それが語学の方から傾聴に値する意見が続出して、にわかに注目を集めることとなったが、馬淵和夫と春日和男の見解がそれである[60]。「むかし」よりは「いま」に重点を置き、「いま」から歴史的現在性を引き出し、「いまはむかし」の通時性を説いた両氏の見解は、確かにこの冒頭語の理解に新しい地平を開くものであった。しかし、これら語学側からのアプローチはいずれも「いま」と「むかし」を時間概念としてしか捉えようとしなかったところに限界があったと言わねばなるまい。というのも、冒頭語を時間概念とばかり捉えていてはその働きが説明し切れないからである。それに比べ、文学研究者側は早くからそのことに気づいていたらしく、西尾光一は日本古典文学大系本『宇治拾遺物語』の補注の中で次のような問題提起をしている。

「試に之れを解説せんか、著者の所謂『今昔』とは、『今ははや昔の事なるが』の意、詳言すれば、『今と思ひて現実に経験せし事相の、早やくも昔となりぬねよ』との詠嘆的用法なるべし。…これ多く説話文学に通有なる形式なり。」と同様の見解を示している。(『今昔物語の新研究』、誠之堂、大正十二年、七一ジ)

60) 馬淵和夫は、

「今は昔」を「今から見ると昔のこと」と解するのが普通であるが、「いま」には、過去のあるときに自分をおいて、そのとこを「いま」ということもある。つまり歴史的現在の「いま」もあるとおもうので、そうすれば「このはなしのときはむかしのことなのです」といういいかたかとおもう。

(「説話文学を研究する人のために」、『解釈と鑑賞』、昭和三十三年十一月、七九ジ)

と、「いま」の歴史的現在性を披瀝し、春日和夫も、

かくて「今昔」・「いまはむかし」にも通時的な概念を付与することが合理的になってくる。それは「昔から今まで」のごとき意味において最も適当するのである。つまり、「昔から今まで語りつたえてある」と見るのが、説話の本姿としても最も自然な把握であると思う。〈中略〉「今は昔」の真義は、「今」と「昔」の対立や、「今」を「昔」の位置におくことではなく、通時性の上に「昔」を「今」の位置に引寄せた現在におかねばならない。

(「今昔考 —説話の時制と文体—」『国語国文』昭和四十一年七月)

と、その通時性を強調した。

　宇治拾遺で「これも今は昔」という際の「これ」は一つの説話そのものを全体的にさし規定するのであって、「これも…今は昔」だという表現は「今は昔」が単に時間的な内容のみをさすのではなくて、説話を一単位として提示するための形式的表示の意味をもあわせもつことを示しているのではあるまいか。(昭和三十五年)

　そしてこれを受けた形で小峰和明は、『今昔物語集』の「今昔」に「「昔」と「今」の限りない連続と断絶という時間意識の葛藤」を見出し61)、三木紀人は、一つの語りの装置としての機能を提示するに至る。次に三木の説を引用する。

　この話を敷衍して考えると、語り手と聞き手(また、筆者と読者)とは「今」を「昔」と合点し、遠い時空の出来事にあたかも立ち会っているかのごとき思いをいだきつつ、いっとき別世界に生きるのである。いわば、想像力によってタイム・トラベルをするためのあいことばがこの「今は昔」ということになる。「昔」や「昔々」にもそのような機能があろうが、「今は」とだめを押すだけに、この方がより効果的であろう。
　　(『研究資料日本古典文学』③(説話文学)の「今は昔」、一九八四年一月、一一一ページ)

---

61) 小峰は『今昔物語集』の「今昔」について次のように述べている。
　　語りの現在＝伝承の頂点に立つ表現主体は、伝承を隠れ蓑にすることによって、この伝承が未来にも存続するであろうことを予兆してやまない。伝承への埋没を装いつつ、他の追随を許さない唯一絶大の正当たる〈語り〉を築こうとしたのである。そこにはおのずと「昔」の伝承を切断しつつ、「今」独自に物語を蘇生させようとする語りの内なる「今」と「昔」の相剋、切り結びがある。切れながら結び、結びながら切れる「昔」と「今」の限りない連続と断絶という時間意識の葛藤に、今昔物語そのものが切り裂かれていく。また同時に、その相剋こそ末世のあるべき生を模索した今昔物語集の形成を支える根源でもあったろう。(「今昔物語の〈今昔〉―語りと時間意識―」、『国文学研究』八〇集、一九八三年六月。後に『今昔物語集の形成と構造』に収録、三〇九ページ)

「いまはむかし」＝「あいことば」説の登場であるが、ここに及んでこの冒頭語の本質はその輪郭が少しずつ明らかになってきたと言える。そしてこれらの諸説と、「むかし」を「第三人称として客観化しようとする意識」の発露と見た三谷栄一の考え[62]や虚構性を導くためのものとする福田の見方[63]と関連づけて見る時、物語の冒頭形式は、語り手と聞き手との間に暗黙裏に定められていた一種の約束事であったことが浮かび上がってくる。その約束事とは、語られた説話の内容が虚構であるという相互の認識に他ならない。

　古代の人々が物語の内容を虚構と認識していたことは、冒頭語のみならず物語を絵画化した絵巻や挿し絵などの絵画テクストからも裏付けられることが徳田和夫や黒田日出男などによって報告されている。徳田は奈良絵の上下に描かれている「雲形の模様や定形のやすり霞」が、

　　物語の場面世界を限定領域におしこめて、享受者の現実空間と対峙させ、斜め上方から覗き見を経て、「むかし」の冒頭語に象徴される物語の時空間に誘う効果を発揮する。

と、冒頭語と同じような効果をもたらすために施された、一種の記号の役割をしていることを指摘しながら、物語と絵画との関連性の深さについて

---

62) 三谷栄一「物語の源流 ―「むかし」の意義」（『物語文学史論』所収、昭和二十七年五月、有精堂、一〇八ページ）；
　　今こゝに語る説話は既に信用のおけないやうな、ひよつとすると事実でないかもしれないといふ意味を含めてかと考へられるし、また「現代を中心とすれば、これから語るのはムカシカタリだ」といふ意にもとれる…しかし「ムカシ誰々があつた」と語る観念には神の独白ではなく、第三人称として客観化しようとする意識のあることはみのがしてはならないことであつた。
63) 福田晃は、前掲の注67)の論文の中（二〇一ページ）で昔話の冒頭形式に触れ、その叙述の形式の基本となるのは、発端句の「むかし」にあり、これと関わって、昔話は固有の時空を越える虚構性を獲得したものとの認識を示している。

注意を喚起した[64]。また、黒田も、『お伽草子の絵画コード論 ― 挿絵の世界をも読むために ― 』という論文の中で、

　　雲と霞は、その向こう側に、お伽草子を享受している時空間＝時代とは異なる世界を隠している遮蔽物である。向こう側にある時空間＝物語世界は、それらによってみえないのだ。挿絵の雲と霞の切れ目からみえるのが、お伽草子の世界である。
　　　　　　　（『お伽草子』所収、ぺりかん社、一九九〇年十一月、二二二ページ）

と、「向こう側にある時空間＝物語世界」であることを強調するために雲と霞が利用されていると述べている。「いまはむかし」も「むかし」と同様、話に虚構性を持たせるために用意された語りの装置の一部であったわけである。

3 物語の冒頭語

　以上、冒頭語をめぐる古今の諸説を概観したが、物語の冒頭語は最近になってようやくその意味が明らかになってきたと言えよう。その功は説話文学や図像学方面の研究によるところが大きいが、要するに冒頭語とは、日常から虚構の世界 ― 物語的時空 ― へと移動するための装置であったわけである。絵の場合は、初めから終わりまで雲と霞で囲まれた空間を描くことで絵の内容が虚構であることを示すことができるが、物語の場合はそれが不可能なので、まず冒頭に「むかし」、または「いまはむかし」と信号を送り、各段落を「けり」で結ぶことによって、話全体が伝承を基盤とする虚構であることを示そうとしたのである。

64）徳田和夫『お伽草子研究』（三弥井書店、昭和六十三年十二月）

　物語には作者不明なものが多いが、虚構であることを前提とし、他者の語りを装ったがゆえに作者名などは残す、または知る必要もなかったのであろう。平安時代の作品の中、日記、随筆など、即自的な作品の場合は作者の名前が残っており、これは中世の場合も同じであったが、物語に作者名が伝わらないのはそのためであったと考えられる。物語の作者名が後世に残るようになるのは近世に入ってからであるが、それは奇しくも、本文中の挿し絵から雲や霞がなくなる時期と一致している。雲や霞がなくなるのみならず、絵の視点も、斜め上の方からものを見おろすものから水平のものへと変わり、人物描写も、いわゆる引目鈎鼻の雛人形風から生きた表情を持つものへと変わっていき、人物の実写が始まるのである。冒頭語はこのように物語の内実と深い関わりを持っていたのである。

三　『著聞集』の冒頭形式

1　『著聞集』の冒頭形式の諸相

　さて、いよいよ『著聞集』であるが、確固たる執筆目的と長期間に亘る資料収集の過程を経て、二十巻三十篇という整然とした体裁に仕上げられたこの説話集の冒頭形式は、『今昔物語集』に見るような、全巻を通す統一的な形式はなく、話柄、話種によって形式が変わる、多様性を呈している。

　その内、最も多く見られるのは、冒頭が年次の叙述から始まるもの(これを仮にAグループと呼ぶことにする)である。各篇の説話を年代順に配列することがこの説話集の基本方針であっただけに、年次の叙述から始まる冒頭形式は多数(37パーセント)を占めているが、そのうち最もよく目に入るのは、次のように年号から始まって月、日(時には時刻まで明記されることもある)が正確に記述されているパターンである。

・延喜四年十月、大井川に行幸ありけるに、(二三二話、「管絃歌舞」)
・延長五年四月十日、弾正の親王、(三四四話、「弓箭」)
・寛治八年十月二十四日亥の時ばかりに、内裏焼亡ありけり。

（八三話、「政道忠臣」）

　これを更に細かく見て行くと、更に幾つかの形に分けることができる。一つは、年代の記述の直後に話の概要が続く形式（A‐1）である。Aグループの中で最も多く見られるもので、八十一話が数えられる。

・保延五年五月一日、祈雨の奉幣ありけり。(十七話、「神祇」)
・仁平元年正月一日、院の拝礼ありけり。(九六話、「公事」)
・天暦六年十月十八日、後の江相公の夢に、白楽天来たり給へりけり。

（一〇八話、「文学」）

　次は、年代の記述の後、登場人物の名前や位を記し、それからその行動を叙述していく形式（A‐2）で、『著聞集』全巻を通して五十八ほどの例が見られる。

・仁平二年七月二日、定信入道、宇治左府に参りたりければ、

（五五話、「釈教」）
・久寿元年二月十五日、法皇、美福門院御同車にて、鳥羽の東殿より勝光明院へ御幸ありて、庭の桜を御覧ぜられけり。(一五五話、「和歌」)
・延長五年四月十日、弾正親王、内裏にて小弓の負態せさせ給ひける。

（三四四話、「弓箭」）

　その次は、年代の記述後、人間の代わりに動物や無生物が話主として登場し、それに関する叙述が続く形（A‐3）である。

・延長八年七月十五日酉の時に、おほきなる流星、東北をさしてゆきける
　が、その跡化して雲となりにけり。(五八〇話、「怪異」)
・承平の比、狐数百頭、東大寺の大仏を礼拝しけり。

(六七六話、「魚虫禽獣」)

　最後は正確な年代が確認できなかった場合によく使われた形式(Ａ‐4)
で、「…院御位時」「仁平の比」などと、年代が大まかに示されたもので
ある。これにも次の例に見るようにすぐ後に事件の概要に関する叙述が続
くものと、人名を出してからその行動を叙述していくものなど、幾つかのパ
ターンがある。

・順徳院御位の時、当座の歌合せありけり。(二二一話、「和歌」)
・後白河院の御時、鎌倉の前の右大将、御馬を百疋参らせたりける。

(三六三話、「馬芸」)

＊

　二番目は、話主の名前や位が冒頭に冠されている形(Ｂグループとしよ
う)である。これも年次の叙述から始まるものと同様、二百三十一もの話が
数えられるが、その内事件の概要に関する叙述が続く形式(Ｂ‐1)が大半
を占めている。『著聞集』の中で単一パターンとしては最多を占めている
もので、約百六十三話がこの形を取っている。次に幾つかの例を挙げる。

・博雅卿は上古にすぐれたる管絃者なりけり。(二四四話、「管絃歌舞」)
・建春門院は、兵部の大輔時信が女なり。(三〇九話、「孝行恩愛」)
・近江法眼寛快、いまだ凡僧にてありける時、六条殿の御懺法にめされたり
　けるに、…(五二〇話、「興言利口」)

　次は、人名の次に事件の起きた年月を記してから、行為を叙述していく
パターン(Ｂ‐2)である。これも多く見られ、六十四もの例が数えられる。

・陰明門院、中宮の御時、六事の題を出して人々に思ふ事を書かせられけ
　り。(二一九話、「和歌」)
・延喜の聖主、御醍醐寺を御建立の時道風朝臣に額書進らすべきよし仰せ
　られて、額二枚をたまはせけり。(二八八話、「能書」)
・小松の内大臣、右大将にておはしける時、佐伯国方重文が子、一座にて
　侍りける。(三六一話、「馬芸」)

＊

　三番目は、冒頭に場所に関する記述が来る形式(Ｃ)で、これは特に「宿
執」「変化」「魚虫禽獣」などの篇々に多く見られる。場所は、次に見る
ように邸宅や社、堂など、建物に関するものがほとんどである。

・知足院殿に小物御前と申す御愛物ありけり。(四九一話、「宿執」)
・大納言泰通の五条坊門高倉の亭は、父侍従の大納言の家にて、ふるき所
　なり。(六〇六話、「変化」)
・渡辺に往年の堂あり。薬師堂とぞいふなる。(六九五話、「魚虫禽獣」)

＊

　四番目は、物事に関する記述が冒頭に来る形式(Ｄ)である。それほど頻
繁に見られるものではないが、行事名、草木など、貴族たちの日常生活を
取り上げた諸篇に見られる。

・尚歯会は、唐の会昌五年三月二十一日、白楽天履道坊にて、はじめて行ひ給ひける。 (一二一話、「文学」)

・南殿の賢聖の障子は、寛平の御時始めてかかれけるなり。 (三八四話、「画図」)

・侍従の大納言成通卿の鞠は、凡夫のしわざにはあらざりけり。 (四一〇話、「蹴鞠」)

＊

　最後は、A〜Dのような定型の形式を持たず、随筆や小説の書き出しのように自由な冒頭形式（E）を持つものである。この形式は集のほぼ全編に亘って分布しているが、特に後半の「興言利口」篇に集中的に見られる。次に幾つかの例を挙げる。

・保元の乱によりて、新院、讃岐の国に遷らせおはしましけり。 (一五六話、「和歌」)

・生者必滅のことわり、会者定離のならひは、たかきもくだれるも、のがるる事なければ、わきて驚くべきにあらねども、近くまのあたりかなしかりしは、四条院の御事也。 (四七〇話、「哀傷」)

・雨降り、風おどろおどろしかりける夜、二条の中納言実綱卿の家に侍どもあつまりて、すずろ物語りしけるに、「ただいまいづくへ行きなん。東三条の池の辺へむかひなんや」などいひけるを、ある侍、「かしこうまかるよ」といひたりければ、あらがひかためてけり。 (五一六話、「興言利口」)

　以上、『著聞集』の冒頭形式を五つのパターンに分け、それぞれの叙述法の特徴を考察したが、「むかし」または「いまはむかし」中心の既存説話集の場合とは大きく異なっていることを確認した。

2 中世説話集の冒頭形式

　では、このような『著聞集』の冒頭形式はどこから取り入れられたのだろうか。ものを書くという行為は、個人によって営まれるものなので、個性や独創性に支えられているかと思われるが、案外既存の様式の規制力というものは強く、なかなかそこから逃れ得ないものである。特に、説話のように伝承を成立基盤とする文学作品の場合は、内容、形式共に過去の様式の規制を受けやすく、これはいわゆる『宇治大納言物語』系の説話集群の間で容易に確認することができる。

　ところが、『著聞集』の編者は、序の中で自作を『宇県の亜相が巧語』、即ち『宇治大納言物語』と、『江家の都督が清談』、つまり『江談抄』との「遺類」もしくは「余波」と位置づけて置きながら、内容はもちろん形式さえも、これらの既存説話集からほとんど何も受け継いでいない65)。後世に「ふるきをしたふなさけ」(跋)を残すために、長年に亘って七百に及ぶ「ふるき」説話を集めておきながら、説話集の古い伝統は全く受け継いでいないのである。

　では、前代の様式から影響を受けなかったとすれば、編者と同時代のものからはどうであろうか。試みに、中世初期に編纂された説話集の中で『宇治大納言物語』系のものを除いた『古事談』、『今物語』、『発心集』、『十訓抄』などの説話集の冒頭形式と『著聞集』との影響関係を調べてみることにしよう。

　まずは、十三世紀の初めに源顕兼が編纂した『古事談』である。史書や記録類を主な取材源とした書物であっただけに、次に見る如く、人名(ａ、ｂ)や年月(ｃ、ｄ)、事物名(ｅ、ｆ)を冒頭に置き、それからその成り行き

---

65)『宇治大納言物語』は散逸書のため内容の確認はできないが、その逸文やいわゆる『宇治大納言物語』系物語と言われる『今昔物語集』や『宇治拾遺物語』などと比べれば、『著聞集』はこれらの冒頭形式を踏襲していない。

を叙述していく形式のものが主流を占めている。

    a　延喜の聖主、臨時の奉幣の日、南殿に出御す。

(第八話、「王道　后宮」)

    b　伴の大納言善男は、佐渡の国の郡司が従者なり。

(第一四八話、「臣節」)

    c　一条院の御宇、源国盛、越前の守に任ず。

(第二六話、「王道　后宮」)

    d　寛治五年八月十四日、義家朝臣のもとに山鳩有りて渡殿の欄上に居たり。

(第三二五話、「勇士」)

    e　園城寺の鐘は竜宮の鐘なり。昔栗津に男有り。

(第三六八話、「神社　仏寺」)

    f　石田殿は、泰憲民部卿、近江の任の時、勝地を撰びて構へ造れる別荘なり。

(第三九四話、「亭宅諸道」)

　『古事談』とほぼ同じ頃に書かれた長明の『発心集』は、その随想的な性向を反映してか、登場人物の個人情報や事件の発生日などを正確に記さず、人に対しては「或る人」「…と云ふ人ありけり」「…と云ふは」のように、断定的な表現を用いず、年代についても「昔」「中比」(中比の事にや)「近比」(近き比、近来、近き世の事にや)などと漠然とした書き方を多用している。

　次に、慶政の撰(一二二二年頃)による『閑居友』を見ると、随筆的な性格を併せ持つこの説話集は、ほとんどが時を表す冒頭語でもって始まっている。しかも、「昔」「中比」「ちかうの事にや」「いと遠からぬ事にや」など、事件の発生日を正確に示すのではなく、大まかな書き方をしているのが目立つ66)。

―――――――――――――――――――――――――――

66) 他にも、中比の事にや、ちかきほどの事にや、むげにちかき事にや、ちかごろ、

　一方、『著聞集』とほぼ同じ頃に編纂されたと見られる『今物語』は、日本の説話集のいわば伝統と言うべき書承によらず、口承の資料ばかりを取り入れた珍しいものであるが、全五十三話のうち二十九話までが人を主語とする冒頭語が置かれ、時を表すものはわずか八話ほどしかない。しかも、年号入りのものはただ一話あるのみで、他は「ちかき御世に」「このころの事にや」「承久のころ」などと、漠然とした示し方をしているものが多い。

　最後は『十訓抄』である。『著聞集』より二年前(一二五二年)に編纂されたこの教訓説話集は、時間的な距離ばかりではなく内容と形式においても『著聞集』と非常に近い関係にあり、冒頭形式の方も酷似している。試みに、『著聞集』の冒頭形式の分類法に倣って『十訓抄』の冒頭形式を分類してみると、次のようになる。

・年次の記述から始まるもの(Ａ)：　六十二話(約23パーセント)

・人物の記述から始まるもの(Ｂ)：　百二十話(約44パーセント)

・場所の記述から始まるもの(Ｃ)：　七話(約3パーセント)

・事物の記述から始まるもの(Ｄ)：　三話(約1パーセント)

・定型を持たない自由なもの(Ｅ)：　八十話(約29パーセント)

　全体的な構成は似ていても、細部の方においてはかなりの違いが見受けられる。たとえば、Ａグループの場合、『著聞集』では年号から月日まで正確に記していくパターン(Ａ‐1、Ａ‐2)が多かったが、『十訓抄』の方は年代を大まかに記すパターンが主流を占めており、Ｂの人物の記述においても事情は同様である。また、『十訓抄』の方がＥグループの比重が高くなっているが、これは形式からの意識的な脱皮によるものと言うよりは、

____

　いまだむげにいとけなく侍しほどの事にや、などが見られる。

文章のスタイルがくどく、説明調になっていることによるものである。以上のように、『著聞集』と『十訓抄』は、冒頭形式を書く発想の基盤においては共通点もあるが、実際の書き方においてはかなり距離のあるものであった。結論を言えば、『著聞集』の冒頭様式は同時代の説話集からもあまり影響を受けていないのである。

四　おわりに

以上、『著聞集』の冒頭様式について、その特徴と前、当代の説話集からの影響関係について考察した。纏めるならば、『著聞集』の冒頭形式は、前代はもちろんのこと、同時代の説話集からもほとんど影響を受けた痕跡が見られない、伝統からかけ離れ、孤立したものである。

そもそも、文の冒頭に年号、月、日、時を正確に記す書き方は歴史書の方で用いられたもので、日本では『日本書紀』から始まって六国史やその他の史書へ受け継がれ、他に実録と日記の記述にも使われた方法である。たとえば、『著聞集』の七二一話(「魚虫禽獣」)に出てくる後深草院の冷泉第行幸を、『百錬抄』(本院の建長六年の条)で調べてみると、その冒頭は、

建長六年十二月廿日戌子、節分方違行幸也。冷泉第。

となっている。『著聞集』のＡグループは、このような史書の書き方をそのまま借用したものに他ならないが、「公事」「文学」「和歌」「管弦歌舞」「馬芸」「蹴鞠」「祝言」「遊覧」など、王朝貴族の公共性を取り上げた諸篇に多く見られる。編者が正確な年代の記述に拘泥したのは、編集方針の一つであった年代順の配列を円滑にすることができる上に、話の内容の信憑性を高める効果も上げることができたからであろうが、『著聞

集』が「実録を兼」（序）ねた書物と評されることを願って止まなかった編者であっただけに、史書の記述方法を取り入れ、「実録」化を図ろうとしたに違いない。

　が、「いにしへより」の「よきこともあしきことも」（跋）同時に描き出して後世へ伝えようとした編者は王朝貴族の公共性のみを取り上げたのではない。貴族たちの〈ケ〉の世界の逸話や趣味に関する説話も多く収集し、集の後半には、「偸盗」、「興言利口」などの「うける事」や「そこはかとなきすずろごと」（跋）を集めた諸篇もあって、「俗」の世界も活写されている。このような話柄は定型の形式では言い表すことが難しかったせいか、その冒頭表現は自由な形式のもの（Ｅ）が多く取り入れられている。要するに、各グループはそれぞれ話柄に合わせて使い分けられているのであるが、『著聞集』の冒頭形式はそういう意味で、読者を多岐にわたる『著聞集』の作品世界へ導くために用意された装置であったと言えよう。

Ⅱ部
本文の研究

第三章
説話言説と話末評語

第一節 「たしかなること」と「うける事」
-『古今著聞集』の説話言説に関する覚え書き -

一 はじめに

　古代から中世にかけて展開された散文文学のうち、言語の表記と位相が説話文学ほど劇的な変化を遂げたジャンルが他にあろうか。和文、和漢混淆文、漢文と実に多彩な表記が試みられ、仏教、非仏教、その混淆など、様々な位相の説話言説が現れ、消えていった。表記は、編纂の主体や目的、説話の入手経路などが一様でなかったことから起因するもので、基本的には個々の説話集に帰結する問題であるが、位相の変遷は、説話言説内部の問題も絡んでいる上に、説話文学全般に関わる問題なので、注意を要する。それを、「〈実語〉と〈妄語〉の相剋と葛藤」と捉えた小峯和明は、『今昔物語集』を例にその有り様の実態を明らかにし1)、更に、それを軸に古代から中世の説話言説を読もうとする展望を提示した2)。が、「〈実語〉と〈妄語〉の相剋と葛藤」という構造が説話文学を貫流する一般的な現象として位置づけられるためには、『今昔物語集』以後の、中世の説話集においても検証されねばならないはずだが、そのような試みはまだ現れていない。そこで、本節では『古今著聞集』(以下、『著聞集』と略す)を対象に、その説話言説の位相問題について私見を述べることにし

---

1) 小峯和明『今昔物語集の形成と構造』、笠間書院、一九八五年十一月。
2) 小峯和明「実語と妄語の<説話>史」(『日本文学史を読むII古代後期』所収、有精堂、一九九一年五月)

たい。

二　『著聞集』の説話言説としての「たしかなること」と「うける事」

　『著聞集』における「実語」と「妄語」の問題を論じる際、まず検討しなければならないのは、『著聞集』にそれが実態として現象するかどうかであろう。『今昔物語集』のように具体的な形で「仏法」と「王法」が分かれている場合はともかくとして、『著聞集』のように多元的な世俗的知識体系によって構築されている説話言説の場合、その存在様態が複雑になっているからである。そこで、これからしばらく編者がそれを意識した上で編纂に臨んだかどうか、もしそうだったとすると、それは『著聞集』の中で具体的にどのような形に投影されているかを調べてみることにしよう。前者の方は、幸い序と跋に、編者の言語認識が窺える言説が次のように記されていて参考になる。まずは序から。

> a それ著聞集といふは、宇県の亜相が巧語の遺類、江家の都督が清談の余波なり。(序)
> b 頗る狂簡たりと雖も、聊かにまた実録を兼ぬ。敢へて漢家経史の中を窺はず。世風人俗の製有り。只今、日域古今の際を知つて、街談巷説の諺有り(跋。傍線は筆者、以下同じ。)

　説話集の系譜と自著の特徴に関する叙述であるが、世俗説話である『宇治大納言物語』を「巧語」、有職故実説話である『江談抄』を「清談」と訳していることに注目したい。『著聞集』以前に編纂された説話集　──編者の言葉によれば「著聞集」　── に、「巧語」と呼ぶべきものと、「清談」と呼び分けるべきものがあることを編者はちゃんと知っていたのである。bの「聊かにまた実録を兼」ね、「街談巷説の諺」を有しているという表現もそれを裏づけるものであるが、十分知っていたからこそ、あえて序文の冒頭に記して、読者の注意を喚起しようとしたのであろう。そして、自著にも位相を異にする説話言説が入っていることを跋の中で次のように述べている。

　　　これによりて、或は家々の記録をうかがひ、或は処々の勝絶をたづね、
　　　しかのみならず、たまぼこのみちゆきずりの語らひ、あまさかるひなのてぶ
　　　りのならひにつけて、ただに聞きつてに聞く事をもしるせれば、さだめてう
　　　ける事も、またたしかなることもまじり侍らんかし。

　説話の入手経路の多様性により、「うける事」と「たしかなること」という位相の異なるものが流れ込み、『著聞集』が異質の説話言説によって構成されるようになったことを明らかにしているのである。編者が説話言説の位相問題について認識済みであったことはもはや疑う余地がない。
　では、『著聞集』という説話言説において、「うける事」と「たしかなること」とは具体的にどういうことだったのか。そこに辞書的定義以外の意味が込められているかどうかを知るために、取りあえず他の例を調べてみることにしよう。まず、「うける事」だが、次のような用例が見られる。

　　　a　この事更にうける事にあらず。法深房語り申されしうへ、三位の入道こ
　　　　の事を記したる状に判を加へて、法深房のもとへ送りたる状を書き侍
　　　　るなり。(「能書」、二九一話)
　　　b　これさらにうけることにあらず、近きふしぎなり。うたがひなき狸のしわ
　　　　ざなりけり(「変化」、六〇八話)

　一方、「たしかなること」は、他に用例は見当たらないが、次のように類似した表現が見られる。

　　c 上古に一度ありけるよし、その時も沙汰ありけれども、たしかならぬ事
　　　にや。その日の日記に侍りけるは、池の水千年の色をたたへ、いはの苔
　　　万代を経たるけしきなり。(「和歌」、二〇三話)
　　d また鬼の間の壁に白沢王をかかれたる事は、昔、かの間に鬼のすみける
　　　を鎮められけるゆゑにかかれたる事は申しつたへたれども、たしかなる
　　　説を知らず。(「画図」、三八四話)

　右の例を見ると、「うける事」は嘘を、「たしかなること」は事実を意
味するに過ぎない。が、留意すべきは、その判断がある条件の下で下されて
いるということである。その条件とは、たとえば、a では「三位の入道この
事を記したる状に判を加へて、法深房のもとへ送りたる状を書き侍るなり
り。」、b では、「うたがひなき狸のしわざなりけり。」、そしてc の、
「その日の日記に侍りけるは、…」などのように、書物であれ、口頭であ
れ、根拠が提示されていることである。編者は根拠のあるなしによって、説
話の内容の真偽を振り分けているのである。
　『著聞集』には他に、「うける事」や「たしかなること」とほぼ同意に
使われている言葉がある。「虚言」と「実説」という漢語がそれで、漢文資料
や日記類にもよく見られるものであるが3)、次のような用例が見出せる。

---

3) 例えば、『玉葉』には次の例を含めて「虚言」が計十一、「実説」が計二十七
　ほど使われている。
　・又相逢師元之由、尤以虚言也、未曾有、未曾有云(仁安四年正月三日)
　・次第勿論、上人虚言歟、能保卿之妄言歟(建久四年四月十日)
　・下人云々、未聞実説之間、先向別当僧正房(承安三年六月廿七日)
　・朝定夕変、更難取実説歟、所詮不可被并置閑(安元三年六月廿一日)
　　また、『吾妻鏡』では、「実説」の用例は見当たらないが、「虚言」は四回
　ほど使われている。
　・雖讒者。以一向虚言。不可達天聴。(建久三年九月五日)
　・汝之所申。悉非虚言。(仁治二年十二月二十七日)

・或る日、鞠をたかくあげられたりけるに、辻風の物を吹きあぐる様に、鳶烏付きたりとののしるほどに、空にあがりて雲の中に入りて、見えずしてとどまりにけり。不思議なりけることなり。この事虚言なきよし誓状に　書かれたるとぞ。(四一〇話、「蹴鞠」)

・興言利口は、放遊境を得るの時、談話に虚言を成し、当座殊に笑ひを取り、耳を驚かすこと有るものなり。(「興言利口」篇の小序)

・後高倉院の御時、孝道朝臣、勅定によりて琵琶を造進しける時、仰せに、「琵琶には作者の名を付くべし」とて、孝道をうつされたるなり。竜に乗りたる総角の童子にて侍るなり。良道が名も、作者の名を付けられたるとかや。またぬしの名なりともいふ。いづれか実説に侍るらん、尋ぬべし。(三九　四話、「画図」)

　一読すれば明らかなように、その意味はそれぞれ「うける事」や「たしかなること」と変わらない。が、これらの場合は根拠が提示されていないことに注目する必要がある。「うける事」と「たしかなること」が説話全体の内容に関わるものであるのに対し、「虚言」と「実説」は一つ一つのファクトに対し向けられているのである。

　編者の根拠への固執は徹底していて、『著聞集』を捲れば、到る所に話の根拠を確認する言辞が散見する。書承の場合ばかりではなく、口承や見聞譚の場合でも例外ではないが、書物を出典としている場合は、

・藤の入道殿とは誰の御事にか。宇治の左府の御記には、御堂の御事にやとぞ侍るなる。(一八話、「神祇」)

・往生伝にはかくはなし。委しく尋ぬべし。(五四話、「釈教」)

・この事、かの卿たしかに記しおかれ侍り。(二五三話、「管絃歌舞」)

・この事、中納言師時卿、記し置き侍り。(三九四話、「画図」)

・小野宮の記に見えたり。(六一五話、「飲食」)

などのように、典拠のある場合はそれを明記し、内容に疑問がある場合は他書を参照したりして、話の信憑性の確保に留意している。書承であれ、口承であれ、伝承という方法を主な表現手段としてきた既存の説話集が、話の信憑性をさほど問題視しなかったことに比べると、これは大きな変化と言わざるを得ない。しかし、この変化が説話言説の位相に対する認識変化に起因するのは勿論のことで、説話の価値を、面白みや希有性ではなく、客観的に確認できる事実性によって判断しようとする、これまでにない姿勢を打ち出しているのである。『著聞集』の中で、右のように話の根拠を重視する説話は、特に「神祇」「釈教」「和歌」「管絃歌舞」「術道」「馬芸」「画図」「祝言」「宿執」「飲食」「草木」「魚虫禽獣」篇に多く見られるが、これらの篇々の性格が他とは異なることを示すものである。

　次に、口承や見聞譚の場合も、たとえ世間に広く知れ渡った有名なものでも、次に見るごとく執拗なまでにその事実性を追求している。

　　　a　さしもの上人の、いかにそらごとをばせられけるにか。この事おぼつかなし。（一一一話、「文学」）
　　　b　この事たしかに申しつたへ侍れども、兼国、松殿の官人となりたる事たしかならず。なほ尋ぬべし。（五一七話、「興言利口」）
　　　c　世の人、八幡の御体かとぞ申しける。なにのゆゑにてさはいひけむ、おぼつかなき事なり。（五八三話、「怪異」）
　　　d　いかなるゆゑにか、おぼつかなし。これはまさしくかけるが語りけるなり。（六九五話、「魚虫禽獣」）

　改めて言うまでもないような著名な話（a）、「たしかに申しつたへ」られていること（b）、そして「世の人」がみな承知しているようなこと（c）でさえ、確認が取れないことについては、「なほ尋ぬべし」と慎重な態度を取り、「おぼつかなき事なり」と疑問を投げかけているのである。その反面、話の内容に多少疑問があっても、出所が確かな話（ d ）はそれを根拠として明記しているが、これらは、編者がことの〈真実〉よりは、確認された〈真実〉である〈事実〉の方をより重視していたことを物語っている。

三　分節する「たしかなること」と「うける事」

　以上、『著聞集』に「たしかなること」と「うける事」という、位相の異なる説話言説が存在することを確認した。根拠の有無を基準に、それらは区分され、別個に扱われていたが、では、『著聞集』の中でこれらは実際にどのように現象し、機能しているだろうか。さき、「たしかなること」は、「神祇」「釈教」「和歌」「管絃歌舞」「術道」「馬芸」「画図」「祝言」「宿執」「飲食」「草木」「魚虫禽獣」篇に多く見られると述べたが、『著聞集』にはこのように話柄によって篇の説話言説の位相が異なる偏差現象と共に、それらの篇々が同質のもの同士で集結する、分極化現象が見られる。序の中で「世風人俗の製」と「街談巷説の諺」を収録したと言ったのはそれを念頭に置いたものと見られ、編者は跋の中でもう一度そのことに触れている。さき引用した跋文の前には、『著聞集』の編纂動機を表明した有名な一文が置かれているが、ここには『著聞集』の説話言説を規定する表現が次のように記されている。

　　　これ、そこはかとなきすずろごとなれども、いにしへより、よきこともあしきことも、しるし置き侍らずは、たれかふるきをしたふなさけをのこし侍るべき。

　『著聞集』に「よきこと」と「あしきこと」という相反する説話言説があることを表明しているのであるが、『著聞集』はこの二つの柱によって支

えられている説話世界であると言っても過言ではない。『著聞集』の三十
の篇目は、当時の世界認識を集大成したもので、〈宗教部〉、〈人事
部〉、〈自然部〉の三つの領域に分けられるが、集の中心をなすのは〈人
事部〉である。そして、これは第二章第一節で述べたように、次のように
構成されている。

　　1　「よきこと」群

　　　・〈公の世界〉　　：「政道忠臣」・「公　　事」篇
　　　・〈精神的技芸〉：「文　　学」〜「好　　色」篇
　　　・〈肉体的技芸〉：「武　　勇」〜「蹴　　鞠」篇

　　2　「あしきこと」群

　　　・「博　　奕」〜「興言利口」篇

　「よきこと」群は、言い換えれば、王朝文化の集合体で、貴族階級の知
識・教養・遊びに関する話柄を一堂に集めたものである。一方の「あしき
こと」群はその〈負〉の世界を集成したもので、言うならば、「よきこ
と」群の説話世界を対象化したもの、という性格を持っている。山岡敬和
は『著聞集』を、「喪失の危機に瀕した〈道・芸・遊〉を中心に、聖と
俗・善と悪・正と愚などの、対立する二項目を合わせもった世界の全体像
を再現し」たものと規定したが[4]、「よきこと」群は、山岡の言うこの
「道・芸・遊」の世界と重なり合うものと言えよう。「たしかなること」
と「うける事」が言うならば個々の説話言説の位相に関わる価値基準であ

---

4) 山岡敬和「古今著聞集」（説話の講座 5『説話集の世界Ⅱ中世』、勉誠社、平
　　成五年四月、四一一ページ。

るならば、「よきこと」と「あしきこと」は、『著聞集』の説話世界を分節するイデオロギ―的な性格を持つ価値判断であると言えよう。

　では、「よきこと」と「あしきこと」は、『著聞集』の中でどう現象して位置づけられているのだろうか。試みに、それぞれの群の代表格と言うべき「管絃歌舞」篇と「興言利口」篇を取り上げて、その内容及び形式上の特徴について検討してみよう。

＊

　「管絃歌舞」篇は五十四話から成るが、『著聞集』編纂の出発点となった分野の一つであり5)、また編者が最も得意とする世界でもあった。編者は、篇の小序の中で、管絃歌舞の機能と意義を、

　　　讃仏敬神の庭、礼義宴秩の筵も、このこゑなければ、その儀をととのへず。かるがゆゑに興福寺の常楽会、百花匂ひをおくり、石清水の放生会、黄葉衣におつ。しかのみならず、清涼殿の御遊には、ことごとく治世の声を奏し、姑射山の御賀には、しきりに万歳のしらべをあはす。心を当時にやしなひ、名を後代に留むる事、管絃にすぎたるはなし。

と説いているが、「儀をととのへず」、「治世の声」といった表現が示すごとく、宮廷儀礼志向の管絃観を披瀝している。所収話もその多くは宮廷の儀礼の場における演奏の模様を取材したもので、この篇の説話を内容別に類別すると、次のようになる。

---

5) 編者は跋文の中で、「この集のおこりは、予そのかみ、詩歌管絃のみちみちに、時にとりてすぐれたる物語をあつめて絵にかきとどめむがためにと、…」と、詩歌と管絃にまつわる説話の収集が編纂のきっかけであったと述べている。

a　内裏や仙洞及び行幸先での管絃の模様　　　　　　24話
b　殿上人や楽人の管絃にまつわる逸話　　　　　　　18話
c　管絃による奇瑞譚　　　　　　　　　　　　　　　8話
d　楽器、秘曲の伝授、奏法に関する逸話　　　　　　4話

　天皇と院を軸に行われた種々の儀礼の場での管絃の遊びを中心に、音楽にまつわる逸話が少々添えられていると要約できるが、編者の関心が那辺にあったかは説話の分布を見れば瞭然である。aは全体の半分に近い二十四話が数えられるが、もう少し詳しくその中身を覗いてみると、内裏での花の宴(二三四話)・三月尽の宴(二三五)・御遊(二三六)・藤花の宴(二三九)・庚申の御遊(二四一)・節会(二六一)・御賀の後宴(二六七)・内宴(二三八、二四〇)、仙洞での花の宴(二四八、二五八、二六〇、二七四)・舎利講(二八三)、そして、朝覲行幸(二五六、二五九、二七〇、二七二、二七三)や大井川行幸(二三二)、石清水八幡宮(二七九)・天王寺(二八二)への行幸の際に行われた管絃の遊びに関する説話で占められている。しかも、このうちの二十話は、君臣が管絃を通じて和楽する話で、儀礼と芸能が一体となった宮中文化の精髄を見せている。b、c、dも、管絃の世界に生きる貴族たちの、公私の場における逸話が取り上げられ、篇全体が王朝貴族の公共性を最も華麗に具現するものとなっている。

　次は説話叙述の形式的な特徴を見てみることにしよう。諸形式の中でもここでは冒頭形式を取り上げることにするが、それは冒頭形式が物語の時空間を規制する機能を持ち、説話の叙述において最も重要な機能と役割をしているからである。『著聞集』の冒頭形式については第二章第三節で述べたのでここでは詳論しないが、略述すれば、それは次のように六つのタイプに類別されるものであった。

　　a 年次の叙述から始まる形式(第三話：延長八年六月二十九日の夜、貞崇
　　　 法師勅をうけたまわりて、)

　　b 人物の叙述から始まる形式(第五話：慈覚大師、如法経書き給ひける時、)

　　c 場所の叙述から始まる形式(第五六話：摂津の国に清澄寺と云ふ山寺あり)

　　d 事物の叙述から始まる形式(第二話：内侍所は、昔は清涼殿に定め置きま
　　　 ゐらせられたりけるを、)

　　e 不特定な時間・空間の叙述から始まる形式(第一九話：いつ比の事にか、
　　　 徳大寺の大臣、熊野へ参り給ひける)

　　f 脱形式的な形式(第五四八話：しきりにたけたかき女と、ことにたけひき
　　　 かりける男、寝たりけるに)

　　　＊(括弧内は話番号と書き出しの例)

　説話の冒頭が「むかし」または「いまはむかし」から始まるのが一般的
であったのに対し、『著聞集』の場合は実に多様な冒頭形式が試みられて
いるが、「管絃歌舞」篇の冒頭形式を、右の基準に従って類聚したのが
〈表一〉である。

〈表一〉

a	32話	b	16話
c	0話	d	1話
e	2話	f	3話

　aの〈年次の叙述から始まる形式〉と、bの〈人物の叙述から始まる形
式〉が断然突出しているが、周知のようにこのような叙述法は本来歴史の
叙述に用いられたものである。編者が説話の冒頭形式にこのような叙述法
を取り入れた理由については検討(第二章第三節)した通りである。即ちそ

れは、自著が「著聞集」（＝説話集」）のレベルを越え、「実録」（序）とし
て受け入れられることを望んだ編者の一種の戦略であった。『著聞集』が
「実録」、つまり歴史として認められることを期待しつつ、編者はできる
だけありのままのこと ― 「たしかなること」 ― を正確に記述しようと
したのである。このような現象は「管絃歌舞」篇ばかりでなく、「よきこ
と」群の全般で見られるものであり、それをまとめたのが〈表二〉である。

〈表二〉

篇目 ／ 冒頭形式の形	a	b	c	d	e	f
「政道忠臣」	6	6	0	0	1	1
「公事」	11	5	1	0	1	1
「文学」	13	4	0	1	1	8
「和歌」	19	23	0	1	1	7
「管絃歌舞」	32	16	0	1	2	3
「能書」	0	2	1	1	0	2
「術道」	1	4	0	0	0	1
「孝行恩愛」	1	7	0	0	0	1
「好色」	1	11	0	0	0	3
「武勇」	1	5	0	0	0	3
「弓箭」	3	4	1	0	0	1
「馬芸」	9	3	1	0	1	2
「相撲強力」	4	5	0	0	1	1
「画図」	6	12	1	0	0	1
「蹴鞠」	4	4	0	1	0	0
「祝言」	5	0	0	0	0	0
「哀傷」	3	11	0	0	0	5
「遊覧」	3	2	0	0	0	0

　「文学」や「和歌」のように属性上、詞書き的な叙述が冒頭に来やすいものを除けば、「よきこと」群のほとんどはａかｂ形に集中しているが、「たしかなること」を求め、「実録」たることを目指した編者の意欲を反映するものである。

＊

　「興言利口」篇は六十七話を収録しているが、気の利いた物言いや行動、もしくはヲコな振舞いが引き起こす笑話がほとんどである。前者が上中流貴族たちの機知やユーモアが笑いの契機となっているのに対し、後者は身分の低い人々の教養、知識、センス、礼儀作法などの欠如や虚言、愚行の発露などが笑いの動因となっているが、どちらかと言えば後者の方が主流となっている。「管絃歌舞」篇は王朝的公共性を賞賛するものだったが、「興言利口」篇はその欠如を貶し、笑いものにするという、相反する世界を対象としている。

　一方、冒頭形式を見ると、「興言利口」篇は年代順配列の原則と、人物中心とならざるを得ない笑話の特性のため、ａとｂ形の占める割合が依然として高い中、ｆ形が二十三話も含まれていることが注目される（〈表三〉参照）。話の虚言性が形式への傾斜を和らげたためか、次の例に見るごとく、自由で脱形式的に書き出されているものが多く見られる。

　　・雨降り、風おどろおどろしかりける夜、二条の中納言実綱卿の家に侍どもあつまりて、すずろ物語りしけるに、（五一六話）
　　・しきりにたけたかき女と、ことにたけひきかりける男、寝たりけるに、
　　　　　　　　　　　　　　　　　　　　　　　　　　　　　　（五四八話）

〈表三〉

a	19話	b	23話
c	2話	d	0話
e	0話	f	23話

　因みに、「あしきこと」群の冒頭形式の類型を例のパターンに従って分類したのが〈表四〉であるが、物語性の強い「偸盗」篇を始めとして、所収話の数の割にはf形が多いのが特徴である。

〈表四〉

篇目 ＼ 冒頭形式の形	a	b	c	d	e	f
「博奕」	7	1	0	0	0	1
「偸盗」	2	5	0	1	1	9
「宿執」	3	9	5	1	1	1
「闘諍」	3	0	0	0	0	2
「興言利口」	19	23	2	0	0	23

四　「たしかなること」と「うける事」の混交

　以上、『著聞集』に位相の異なる説話言説があることを確認した。次は『著聞集』におけるそれらの存在形態について述べることにするが、その前に、『著聞集』に位相の異なる説話言説の共存という事態が起こった原因に触れてから本題に入るのが順序であろう。この問題については序と跋に編者自身の言及があるので参考になるが、まずは序を見てみよう。

　風流の地勢に随ひ、品物の天為に叶ふ、悉く彩筆の写すべきを憶ふ。これによつて或は伶客に伴ひて潜かに治世の雅音を楽しみ、或は画工に誂へて略振古の勝概を呈す。蓋し居ること暇景多かつしより以降、閑かに徂年に度るの故に、この両端を勘ふるに拠つて、その庶事を捜り索む。註緝して三十篇となす。編次すること二十巻、名づけて古今著聞集と曰ふ。…

　編者が説話の収集を手がける(「その庶事を捜り索む」)ようになったのは、「この両端」、つまり音楽と絵画のことを「勘ふるに拠」ったのだと言う。絵画のことはともかく、音楽に関する限り、編者が専門家に引けを取らない腕と見識を持っていたことは確認済みなので(第一章第三節「編者の面影」参照)、この発言は額面通りに受け取ってもよかろう6)。説話の収集はあくまでも私的な動機から始まったもので、これは「この集のおこりは、予そのかみ、詩歌管絃のみちみちに、時にとりてすぐれたる物語をあつめて絵にかきとどめむがために」と、跋文でも繰り返しているのでまず間違いなかろう。ところが、その次を見ると、途中で考えが変わり、計画を大幅に修正しなければならないような転機があったことを次のように記している。

　いそのかみふるきむかしのあとより、浅茅がすゐの世のなさけにいたるまで、ひろく勘へ、あまねくしるすあまり、他の物語にもおよびて、かれこれ聞きすてず書きあつむるほどに、夏野の草ことしげく、もりのおちばかずそひ侍りにけり。これ、そこはかとなきすずろごとなれども、いにしへより、よきこともあしきことも、しるし置き侍らずは、たれかふるきをしたふなさけをのこし侍るべき。これによりて、或は家々の記録をうかがひ、或は処々の勝絶をたづね、しかのみならず、たまぼこのみちゆきずりの語らひ、あまさかるひなのてぶりのならひにつけて、ただに聞きつてに聞く事をもし

---

6) 話末評語及び本文中に記されている編者の見解を検討してみると、編者は、詩歌管絃のうち、特に管絃に優れていたようである。

るせれば、さだめてうける事も、またたしかなることもまじり侍らんかし。つひに部をわかち巻をさだめて、三十篇二十巻とす。…

　古のこと、今のことについて、思索と執筆作業に励んでいるうちに（「ひろく勘へ、あまねくしるすあまり」）、ものの見方に変化が起こり、計画した範囲と量をはるかに越える（「他の物語にもおよびて」）説話を集めるようになった（「かれこれ聞きすてず書きあつむるほどに、夏野の草ことしげく、もりのおちばかずそひ侍りにけり。」）、と言うのである。当初、収集対象を音楽と絵画に限定し、しかも、趣味的に（「詩歌管絃のみちみちに、時にとりて」）進めていたのを、「家々の記録」から、「ただに聞きつてに聞く事」にまで拡大したことを見ると、それまでの方針を修正しなければならないような転機があったと推測される。隠退後、自らを振り返ってみる余裕ができた（「蓋し居ること暇景多かつしより以降、閑かに徂年に度る」）上に、それまで経験できなかった世界（「たまぼこのみちゆきずりの語らひ、あまさかるひなのてぶりのならひ」）を垣間見たことが一種の異文化体験となり、世界を見る目が広くなったのだろうか。ともかくその結果、「たしかなること」に「うける事」が「まじ」るようになったのだから、『著聞集』の説話言説の多様化は、編者の意図的な選択によるものであったことが明らかである。

五　おわりに

　さて、編者のこのような選択は結果的に『著聞集』に何をもたらしたのだろうか。さき、「うける事」を代表する「興言利口」篇の冒頭形式に〈脱形式的な形〉が多く含まれていると述べた。「興言利口」譚とは本来的に、語りの時空間を離れて浮遊しやすいものなので、〈脱形式的な形式〉となるのはある意味で当然のこととも言えるのだが、編者はそれらに対してさえも年代順配列の原則を崩さなかったのである。「興言利口」篇ばかりでなく、すべての「あしきこと」群の場合が同じであるが、時間性がそれほど意味を持たないものに無理矢理時間的秩序を与えようとした編者の狙いは明白である。彼は「うける事」を「たしかなること」に作り替え、その枠組みの中へはめ込もうとしたのである。つまり、〈負〉の言説を〈正〉の言説へ置換することによって、『著聞集』の全説話言説を〈正〉のものとして位置づけようとしたのである。そうすることによって、王朝貴族の知識体系と天皇が支配する歴史の中へそれらを組み込み、結果的には説話言説の歴史化を図ろうとしたのだ言えよう。そのような意味で『著聞集』とは、非王朝的公共性の世界が、王朝的公共性の世界の枠組みの中へ組み込まれ、歴史として秩序化された説話言説であると言えよう。

　その結果、『著聞集』はかつて類を見ないような整然とした説話集となったわけであるが、自由に浮遊すべきものを歴史叙述という枠の中に閉じ込めたことがどのような結果となったかは改めて言うまでもない。歴史を装ったこの説話集は、一時ごく一部の人々に重宝されたこともあったが、近代以降、その性質の曖昧さが災いして歴史側からは補助資料程度の、そして文学側からは長い間「文学以前」という、不名誉な待遇を堪え忍ばなければならなかったのである。編者があれほど苦心して作りあげた「たしかなること」の説話世界が、貴族文化が瓦解するやその存在意味を喪失したのに対し、その〈負〉の存在であった「うける事」が評価されるようになったことは皮肉と言わざるを得ない。

第二節　『古今著聞集』の話末評語考

一　はじめに

　口承であれ書承であれ、伝承という形を自己表現の方法とする説話文学において、編者の感想や主張が含まれている話中・話末評語は、編者の生の声が聞き取れるということで早くから注目され、研究対象となってきた。評語には、『宇治拾遺物語』と『古本説話集』との間で見られるような、評語そのものさえ伝承されるものもあれば、いわゆる「説話評論」7)という域に達しているものもあって、その有り様は一様でない。『古今著聞集』(以下、『著聞集』と略す)にも、極めて短文ではあるが、評語と言うべきものが話中・話末の約二百ヶ所に付せられている。中には、『十訓抄』より抄入の際、そのまま書き写されたもの(四話)もあるが、他はほとんどが編者の手によるものである。

　『今昔物語集』や『宇治拾遺物語』の評語の場合は様々な角度から研究が行われ、読みの多様化に寄与しているが、『著聞集』の場合は、一部を取り上げて編者の過去志向的な性向を裏付ける根拠として使われたことはあっても、集全体を対象とする考察が試みられたことはなかった8)。編者のものの見方はもちろんのこと、『著聞集』という説話言説の眺望のためには、評語の分析が先行しなければならないことは言うまでもない。本節では『著聞集』に展開される古今の諸相について、編者がどのような見方をし、反応していたかを、〈宗教部〉・〈人事部〉・〈自然部〉の三部別

---

7)　西尾光一は「中世説話文学の形態と方法(一)」(『中世説話文学論』所集、塙書房、昭和三十八年三月)の中で、中世の教訓、仏教説話集である『十訓抄』『宝物集』『発心集』『撰集抄』『沙石集』などの評語には「説話評論」と言うべきものが認められるとしている。

8)　たとえば、日本古典文学大系本『古今著聞集』の解説における永積安明の評価を例として挙げることができよう。

に考察することにしたい。

二　〈宗教部〉の評語

　最初は〈宗教部〉であるが、この部は主に神仏の奇瑞・霊験など、超越的で、不可思議な現象を対象としたものである。中世前期の文化人の一人として、和漢の典籍に通じ、詩歌管絃に長けていた編者はこのような事象をどう受けとめていただろうか。

　まず神祇の方から見てみよう。「神祇」篇には、次のように十カ所(小序を含む)に神々の霊異に対する評語が付せられている。

・あはれにたふとくこそ侍れ。(小序：宇佐宮の託宣)

・皇威も法威もめでたかりけるかな(五話：住吉明神の託宣)

・あはれにたふときことなり。(七話：日吉十禅師が神詠を賜ったこと)

・厳重なる御事なり。(八話：日吉山王の託宣によって後朱雀天皇の病気が快癒したこと)

・かたじけなかりけり事なり。(九話：伊勢の荒祭宮の度々の託宣)

・ふしぎなる事なり。(一〇話：上総国一の宮の託宣によって明珠一果を得たこと)

・不思議の事なり。(一五話：周防国の明神が蛇や烏をもって神田を守ったこと)

・厳重なりける事なり(一八話：春日明神の託宣)

・目出たきほどのものなりけり。(二九話：賀茂明神の神恩によって先途を達したこと)

・恐るべき事なり。(三三話：吉田祭の日に神事を行わなかったので、その罰として家が焼けたことについて)

一方、「釈教」篇には仏に対して直接発せられたものはなく、三宝の霊験を讃えたものが一つあるのみである。

　・たふとかりし事なり。(六五話：法華経の霊験)

　　天つ神、国つ神の託宣・示現やお経の示す霊験について、編者は「たふとし」、「厳重なり」、「かたじけなし」、「不思議なり」など、高貴な存在や超越的な現象を形容する言葉で驚きと敬意の意を表しているが、これらは編者が宗教というものをどう受けとめていたかを示すものである。編者は宗教の持つ様々な側面のうち、修行や救済といった心の問題についてはほとんど目を向けず、可視的で現世志向的な霊験にのみ関心を示しているのである。これは編者の宗教認識 ― この問題は第四章第一節で詳述する ― が当時の一般の人々のそれとほとんど変わらないものであったことを示すものであるが、『著聞集』に宗教臭さが感じられないのはこのためである。

三　〈人事部〉の評語

　　次は〈人事部〉である。〈人事部〉は『著聞集』の中心をなしており、評語も豊富に付せられていて、編者のものの見方を知る上で大変重要な意味を持つ部分である。この部が「よきこと」群と「あしきこと」群に分かれることは先述の通りであるが(第二章第一節)、相反する内容のためか、それぞれの群に付せられた評語も複雑な相を呈している。「よきこと」群は、〈公の世界〉、〈精神的技芸の世界〉、〈肉体的技芸の世界〉という三つの領域に分かれるが、後二者は共に技芸を扱ったものなので、ここでは合わせて考察することにする。「政道忠臣」と「公事」篇で構成する〈公の世界〉は、宮廷の政と儀礼を取材したもので、天皇と内裏を軸に話が展開されているが、ここではまず〈公〉の中心であり、地上における超越的な存在と言うべき天皇について編者がどのような捉え方をしていたかを見てみよう。

　〈公の世界〉の初話である「政道忠臣」篇の七四話は、あの『寛平御遺側』にまつわる逸話であるが、宇多天皇の措置について編者は次のように評している。

　　延喜の聖主、位につかせおはしまして後、「本院の右大臣・菅家・定国朝臣・季長朝臣・長谷雄朝臣、この五人その心をしれり。顧問にもそなはりぬべし」とて、寛平法皇注し申させ給ひける。かくおぼしめしとらせ給ひける、やむことなき事なり。

　醍醐天皇に遺側を渡した宇多天皇の深慮を「やむことなき事なり」と讃えているわけであるが、他に八四話でも鳥羽院が源賀定を左大将に任命したことを、「やむごとなかりける事かな」と評するなど、御門の政治行為について編者は「やむことなし」と評している。この「やむことなし」は非常に希にしか使われない言葉で、たとえば次に見るごとく、本来神々の行為に対し使われるのが普通である。

　・やむ事なきことなり。（二六八話：地神が「陵王の乱序」を聞いて陵王の装束をして現れ、舞を舞ったことについて）

　これらの待遇表現を見ると、編者は天皇を神仏と同格に敬っていたようである。が、留意すべきは、このような賞賛の対象となっているのは、鎌倉幕府の成立前に在位した天皇たちに限られている、ということである。『著聞集』には、高倉院以降の天皇(七人)が述べ三十三回も登場するが、誰一人に対しても右のような待遇表現は行われていない。このことは、政事を取り上げた「政道忠臣」が鎌倉幕府の成立期を時代的下限としているのと無関係ではなく、編者が政治及び天皇のあり方についてどのような見方をしていたかを示すものとして注目される。

*

　次は「よきこと」群の中、貴族階級の精神的・肉体的諸芸についてはどのような見方をしていたかを見てみよう。「文学」篇から「蹴鞠」篇に至る篇々には、文武の諸芸に優れた人々に対し「興あることなり」、「ゆゆしき事なりけり」、「目おどろく事なりとなむ」等と、実に多彩な言葉による評語が付せられている。それを纏めたのが次の〈表一〉である。

〈表一〉

・興あり	十三	・優	二
・ありがたし	二	・数寄	一
・ゆゆし	九	・面白し	一
・いみじ	八	・ゆかし	一
・やさし	三	・うつくし	一
・めづらし	三	・おびただし	一
・口惜し	三	・無念	一
・あはれ	二		
・目おどろく	二		
（数字は用例数）			

　このうち、最も多く使われているのは「興あり」、「ゆゆし」、「いみじ」の三つであるが、貴族文化に対する編者の見方を代辯する評語でもあ

る。わけても「興あり」は、「よきこと」群の全般に亘って最も多く使われていて、この群の評語の中で代表的な存在である。「興ある」は、「おもしろいこと。たのしいこと。おもしろみ。おもむき。ふぜい。興味。興趣。」等の意味を持っているが(『日本国語大辞典』)、『著聞集』の「興あり」も、その用例を調べてみると、非常に多様に使われている。たとえば、御遊や王朝的美意識、道を極めた人の才能、愉快な物言いなどについて編者は「興あり」と評しているのである。

　具体的な例を見てみよう。まず、御遊や王朝的美意識に関する場合であるが、次のように使われている。

　　天永三年三月十八日、御賀の後宴に、舞楽はてて御遊の時、中納言宗忠卿拍子、治部卿基綱卿琵琶、中納言の中将(法性寺殿)箏、中将信通朝臣笛、少将宗能朝臣笙、伊通和琴、越後の守敦兼篳篥。〈中略〉主上、催馬楽を付けうたはせ給ひける、めづらしく目出たかりれる事なり。仰せによりてさらにまた更衣・鷹の子など数反ありける、興ありける事なり。(二六七話、「管絃歌舞」)

　鳥羽天皇が催馬楽にあわせて歌い、それに臣下が返歌するなど、君臣が共に管絃の遊びに興じたことを編者は、「興ありける事なり」と評しているわけであるが、編者自身優れた楽人であったし、編者が在世した後嵯峨院時代は、「御前の御遊びはじまるほど、そり橋のもとに竜頭堂首よせて、いと面白く咲き合はせたり、かやうのこと、常の御遊びいとしげかりき。(『増鏡』第五「中野の雪」、日本古典全書本による)と言われているほど、盛んに御遊が行われていたので9)、そのような世界への共感を表出したのが即ち「興あり」であったと言える。同例としては、一〇四、一四

---

9)『百錬抄』によれば、仁治年三八月九日、寛元元年六月十六日、閏七月二日、九月四日、四年四月二十三日などに御遊が行われている。

七、二〇四、二六七、三五七、三八四、四〇三、四〇六話などが挙げられる。

　次に、道を極めた人の才能を讃えた例の場合は、主に詩歌管絃に優れた人物がその対象となっている。「文学」の一〇九話を見てみよう。

　　　天暦の御時、朝綱・文時におほせて、「文集」第一の詩えらびて奉るべきよし、勅定ありければ、
　　　　送三蕭処士遊二黔南一
　　　　能レ文好レ飲老蕭郎<後略>

　　　この四韻を共にえらびたてまつりたりけり。一句すぐれたるは多けれども、四句の体ことなるによりて、ありがたき事にや。両人同心のほど、興あることなり。

　「白氏文集」の「第一の詩」に、同じ詩を選んだ朝綱と文時の非凡な才質を、編者は讃嘆の意をこめて「興あることなり」と評しているが、「文学」篇の一一八話も同様のケースに入る。

　一方、愉快な物言い（一五一、一六一、三五四話）の場合は、これまでの二例とは違って登場人物の才知に富んだ物言いへの共感をあらわしたものである。「馬芸」篇の三五四話を次に挙げる。

　　　正暦二年五月二十八日、摂政殿、右近の馬場にて競馬十番を御覧じけり。〈中略〉一番、左将曹尾張兼時、右将曹同じく敦行つかうまつりけるが、〈中略〉つひに敦行勝ちにけり。兼時、敦行にむかひて、「負けてはいづかたへ行くぞ」といひたりけり。人々その詞を感じて纏頭しけるとなむ。いまだ競馬に負けざりけるものにて、かくいひける、いと興あるいひやうなるべし。

　競馬で負けたことのない随身兼時が敗北を喫し、敗者の退路を問うたことについて、「いと興あるいひやうなるべし」と言っているのである。このようなユーモラスな物言いに対しても、笑いを込めて評している。同様の例には、他に一五一、一六一、三六〇話等がある。このように「興あり」は、宮廷儀礼から物言いに至るまで、実に多様な事柄に対し幅広く使われているが、「よきこと」群という貴族的公共性の世界に対し、共感と理解の意を表す評語と言えよう。

＊

　次は「ゆゆし」である。「ゆゆし」は、本来「神聖あるいは不浄なものを触れてはならないものとして強く畏怖する気持ち。転じて、良し悪しにつけて甚だしい意」（『岩波古語辞典』）であるが、『著聞集』では次の用例から分かるように、文武両道に優れた人物の立派な態度や心構えに対する褒め言葉として使われている。

 a 主上、御笛を吹かせ給ふ。更闌けて在良朝臣罷り出でけるに、蔵人朝隆、脂燭さし、送りけり。ゆゆしくぞ侍りける。（一二二話、「文学」）
 b 左大辯は左兵衛の督の笏をぞ借りうけける。まことにゆゆしき面目にこそ。（一三〇話、「文学」）
 c さしもはやき河の底にて、かく振舞ひたりける、ゆゆしき事なりけり。
（三四二話、「武勇」）
 d 名を得たる人々の振舞かくのごとし。ゆゆしかりける事なり。
（二九五話、「術道」）

　aは、高倉院の秀句に感激した侍読たちが、「感謝の礼」を古式に則って行ったことについて、bは、侍読の菅原在良が詩歌管絃の才を思う存分発揮したことについて、それぞれ「ゆゆし」と評しているが、文人貴族の才を賞賛している。ｃは、川に流された宇津宮頼業が川底で鎧を脱ぎ捨て、浮上したことを誉めており、ｄは、僧・陰陽師・医師・武人という四人の名人たちが見せた神業に、感嘆の意を込めて称えている。

「ゆゆし」は、このように主に個人の立派な振舞いや才を声援する誉め言葉として使われている。

*

次は「いみじ」の方を見てみよう。まず用例であるが、次のような例が見られる。

・かの卿非重代の身なれども、よみくち、世のおぼえ人にすぐれて、「新古今」の撰者に加はり、重代の達者定家卿につがひてその名をのこせる、いみじき事なり。（二一二話、「和歌」：非重代の西行が定家に匹敵する歌人となったこと）

・堀川院の御時…立楽の時になりて、皇帝を吹き出させおはしましたりけり。めづらしくいみじかりける事なり。（二六一話、「管絃歌舞」：堀河院が皇帝を立派に吹いたこと）

・故実を知ろしめして御感ありけるこそいみじき御事なれ。（二七七話、「管絃歌舞」：藤原宗俊が万秋楽の演奏法を心得ていたこと）

・師をおもんずる礼、いみじくぞ侍る。（三〇六話、「孝行恩愛」：藤原頼長が師恩を重んじたこと）

・孝定が所為、かくこそあらまほしき事なれ。いといみじき事なりかし。（三二一話、「好色」：風雅な方法で暁を告げたこと）

・昔はかく期せざる事も、やさしく面白き事、常の事なりけり。いみじかりける世なり。（三四五話、「弓箭」：殿上人たちが野宮で小弓、蹴鞠、管

絃の遊びなどを催したこと)

・こころみにはなちて見るに、案のごとく公忠が字ありけり。いみじかりける
　事なり。(三八八話、「画図」：屏風の真贋を見事に当てたこと)
・こまかに御覧じて僻事ある所々に押紙をして、そのあやまりを御自筆にて
　しるしつけて返し進らせられたり…いといみじき事なり。(三九七話、「画
　図」：藤原基房が公事に精通していたこと)

　昔風の風雅な振舞いに対して使われたもの(三二一、三四五話)もある
が、ほかは、個人の優れた業績(二一二)、演奏(二六一)、心構え(二七
七、三〇六)、鑑識眼(三八八、三九七)などに対し、賞賛の意に使われて
いるが、その意味で「いみじ」は「ゆゆし」とほぼ同意で使われていると言
える。

　以上、精神的・肉体的な諸芸を取り上げた諸篇に付せられている評語のな
かで最も用例の多い「興あり」、「ゆゆし」、「いみじ」について、その使い
方を検討したが、これらの評語は要するに、文武の芸に傑出した人々の絵にな
るような振舞いに対する編者の共感の現れと言ってよかろう。

＊

　次は「よきこと」群の〈負〉の側面を捉えた「あしきこと」の方を見て
みよう。この群にも実に多様な評語が「博奕」から「興言利口」に至る諸
篇に付せられているが、それをまとめたのが〈表二〉である。

〈表二〉

・をかし	十四		・優	二
・あはれ	十四		・いみじ	二
・比興	六		・ありがたし	一
・ふしぎ	四		・うたて	一
・ゆゆし	四		・めづらし	一
・興	三		・やさし	一
・をこ	三		・ためでし	一
・口惜し	二			

　この表を見れば分かるように、「あしきこと」群の中では、「をかし」と「あはれ」が最も多く使われているが、これらの用例の分析を通して、編者がこの群をどう捉えていたかを見てみよう。

＊

　まず「をかし」であるが、これは「比興」・「をこ」等と共に「興言利口」篇に集中的に見られるものである。次にその用例を挙げる。

・いかにをかしとおぼしけん。(五一〇話：装束を車の中に脱ぎ置いていた藤原有盛が頼長の車に出会い、そのまま出迎えたこと)

・夫の不祥こそをかしく侍れ。(五一二話：馬上で居眠りしていた藤原家成の沙汰人が、寝ぼけたこと)

・をかしかりける事なり。(五一五話：自分の馬が暴れ馬とも知らずに乗っていた仁和寺の房官が人にそれを知らされ臆したために落馬したこと)

・仮名はよみなしといふ事、まことにをかしき事なり。(五二七話：蒔絵師

が仮名文で返事したために誤解を買ったこと)

・まことにをかしき事なり。(五二八話：「こまつなぎ」を「小松まぎ」と
　聞き間違え、笑われた雑仕)

・をかしくこそ侍れ。(五四七話：嫉妬深い妻に懲りたある蔵人が亀の首を
　切り自分の局所だと見せたら、妻が喪に服してみせたこと)

・をかしかりける事なり。(五四八話：小男と巨女の間に交わされたちぐは
　ぐな問答)

・いかにをかしかりけむ。(五五〇話：念仏僧がある女房に声を掛けられ南
　無阿弥陀仏を「さもあみだ仏」と答えたこと)

・かたがたをかしきいひやうなり。(五五八話：藤原孝道とは全然面識もな
　い人が、本人の前で彼に指導を受けたものだと自慢しながら朗詠したこと)

・心はやさいとをかしかりけり。(五五九話：当人が自分の後ろに立ってい
　ることに気付かず悪口を言った孝道が巧く言い繕ったこと)

・いたく支度の勝れたるも、見に引きかづくこそをかしけれ。(五六・話：強
　盗防止のために設けた装置に自分が落ちてひどい目にあったこと)

・うしろすがた・おもかげ、さこそをかしかりけめ。(五六七話：烏帽子も被ら
　ずに人の家を訪ねた前の隠岐の守が途中でそれに気づき、逃げ帰ったこと)

・をかしかりける事なり。(五七一話：染め損じた狩衣を着用し、人々笑わ
　れた侍が、後で人からそのことを指摘されとぼけたこと)

　これらは、人々の滑稽な振舞いへの笑いを表したものであるが、更に内容
を調べてみると、その笑いは次のような二つの契機によって引き起こされて
いる。一つは、もの言いの面白さである。約半分(五二七、五二八、五四
八、五五〇、五五八、五五九、五七一話)がこれに当たるが、藤原孝道の
臨機応変ぶりを描いた五五九話をその代表的な例として挙げることができ
よう。

　孝道入道、仁和寺の家にて或る人と双六をうちけるに、隣にある越前房といふ僧きたりて見所すとて、さまざまのさかしらをしけるを、にくしにくしと思ひけれども、物もいはでうちゐたりけるに、この僧、さかしらしさして立ちぬ。「かへりぬ。」と思ひて、亭主、「この越前房はよきほどものかな」といひたりけるに、かの僧いまだかへらで、亭主のうしろに立ちたりけり。かたき、また物いはせじとて、亭主のひざを突きたりければ、うしろへ見むきて見れば、この僧いまだありけり。この時とりもあへず、「越前房はたかくもなし。ひきくもなし。よきほどのものかな」といひ直したりける、心はやさいとをかしかりけり。

　その次は、滑稽な振舞いに対するものである。貴族階級を始め、各層の人々が対象となっているが、『著聞集』の中で登場人物たちが最も生き生きと描かれているのがこの説話群である。第五一〇話を見てみよう。

　久安の比、宇治の左府、宇治へおはしましけるに、有盛朝臣、装束を車にぬぎ置きてありきけるが、大臣にあひたてまつりにけり。主君の御車と見て、ものきるにおよばず、まどひおりたりける、いかにをかしとおぼしけん。

　厳格な性格で、当時の人々から悪左府というあだ名で呼ばれた頼長の突然な出現に慌てふためく有盛の様子が笑いの対象となっているが、この説話のように滑稽な行動が笑いの契機となっているものとしては、五一二、五一五、五四六、五四七、五六一、五六七話等がある。

＊

　次は「あしきこと」群を代表するもう一つの言葉である「あはれ」の方

を見てみよう。まず次にその用例を挙げる。

・あはれに不思議なる事なり。(四三一話：澄憲の教化によって山賊たち
　が出家したこと)
・盗人もこの心あはれなり。(四四〇話：空腹の盗人が人の家に忍び入り
　灰で飢えをおさめては、反省して盗人をやめるようになったこと)
・いまは土にこそなり侍りぬらめ。あはれなる事なり。(四五三話：醍醐天皇
　の副葬品として入れた楽器等が今はすでに土になってしまったこと)
・重隆、旧臣のよしみにてかく申しけるにこそ。あはれなる事なり。(四五
　八話：重隆が死後、白河院の消息をある人の夢に示したこと)
・あはれなる事なり。(四六三話：他界した藤原良通が弟の良経の夢に現
　れ詠歌したこと)
・あはれにいみじき事なり。(四六七話：宗行が処刑の直前、泊りの遊女
　柱に辞世の句を書き残したこと)
・前後相違の御追善、あはれつきがたき事なり。(四六八話：後高倉院に
　先立たれた七条院が追善供養を行ったこと)
・あはれにありがたき事なり。(四八八話：雅定が昔の競争相手だった実
　能を見舞いしたこと)
・あはれにやさしかりける御わたりなり。(四八九話：師長が孝道を見舞
　いしたこと)
・…宿執にひかれて、楽を聞きたがりけるこそあはれに侍れ。(同：病中
　の孝道が見舞いに来た師長に管絃の演奏を頼んだこと)
・哀れにふしぎなる事なり。(四九一話：忠実が死後も知足院に現れ、箏
　を弾いたこと)
・こころざしのいたり、これも宿執にひかれて哀れなり。(四九二話：藤原
　守光が重病にもかかわらず釈奠に参じたこと)
・重代の人は哀れにふしぎなる事なり。七歳の心に道の執心哀れなる事な
　り。(四九七話：孝道父女の芸道への執心)

・あはれなりける事なり。(四九八話：孝道の琵琶の演奏を聞きながら世
　を去った全舜法橋のこと)

「あはれ」も「をかし」同様、非常に多様に使われている。対象に対し
悲しみの意を表したもの(四五三、四六七、四六八話等)、発心や改心、ま
たはかつての競争相手への見舞い等、登場人物の感心すべき行為に対する
編者の共鳴を表したもの(四三二、四四〇、四五八、四六三、四八八、四
八九、四九七、四九八話)、過度の執念に対する非難の意を表したもの(四
八九、四九一、四九二話)等に使い分けられている。

＊

以上、〈人事部〉の評語群について概観した。文武両道の肯定的な側
面を捉えた「よきこと」群に対しては「興あり」が、その負の側面を描い
た「あしきこと」に対しては「をかし」が、各群への編者の見方を代表す
るものとなっているが、いずれも度を過ぎた賞賛や非難に陥ることなく、中
立的な立場を堅持しているのが特徴である。

四　〈自然部〉の評語

最後は〈自然部〉である。編者は天変地異や変化、動植物等自然界の事象
に対してはどのような見方をしていたのであろうか。「怪異」の小序で編者
は、人知では計り知れない怪異なることについて次のように言っている。

　　怪異のおそれ、古今つつしみとす。しかあれども、かの、「白氏文集」
　　の凶宅の詩にいへるがごとく、「人凶なり宅凶に非ず」。もろもろの怪異
　　もさこそ侍らめ。なずらへて知るべき事にや。

　つまり、世の中の不思議なことについては旧習にとらわれずに合理的に考えるべきだと力説している。また、「変怪」の小序でも変怪の存在について次のような見方を示している。

　　千変万化いまだ始めより極まり有らず。むかしより人の心をまどはすといへども、なほその信をとりがたき事なり。

　右に挙げた両篇の小序の本文の内容を見ると、編者は超自然的な存在や現象について大変理性的な受けとめ方をしていたかに見える。が、これはあくまでも小序における建前であって、実際においてはその反対であったことが、この群に付せられている評語を調べてみれば分かる。〈表三〉にそれをまとめた。

〈表三〉

・おそろし	六	・くち惜し	一
・ふしぎ	五	・をかし	一
・興あり	五	・比興	一
・いみじ	四	・やさし	一
・優	二	・あさまし	一
・あはれ	二	・むざん	一
・めでたし	一		

　この表を見ると、「おそろし」と「ふしぎ」の他に、「興あり」「いみじ」等、〈人事部〉に頻出する評語が入っているが、これらは「飲食」・「草木」篇に収められている宴や草木合わせにまつわる説話に集中的に付せられているものである。結局〈自然部〉は、「おそろし」と「ふしぎ」

の二つの評語が代表していると言えるが、これらは人知の及ばないことについて発せられる語句である点に特徴がある。

　まずは「おそろし」であるが、次のように六つ用例が見られる。

　・おそろしかりける事なり。（五八二話：出雲国に一町余りの氷塔が現れたこと）

　・おそろしかりける事なり。（五八三話：後朱雀院が屏風の上に腰掛けていた巨人を見て発病、死去したこと）

　・おそろしき事いふばかりなかりけり。（五八六話：大辻風が発生して京一帯に大きな被害が生じたこと）

　・おそろしかりける事かな。（五九〇話：宮中に鬼の足跡が残っていたこと）

　・おそろしき事なり。（六〇九話：猫が観教法印の守刀を口にくわえて逃げたこと）

　・おそろしき事なり。（七二〇話：ある僧の本妻が夫の浮気を妬んで蛇となり、夫に食い付いたこと）

　小序では「もろもろの怪異もさこそ侍らめ。なずらへて知るべき事にや。」と言っていた編者が、自然界の異常、鬼の出現そして非日常的な怪異事件に対し、「おそろし」を繰り返している。

　次は「ふしぎ」の方であるが、五つの例が見られる。

　・不思議なりける事なり。（五八四話：崇徳院が夢で増智僧正の姿を見て発病したこと）

　・天狗のしわざにや。ふしぎなりしことなり。（六一〇話：髪の乱れた法師が気を失ってもちの木の上に伏していたこと）

　・獣なれども負けたる事を思ひいれたりけるにや。不思議なる事なり。（六七七話：競馬で負けた馬が翌朝病もないのに涙を流しながら死んだこと）

・ふしぎの事なり。〈中略〉陸にこそあらめ、海の底まで鼠の侍らん事、ま
　ことにふしぎにこそ侍れ。(七〇八話：伊予国の黒島というところの海底
　に鼠が住んでいたこと)
・ふしぎにありがたき事なり。(七一一話：犬が毎月十五日に、断食したこと)

　海底に住む鼠の存在や断食する犬といった、理屈では納得の行かない事
件に対し、編者は「ふしぎ」と疑問を投げかけているが、これは編者個人
の性向と言うよりは文化の周辺部や異界に対する貴族たちの基本的な姿勢
を反映するものと言えよう。人間の生業に対してはその善し悪しを問わ
ず、理解を示そうとした編者であったが、自然界の異変に対しては、神仏
の霊異の場合と同様、理解を超えるものとして受け止めていたのである。

五　おわりに

　『著聞集』の評語を、宗教・人事・自然の三部に分けて検討を行った
が、各部にはそれぞれ類型化した語句が話柄によって使い分けられている
ことが分かった。これらの語句が編者の独創によるものでないことは言うま
でもなく、中世の説話集のみを取ってみても、たとえば「かたじけなし」、
「たうとし」等は『撰集抄』や『今物語』に、そして「やさし」、「めで
たし」、「いみじ」、「おそろし」等は『宇治拾遺物語』、『十訓抄』等
の説話集にも使われている。
　ところが、「よきこと」における「興あり」と「あしきこと」における
「をかし」は、説話集ではあまり使われたことのないものである。「興あ
り」は『十訓抄』に二回程の用例がある以外は他に例を見ないし10)、「を
かし」も『著聞集』のように一つの篇に集中的に使われているのは、『今

---

10)『十訓抄』：「御心の風情いと興ありてやさしかりけり」(巻一ノ十三)。「先年
　　の客、殊に興あり」(巻七ノ十七)。

昔物語集』のほかには全く類例のないことである11)。「興あり」も「をかし」も、もともとは歌論用語で、それぞれ「趣向」を意味し、「表現主体の意図やあらわれた表現効果を捉えてその成功を肯定的」に評価する概念であるが12)、『著聞集』では先述の通り、編者特有の意識世界を表す評語と化して使われている。

　編者は「古代貴族世界に対するやみがたい追慕の情」を抱いていた人物と言われるが13)、実際において編者はその「古代貴族世界」に対し意外に冷静なまなざしで見つめていたことをこの「興あり」という評語は表している。また、「あしきこと」を代表する「をかし」も、そのような世界への非難よりは、そこに展開される万華鏡のごとき諸相を一人で楽しんでいるような、観望的な姿勢を示すものである。第一章第二節で筆者は、『著聞集』の編纂動機が古今の諸相をありのままに描き出すことにあったと述べたが、物事をありのままに描くためには、まず片方へ偏らない中庸の精神を保つことが重要なのは言うまでもない。「興あり」と「をかし」は、編者がまさにそのような姿勢とものの見方の持ち主であったことを物語る、編者の肉声であると言えよう。

---

11)『今昔物語集』の巻二十八にも話末の評語に「をかし」が多出する。
12) 日本古典文学全集本『歌論集』所収の「歌論用語」の解説による、六一四と六二九ペ。
13) 永積安明 日本古典文学大系本『古今著聞集』の解説、九ペ。

第四章
『古今著聞集』の世界

第一節　「神祇」・「釈教」篇考

一　はじめに

　二十巻三十篇編成の『古今著聞集』(以下、『著聞集』と略す)の冒頭を飾っているのは「神祇」と「釈教」篇である。宗教に関わるこの両篇が冒頭に配置されていること、ことに「神祇」篇が「釈教」篇の前に置かれていることについては、編者の意図をめぐって種々の意見が出されている。そこに何らかの意味　—　たとえば神国思想　—　が秘められていると見る立場もあれば[14]、単に編纂方針に従ったのみとする見解[15]もあって未だ結論を見ないが、巻頭に場を与えられているのはそれなりの理由あってのことと思われる。より積極的に調査が行われるべきであろう。

　しかし、それよりもまず究明されねばならないのは、『著聞集』において「神祇」と「釈教」とは何かということではなかろうか。配置の問題も重要だが、編者の神祇・釈教観を問うことが先決であり、またそれを問うことによって配置の理由もまた自ずと明らかになるはずだからである。そこで、本節ではまず両篇の説話言説の分析を通して編者の神祇・釈教観の特徴を明らかにしたい。従来、編者の神祇・釈教観の考察は主に小序の解読

---

14) 西尾光一　新潮日本古典集成本『古今著聞集』上の解説、新潮社、昭和五十八年六月。小峰和明「説話という表現」(『時代別日本文学史事典 中世編』所収、有精堂、一九八九年十月)など。
15) 拙稿「古今著聞集の構成」(『都大論究』第二六号、一九八九年三月)

を中心に行われるのが一般的であったが、『著聞集』の中心が説話である以上、説話そのものが分析の対象とならねばならないことは言うまでもない。その分析の結果を踏まえ、『著聞集』の「神国思想」の特質と、「神祇」・「釈教」両篇の配置問題について論を進めたいというのが本稿の大凡の目論見である。

二 「神祇」篇の世界

　巻第一「神祇」篇は、小序と二十七話の説話から成っている。小序には、(一)天地の開闢、(二)神々の系譜、(三)神事の起源、(四)神祇の明徳、(五)本地垂迹譚の順に、短いながら神祇の過去と現在が簡潔にまとめられている。いずれも、編者の神祇観を反映するもので、『日本書紀』を引用していることからも明らかなように、記紀神話の神祇体系から書き出し、中世的神国思想に触れてから、顕密体制の戦略的論理と言うべき本地垂迹思想に関わる話柄に及んでいるが、『著聞集』が建長六年(一二五四年)に編纂されたものであるにもかかわらず、いわゆる「中世神話」16)をはじめとする宗教界の「今」の動向は触れられていない。

　しかし、小序を綿密に読んで行けば、編者が神祇をめぐる当時の先端の議論や情況に全く無知というわけではなかったことを示す言説が目に付く。即ち、(二)の神々の系譜を語るところの、「それよりこのかた天神七代、地神五代なり」という一文がそれであるが、この「地神五代」という言説は記紀神話には見られない、「中世日本紀」固有の発想である。天神七代についで「地神五代」が続いたという説は、平安末期成立とされる『簾中抄』の「帝王」に、

---

16) 山本ひろ子は、「中世に作成された、おびただしい注釈書・神道書・寺社縁
　　起・本地物語などに含まれる、宇宙の創生や神々の物語・言説」を中世神話
　　と定義している。(『中世神話』、岩波新書、一九九八年十二月、四㌻)

　　○神代十二代天神七代　地神五代(傍線は筆者、以下同じ)

　　　　　　　(『改定史籍集覧』第廿三冊、明治三十四年十二月)

と見えるのが初出とされるが、これはやがて次のような形で『釈日本紀』
(正応六年完成)に受け継がれることになる。

　　問。分=神代上下巻-、其意如何。答。師説、第一巻、載=天神七代之
　　事-。故曰=神代上-。第二巻、載=地神五代之事-。故曰=神代下-也。

　　　　　　　　　　(巻第一の開題、『神道大系』本、十～十一ジー)

　この「地神五代」なる言説は、中世時代の神祇書にはもちろんのこと、
軍記物語や説話集、歴史物語などにも受け入れられ、普遍化していくこと
になるが[17]、(二)の部分の記述は、『著聞集』の成立年度(一二五四年)を
考えると、中世の文献の中では最も早い用例である。では、編者は神祇界
のごく一部の間で唱えられていたはずのこのような新説をどこから入手し、
小序の中に書き入れたのであろうか。
　まず考えられるのは、詩歌管絃及び絵を媒介にして、様々な人々と幅広

───────────────

17)「地神五代」の言説を含む主な文献は次の通り。
　・『簾中抄』:「帝王」○神代十二代天神七代地神五代(『改定史籍集覧』第
　　廿三冊、明治三十四十二月)
　・『私聚百因縁集』巻第七の第一話「我朝仏法王法縁起由来」:「日本国ハ
　　天神七代。地神五代。自レ其以来人代也」(『大日本仏教全書』一四八
　　巻、一一五ジー)
　・『賀茂之本地』:「それわかてうは神国なりと申事、天神七代地神五代みづ
　　がきの久しきよゝをかさねてたも給へる御ゆへなり。…」(同前、一一七ジー)
　・『水鏡』序 :「まづ神の代七代、その後伊勢大神宮の御世より、うのかやふ
　　きあはせずのみことまで五代、合せて十二代の事は、詞にあらはし申さんにつ
　　けて…」(岩波文庫本、一八ジー)
　・『源平盛衰記』:「伊勢大神宮ト申ハ、天神第七代　　地神五代伊弉諾伊弉
　　冉ノ神最初ノ御神也」(三十)、「我朝ニハ神武天皇ハ、地神五代ノ御譲ヲ
　　稟御座シヨリ以来、」(三十二)

い親交があった編者の人間関係である。『著聞集』には神祇関係者で、編者と同世代の人が三人登場している。六八話と一六四話に顔を出す神祇権の少副大中臣親守、四五二話の日吉の禰宜祝部成茂宿禰、そして七二一話の卜部兼直などがそれであるが、このうち、歌人として有名な兼直(生没年不明)は、「天神七代・地神五代」説を始めとする様々な新説を開発して、「中世日本紀」研究の中心となった卜部氏の「曩祖」、あるいは「宗祖的な存在」と評価[18]される人で、記紀の研究が紀伝道家から神道家へと移る過程で非常に大きな役割を果たした人物である。編者はこの兼直と親しい仲であったらしく、二人の関係を窺わせる逸話が七二一話に紹介されている。建長六年(一二五四)十二月二十日、方違えのために後深草天皇が冷泉第へ行幸した際、亭主の藤原実氏は、編者(成季)が預かっていた都鳥を召して叡覧に備えた後、歌を添えて返したが、これを伝え聞いた兼直が持ち主に頼んで件の鳥を見た後、次のような歌を添えて返したと言うのである。

　　都鳥の芳名、昔、万里の跡に聞く。微禽の奇体、今一見の望みを遂ぐ。畏みてこれを悦ぶ余り、謹みて心緒を述ぶるのみ。
　　にごりなき御代にあひ見る角田川すみける鳥の名を尋ねつつ。
　　　　　　　　　前の三河の守卜部兼直上る

　直接編者と歌の贈答をしたわけではないが、この説話の内容から見て編者と兼直は同じ文化圏に属していた間柄であったと推定される。おそらく編者は、この兼直を通じて「地神五代」を含む、神祇界の新しい動向と知識を吸収していたのであろう。
　ところが、卜部氏の新説に耳を傾け、その言説をさり気なく本文中に書

---

18)　岡田荘司「吉田卜部氏の発展」(『神道史論叢』所収)、国書刊行会、昭和五十九年五月。

き入れながらも、いわゆる「中世神話」に関わる説話言説については、眼を閉ざし通したのがまた編者であった。「中世神話」的言説は、十三世紀初成立の『古事談』にアマテラスを大日如来だとする説話が見え[19]、『著聞集』よりやや遅れて成立した『沙石集』にも、同様の言説が取られていることを見ると[20]、当時の知識層に広く知れ渡っていたものと見られる。それが『著聞集』にのみ全く見当たらないのは、編者の意図的な取捨選択によると考えるべきであろう。『著聞集』という、編者が構築し、提示しようとした世界に、おそらく「中世神話」が志向する説話言説は受け入れることができないものであったに違いない。

　編者のこのような姿勢は、新羅明神の取り上げ方においても明確に表れており、第四話「新羅明神、三井寺に垂迹して和歌を託宣の事」からも確認できることである。この説話は、永承七年(一〇五二)、園城寺の明尊僧正が初めて新羅明神の祭礼を行ったところ、明神が喜んで、「唐船に法まもりにと来しかひはありけるものをここの泊に」と、和歌を一首託宣したという、一見平凡極まりない内容である。ところが、山本ひろ子が指摘しているように[21]、新羅明神は、園城寺の戒壇新設要請を許さなかった後三条天皇を祟り、天皇が宣命を奏上して赦しを乞うたにもかかわらず聞き入れなかったという、恐ろしい側面を持つ「異神」であった。ことの真偽は不明だが、十二世紀中頃成立の『中外抄』の「新羅明神ノ事」に、「又後

---

19) 第三六七話に、「六波羅の太政大臣、安芸の国司たりける時、重任の功に高野の大塔を造られけるあひだ、材木を手みづから持たれけり。その時、香染を着たる僧出で来たりて云はく、「日本国の大日如来は伊勢大神宮と安芸の厳島なり。大神宮はあまり幽玄なり。汝、たまたま国司たり。早く厳島に奉仕すべし」と云々。…」とある。(古典文庫本『古事談』下、小林保治校注、現代思潮社、一九八一年一二月、一〇五ジ)

20) 巻第一の一話「太神宮の御事」に「(前略)都ハ大海ノ底ノ大日ノ印文ヨリ事起リテ、内宮外宮ハ両部ノ大日トコソ習伝ヘテ侍ベレ。」(本文は岩波日本古典文学大系本による)とある。

21) 『異神』、平凡社、一九九九年三月、プロローグー。

三条院ノ事、御最後にをこたりの文ナド書カシメ給フ云々」と載ったこと
を皮切りに、爾来広く流布していたものなので、新羅明神の「祟咎神」と
しての側面を編者が知らなかったはずがない。それなのに、智証大師の仏法
守護という、守護神としての側面のみを捉えた説話を載せているのであ
る。神祇の世界は、中世になってから、様々な形へと変容していくのだが、
編者はそのような新しい動きには一切関心を示していないのである。

*

　では、記紀神話を根幹とする旧神道についてはどうであろうか。小序の
冒頭に『日本書紀』からの引用があり、神代から人代へと綿々と続く王権
の正統性に関する言及があるので、記紀神話の神々やその子孫のことが多
く取り上げられていそうだが、実はその逆である。伊勢神宮にまつわる説話
は三話しかなく、王威に関するものも二話のみに止まり、しかも、それさえ
神威と王威を真に顕現する話柄とは言いがたいものばかりである。編者は
神祇の新しい動きに眼を閉ざしていたのみならず、古来の神祇の世界にも
あまり興味を示していないのである。要するに、天皇家中心の神祇観に
も、新しく変り始めた新時代の思想にも与しない立場を編者は堅持してい
たのである。

*

　では、『著聞集』の「神祇」篇は実際においてどのような世界を志向し
ているのだろうか。衒学的で、誇張気味のある小序の言説に惑わされるの
ではなく、所収説話の内容を分析することによって判断していくしかない
が、その手だてとして、「神祇」篇における神と人間との関わり方及び神

の役割を内容によって類型化してみると、大凡次の四つのカテゴリーに分けることができる。

　まずは、神が神威を示す説話である。神威とは、神の持つ超越的な力が正負両面に向けて発揚されることだが、「神祇」篇でこのような話柄のものは、第二、九、十、十一、十四、十五話など、計六話が数えられる。第二話は内侍所の神威を集めた説話で、数回に亘る内裏の焼亡にも損傷を受けなかったこと、そして自ら飛び出して南殿の桜の木にかかったことなど、神器に相応しい奇瑞が紹介されている。次の第九話と第十四話は伊勢神宮の神威を語ったもので、神祇の本山と言うべき伊勢神宮の神威譚としてはやや重みに欠けるところもあるが、「命ずる神」22)もしくは祟咎神としての側面を伝えている。第九話は、不法を犯した祭主を解任するよう託宣した荒祭宮が、すぐ重罰を取りやめるよう再託宣したという内容で、受け取り方によっては、神の無分別な託宣ぶり、とも受け取りかねない一面もあるが、編者はこれを神威譚と思ったらしく、話末評語で「その比御託宣たびたびありけり。かたじけなかりける事なり。」と、畏まっている。第十四話は、改元報告に伊勢へ下った勅使(源顕通)が、道中宿に宸筆の宣命を取り落とすという非礼を犯したために頓死したという内容で、「祟咎神」としての伊勢の神の恐ろしさを伝えている。

　第十一と十五話は、「荒ぶる神」が登場する説話である。十一話は、貢物船を沈没させる摂津広田神社の神に対し、後三条天皇が禁止を促す宣旨を下すと、社の辺りの木が一夜にして枯れてしまうという異変(＝神威)が起こったため、詫びると元のように戻ったという内容で、王権を侵犯した畿内の神が、結局は王威に屈服するという内容である。王威と神威の力比べ譚という側面もなくはないが、神威というよりむしろ怪異譚に近い説話

---

22)　佐藤弘夫の命名で、「超越的人格神が実在しそれが人間にある特定の言動を求め、人々の態度に応じて厳格な応報を示す」ような神を言う(『神・仏・王権の中世』、法蔵館、一九九八年二月、二〇三㌻)。

である。

　これらはみな神威を取り上げてはいるが、説話の内容がそれぞれ異なっている。つまり、内侍所関連説話では神鏡が長久元年(一〇四〇年)の火事の際、とうとう灰になってしまったとなっており、伊勢神宮関連説話でも神威より神意の変わりやすさを突いているように見えるのだが、後の三話では、霊威に満ちた神々が登場するのである。王権を象徴し、天皇を守護すべき中心の神々の神威が著しい衰えを見せているのに対し、周縁部に鎮座する神々の場合はその逆となっていて、平安時代の神祇を語りながら「神々の下克上」23)、または「神々の戦国時代」24)の様相を浮き彫りにしている。

　一方、神の神威は公・私を問わず示されるはずのものであるが、「神祇」篇には、私人に対し神威が示された説話はなく、すべて朝廷や公人に対し示されたもののみが集められていることも見過ごせない。これは編者が、神の威厳であれ祟りであれ、その発揚と受容を公的なものとして認識していたことを意味するものである。

＊

　二番目は、神が神慮を示す説話である。非礼を犯せば罰をもって懲するという恐ろしい存在ではなくて、逆境に立たされた人々を救うべく自ら問題の解決に乗り出したり、弱い人間の願いを叶えたりするなど、応える神としての側面を描いたものである。第十三、十六、十七、十八、十九、二十、二三、二四、二五、二七、二八、二九話など、計十二話が数えられるが、このうち第十八、二四の両話は、焼失の危機に瀕した興福寺や、「乱

---

23) 高橋美由紀「伊勢神宮の成立とその時代」、『日本精神史』、ぺりかん社、
　　一九八八年。
24) 前掲の佐藤論文に同じ、三一三㌻。

れなんとす」る「世の中」を救うために神が自ら問題の解決に乗り出す説話であり、残りはすべて個人の願いを叶えてくれるものである。次の〈表一〉は、後者を祈願の主体、内容、応答神別に整理したものである。

〈表一〉

(話番号)	(祈願主体)	(祈願内容)	(応答神)
第十三話	藤原忠実(関白)	政界復帰	春日大明神
第十六話	源康季(左衛門の尉)	賀茂社の「御戸開き」参り	賀茂大明神
第十七話	源師頼(大宮大夫)	祈雨	罔象女神
第十九話	人夫	熊野参詣	熊野権現
第二十話	藤原実定(左大臣)	昇進	春日若宮、厳島神社
第二三話	貧僧	往生	春日大明神
第二五話	橘以政(摂津の守)	昇進	賀茂大明神
第二七話	盲目	開眼	熊野権現
第二八話	覚讃(僧正)	昇進	熊野若王子
第二九話	中原師方(大外記)	昇進	賀茂大明神

　ここには人夫から摂政・関白まで多様な階層、階級の人々が登場するが、中心をなすのは貴族たちで、祈願主体の十人のうち、七人までが同階級の人々によって占められており、残りは人夫・貧僧・盲目という、社会の底辺部に位置する人々から成っている。

　次に祈願内容を見ると、貴族たちの場合は昇進か政界復帰といった現実的な動機によるものがほとんどで、彼らの生きる根拠がどこにあったかを如実に示している。昇進の代わりに祈雨が祈願対象となっている例(十七話)もあるが、代作した宣命に「神感あるべきよし」を「自讃」する祈願主体(大宮の大夫源師頼)の姿は、昇進に執着する貴族たちのそれとそれほど違わないものである。一方、庶民の場合は純粋な宗教的な動機 ― 参詣や往生、開眼 ― が動機となっていて、貴族たちのそれとは大きな違いを見せている。貴族階級が、神祇なるものを、この世における問題解決の一手段として捉えていたのに対し、庶民たちは来世へ導く手だてとして信じていたのである。各々置かれていた境遇の違いによるものであろうが、「中世神道」の勃興理由を窺わせる部分でもある。

　動機はどうであれ、神々は彼らの祈りに耳を傾け、忠告をしたり、願いを叶えてくれたりするなど、やさしく身近な存在となって人間たちと関わり合っている。ここにはもう荒ぶり祟る神の姿はなく、悩みを抱える貴賤の人々の願望を叶えるべく努める、人格神の顔をうかがうことができる。ことに貴族たちにとっては、彼らの公的生活の中で最も切実で、生き甲斐さえでもあった昇進という悩みを訴え、叶えてもらえる、やさしく親近な存在と化していることを見逃せない。彼らにとって神社に詣で、神に祈る行為は、もはや宗教行為 ― 非日常的な体験 ― ではなく、公事 ― 前田雅之の用語を借りれば「王朝文化的公共性」[25] ― をサポートするものと化し、それを維持するためのほぼ日常行為となっていたのである。

＊

　三番目は、神が仏法を守護し、称揚する説話である。「神祇」篇には、神仏習合の跡が認められる説話が計十二話あるが[26]、その中には、神が仏経や僧侶、寺院を守護し、仏法の霊験を説き、仏経の読誦や塔婆の建立を悦ぶという、習合の度合いが高いものも数多く含まれている。まず、仏法を守護する説話としては、第五話「慈覚大師如法経書写の折、住吉明神託宣の事」をその典型として挙げることができるが、次にその全文を引用

---

25) 前田雅之「非在と現前の迫で ―古今著聞集における京―」（『日本文学』、
　　九三年七月、四一ジ）
26) 第三、四、五、六、七、八、十八、十九、二三、二六、二七、二八話。

する。

　　慈覚大師、如法経書き給ひける時、白髪の老翁杖にたづさはりて、山
　によぢ登りけるが、「あな苦し。内裏の守護といひ、この如法経の守護と
　いひ、年はたかくなりて苦しう候ふぞ」と、のたまひけり。「誰が御渡り
　候ふぞ」とたづね申されければ、「住吉の神なり」とぞ名乗り給ひける。
　皇威も法威もめでたかりけるかな。

　「白髪の老翁」に示現して、内裏と如法経の守護に骨が折れるとぼやいて
いる住吉明神には、「荒ぶる神」や「命ずる神」としての神性はもはや見
られず、陰で王法と仏法を支える助力神の姿が明確に現れているが、〈表
二〉は同じ傾向の説話を集めたものである。

〈表二〉

（話番号）	（神名）	（仏法守護の内容）
第四話	新羅明神	智証大師の仏法を守護する
第八話	日吉山王	勅勘を蒙った山僧を助ける
第十八話	春日明神	隆覚の興福寺放火を阻止する
第二三話	春日明神	僧の出離を陰で助ける
第二六話	伊勢神宮	東大寺建立の願をたてた重源に宝珠を賜る

*

　次は神が仏法の霊験を説く説話である。醍醐天皇の不予の折、祈祷師
として伺候していた貞崇の前に稲荷の神が現れ、読経していた大般若経の
功徳によって邪気が調伏されたことを告げ、「…このよしを奏聞して大般
若の御読経をつとめよ。我はこれ稲荷の神なり」と名乗ったという第三話

はその代表的な例であろう。この他、神がお経の読誦や塔婆の建立を悦ぶ
説話もあるが、第六、七話などがそれである。第六話では、北野天神が自
分のための塔婆建立を悦び、祈願者(菅原輔正)の来世での善果を約束して
おり、第七話では、日吉山王が法華経読誦に感涙し、和歌を送っている。

　神仏習合の歴史は古く、展開様相も多様かつ複雑であってその特徴は一
概には言えないが、これまで見てきた「神祇」篇の神仏習合譚ほど、仏法
守護を全面に打ち出している例が他にあろうか。ことに伊勢、春日、日吉
山王、稲荷、新羅明神など、京とその周辺に鎮座する神祇界の主神のほと
んどが仏法の守護と功徳の宣揚に積極的に乗り出している様は些か異常と
も言える光景である。同じく神仏習合譚でありながら、『沙石集』の説話
が「中世神話」の世界を指向しているのと比べると、これは大きな違いと
言わざるを得ない。神仏習合説話も、他の神祇説話と同様、時代の新しい
息吹や動向には眼を塞ぎ、王法と仏法を守護する「第三の極」[27]の機能
に徹するという、権門体制側のイデオロギーに即する形で展開されているの
である。「神祇」篇は、総じて言うならば、王法を守護する神々よりは、
仏法を守護し個人の願いを叶えてくれる優しい神々の姿にスポットが当て
られており、新時代の新しい動向よりは旧勢力の旧習の取材に終始してい
るのである。

三　「釈教」篇の世界

　次は「釈教」篇である。この篇は小序と三十六の説話から成るが[28]、小
序には、日本における仏教の伝来と受容過程が略記され、篇の初話である
第三五話には、仏教の布教に積極的だった聖徳太子の逸話が小序の記述

---

27)　小峰和明「神祇思想と中世文学」(『岩波講座　日本文学史』〔第五巻　十
　　三・十四世紀の文学〕所収)、一九九五年十一月、二五〇ジ。
28)　後記抄入と見られる第四十、四二話は論考の対象から除外した。

を補足する形で述べられている。日本の仏法の始まりを聖徳太子から語り
だすのは平安時代からの慣わしで、仏教説話の叙述パターンとしてはごく
一般的なものだが、『著聞集』が十三世紀の中葉に成立した書物であるこ
とを考えると、些か新味に欠けることは否めない。が、あえて古典的な形式
を採用しているところに、編者の内なる釈教観が秘められているのであろ
う。その実体についてはこれから順次検討していくが、「釈教」篇の編纂
に臨む編者の姿勢には、他の篇々とは異なるものがあったことをまず述べて
おきたい。

　それでは編者がここで提示しようとした釈教の世界とはどのようなもので
あったのか。「神祇」篇の場合と同様、所収説話をモティーフ別に分類する
と、「釈教」篇は凡そ次の三つのモティーフ群に分けることができる29)。

*

　第一は、霊験・奇瑞譚である。民衆啓導のために作られた仏教説話集の
主流を占めていたこの種のものが「釈教」篇にも他を抜いて十二話収録さ
れている。仏や仏経の示す奇瑞に、高僧たちが見せる法力・霊験など、多
彩な霊験譚の世界が繰り広げられているが、多数を占めているのは後者の
方で、空海、聖宝、貞崇、浄蔵、澄憲など、顕密両教の錚々たる高僧たち
が登場して、大疫を鎮め、鬼神を退治し、雨を降らすなどの霊験、奇瑞を
示している。〈表三〉はそれをまとめたものである。

---

29)　一話の中、複数のモティーフが混在している場合は話の展開において最も中心
　　的なものを選んで区分した。たとえば、奇瑞と往生のモティーフが併存する説
　　話の場合、奇瑞は往々にして、往生を正当化するための副次的な叙述のレベル
　　に止まっていることが多かったので、往生譚として処理した。

〈表三〉

一 仏や仏経が示した霊験・奇瑞

(話番号)	(示現の主体)	(奇瑞の内容)
第六七話	長谷観音	准后藤原家実に宝珠を賜る
第六八話	大般若経	書写者長家に守護の鬼がつく
第七〇話	法華経	難破した人々に真水を賜る
第七二話	法華経	書写の功徳により地獄に堕ちた人々が救われる

二 高僧が示した霊験・奇瑞

(話番号)	(人名)	(僧剛・地位)	(霊験・奇瑞の内容)
第三八話	空海	真言宗の祖	大疫退治
第四一話	聖宝	僧正	鬼神退治
第四三話	寛空	仁和寺別当	雨を降らす
第四四話	寛忠	東寺三長者	彗星反怪の際その光を切る
第四五話	貞嵩	醍醐寺座主	火雷天神と問答する
第四六話	浄蔵	天台僧	法力比べで勝つ
第四九話	定昭	興福寺別当枯	木を蘇らせ、天童が現れて船を引き、不動明王の加護を受ける
第六〇話	澄憲	安居院流の祖	雨を降らす

　霊験・奇瑞譚は、非現実的で超自然的な事象を対象とするため、他の説話言説より誇張的な表現と類型的な叙述が多いという特徴がある。「神祇」や「釈教」篇の説話に誇張と類型性が目立つのもそのためであるが、「実録」たらんとして「実説」に拘った編纂の基本方針に照らせば、これらの叙述は異質と言わざるを得ない。常にことの真偽を確かめ、実録を記述するかのように叙述しようとしたのが編者の方法であったが、ここではそ

のような姿勢はほとんど見られず、話の内容を半ば疑いつつもそのまま記している。のである。試みに、第六八話を例に挙げると、大般若経を一筆書写した前の神祇権の大副長家に、「ちひさき鬼三人」が守護役として付いているのを確かに見たという卜部親守の話について編者は、「かやうの事は、夢などにこそ見る事もあれ、まさしくうつつに見たる事は不思議の事なり。」と、半信半疑の態度を示している。この説話は、「親守語りしを聞きてしるし侍るなり。」という評語に示されているように、親守の体験談を編者が自らの耳で聞いて記したものだが、にもかかわらずことの信憑性を疑っているのである。

*

　第二は往生譚である。霊験・奇瑞譚と共に仏教説話のもう一方の軸をなす、僧侶たちの往生譚が次のように収録されている。

（話番号）	（釈名）	（出自・僧職）
第四八話	千観	内供
第五〇話	性信	親王
第五一話	永観	律師、東大寺別当
第五三話	良忍	融通念仏の祖
第五四話	寂源	一条左大臣源雅信の男
第五六話	尊恵	太政大臣藤原公経の子
第六三話	法然	念仏宗の祖
第六四話	明恵	高山寺の開祖

　ここには、平安中期の千観（九一八〜九八四年）から編者とほぼ同世代の明恵（一一七三〜一二三二年）まで、計八人の僧侶たちの名が見える。出

自・僧職を見れば明らかなように、みな上層階級の出身か、自分で一門を開いた、顕密両教の高僧たちかで、平雅行の言う中世の「三種類の僧侶」30)の中、顕密僧が中心を成している。説話の入手が難しかったのでこのような偏った人選となったのではあるまい。編者はあらゆる情報が手に入る環境にいたはずである。往生は、仏門に入った人ならば誰もが望んでいたものである以上、様々な往生譚が語られていたはずであるが、『著聞集』にはごく限られた階級の、ごく少数の人間の往生時の奇瑞が、次に見るごとく非現実的で類型的な表現で叙述されている。

・応徳二年九月二十七日、終に往生を遂げさせ給ひにけり。堀河の左大臣、右大臣の時、紫雲をばまさしく見られけるとぞ。延暦寺の僧慶覚は、空中に音楽を聞きけり。(性信)

・この上人臨終の時は、勝林院に常行三昧行ひける時、西方より紫雲現じて堂の内へ入ると見るほどに、肉身ながら見えず。即身成仏の人にや。(寂源)

・建暦三年正月二十五日遷化^{春秋八十}。往生の瑞祥一にあらず。いまだ墓所を点ぜざるに、両三人の夢に、その所にあたりて天童行道し、蓮華開敷せり。(法然)

・異香室にみち、すべて種々の奇瑞等つぶさに記するにいとまあらず。(明恵)

このように高僧たちの奇瑞に満ちた往生の様子を類型的に記していく、というのがいわば編者の往生譚の叙述法であったわけだが、これこそ編者の仏教への興味や理解の度合いを示すものと見てよかろう。法然の場合を例に挙げれば、彼の行跡を讃えてはいるが、布教活動ではなく往生の奇瑞のみが取り上げられており、しかもその叙述は類型的な表現を踏襲し、内容

---

30) 平雅行は「鎌倉仏教論」(『岩波講座日本通史　中世2』所収、岩波書店、一九九四年八月、二六三㌻)の中で、「国制史の観点から見ると、中世には三種類の僧侶がいた。第一は顕密僧であり、第二は遁世僧・聖である。〈中略〉そして第三は、国家によって布教が禁止された異端であった」と、区分している。

も形式も平安仏教の枠組みから一歩も抜け出していない。

＊

　第三は逸話で、寺院(五八話)、僧侶(六一、六六、七一話)、仏教行事
(五九、六九話)などに関する説話を集めたものである。このうちことに目を
引くのは、仏教行事の模様を描いた説話で、五九話は福原で催された千人
の僧による壮大な法華経転読の模様を、そして六九話は検非違使庁で行わ
れた、経文を書写する行事(結縁経)の経緯を伝えている。〈公〉に奉仕
し、管理されていた当時の仏教の位相をそのまま伝えている説話である。

＊

　以上、主に叙述表現を中心に検討してきたが、「釈教」篇の仏教説話
は、専修念仏という仏教界の新しい動きには目を向けず、専ら平安時代以
来の旧仏教の世界 ── 霊験・奇瑞や往生譚 ── のみを取り上げたもので
あったと纏めることができよう。霊験、奇瑞、往生は、具体的で可視的な
宗教現象の一端である。見えないもの、未知のものよりも、目に見え、認
知可能な世界を好み、受け入れることはある程度現世に満足する人々に多
く見られる現象であるが、編者も彼の選話態度から判断する限り、その部
類に入っていたようである。その証拠に、編者は信仰よりも奇瑞の証とな
るものについて、次のように強く興味を示している。

(話番号)	(奇瑞の証拠物)	(編者の評語)
第三八話	嵯峨天皇宸筆の般若心経	かの御記、嵯峨の大覚寺にいまだあり となん。
第三九話	八幡神が授けた袈裟と衣	件の御衣等、いまに叡山根本中堂の経

蔵にあり。鳥羽院臨幸の時も、御拝見ありけり。後白河院御幸の時も、拝せさせ給ひけるとなん。

第六七話　　　長谷観音が授けた宝珠

件の珠、醍醐の僧実賢あづかり給はりて、たびたび宝珠法おこれけるとなん。

　『著聞集』に先立つこと四十余年の『発心集』では、すでに霊験奇瑞譚の後退が明瞭に見受けられ、代わりに聖たちの遁世・発心譚が前面に押し出され始めていた。この現象は以降登場した仏教説話集においても普遍化したと言ってよい。こうした流れの傍らに『著聞集』を置いてみれば、編者の仏教への関心が如何に保守的で、体制指向的であったかは明らかである。

四　『著聞集』の神国思想

　院政時代から始まった政治・経済・社会の各方面における地殻変化は、『著聞集』が編纂された建長年間になると、新しくでき上がった体制が固着化する傾向を呈することになるが、宗教界はなお、「中世的神国思想」、「中世神道」、「鎌倉新仏教」などという言葉が示すごとく、まだ激しく揺れ動いていた。『著聞集』との関連で言えば、「中世神道」と「鎌倉新仏教」は、行論中に述べたように『著聞集』とは無縁のものであったが、「中世的神国思想」の方は、「神祇」篇の小序の「およそ我が朝は神国にして…」を始め、「我が国は神国なるゆゑをもて、…」（「釈教」篇の小序）、「我が国はこれ神国なり。…」（三五話、「釈教」）などという言説の存在のために、両者の関わり方をめぐって所論の多いところである。たとえば西尾光一は、

　『著聞集』においては、神祇が巻頭に来ていて、「およそ我が朝は神国として云々」(一話)とあり、南北朝の『神皇正統記』などに流れている神国思想の根幹が成立していることを示している。

(新潮日本古典集成本『古今著聞集』上の解説)

と、『神皇正統記』と繋がる神国思想の存在を認めており、山岡敬和は、「『古今著聞集』が構築しようとする世界は、日本の神々が擁護し、神々の子孫が君臨する「神国」としての日本の再現であり、その構築」だとし、「『古今著聞集』の集成と叙述は、神国思想というイデオロギーを内部に抱え込むことによって、初めて可能となったということができるだろう」と、神国思想が『著聞集』の「イデオロギー」となっていると主張している31)。共に、『著聞集』に神国思想が見られるとしているのであるが、神国思想の捉え方には違いがあるように見える。そこで、ここではいわゆる「神国思想」なるものの実態について、近年の史学界の研究成果を踏まえながら考察を行いたい。

　神国思想を論じる際、まず留意すべきは、古代的神国思想と中世的な神国思想との差異である。古代的神国思想は、簡単に言ってしまえば、「天照大神を頂点とする記紀神話秩序を保った神々が天皇を守護する」32)というもので、この場合、神国の概念の中には仏教的要素が全く含まれていない。これに対し中世的神国思想は、天照大神以外の神々が記紀神話的秩序を打ち破って神祇の世界の主役となり、それらの神々を仏菩薩の垂迹とする本地垂迹思想を背後に抱えていたものであった。このような急激な変化はなぜ起こったのか。

　律令制的な体制が解体されるにつれ神祇界は、中心と支持基盤を同時

---

31) 山岡敬和「古今著聞集」(『説話の講座』5所収)、勉誠社、平成五年四月、三九八ジ。
32) 前掲の佐藤論文に同じ。三二一ジ。

に失い、新しい方向性を求めて暗中模索を繰り返していたが、佐藤弘夫によれば、それは次のように深刻なものであった[33]。

　　かつてのごとき伊勢神宮を頂点とする整然とした神祇の秩序が崩壊し、国家から相対的に自立した有力寺社がしのぎを削りつつ、肩を並べて併存するという状況の到来を意味していた。いまや神々の世界はそれぞれの浮沈存亡をかけた戦国時代へ突入したのである。

　　また仏教界も、専修以外の一切の宗教的価値を否定する一向専修の教説の出現によって体制の整備を余儀なくされたが、その経緯を黒田俊雄は次のようにまとめている[34]。

　　いわゆる旧仏教は本来荘園制と結合しており、しかも当時一向専修に攻撃される立場にあったから、民衆獲得のために新たな体制を必要としていたが、そのための究極の論理的支柱が本地垂迹説であった。〈中略〉神国思想はたんなる信仰のみにとどまることをゆるされず、理論化されることが必要になった。〈中略〉仏教の内部から神祇崇拝を理論化する必要がおこっていたし、諸大社も原始的な素朴な信仰のままでは存立しえず、みずからを仏教教理の中において理論化する必要にせまられていたのである。

　かくして、中世初頭の日本の宗教界は、神祇の仏教との全面的な習合という非常に複雑な様相を呈することになるが、仏教側が、時代状況の変化に適応するために本地垂迹説を下敷きにして戦略的に作り上げたのが他ならぬ中世の神国思想であったわけである。創成動機における排他性に注目するならば、神国思想が一種のイデオロギーであったことは言うまでもない。しかし、その排他性は一向専修に対するものであって、他の宗教や制

33）前掲の佐藤論文に同じ。三一一～二ページ。
34）黒田俊雄『日本中世の国家と宗教』、岩波書店、昭和五十年七月、二五一～六ページ。

度に対するものでなかった。『著聞集』の場合も同様で、「神祇」、「釈教」篇は、結論を先取りすれば、このような宗教界の状況をそのまま反映した説話言説となっているのである。「神祇」篇では、神威譚においては伊勢の神々より地方の神々が活躍し、神慮譚においても、春日大明神、賀茂大明神、厳島神社など、京の貴顕や権門の尊崇を受けた神々の話が中心をなすなど、旧神祇体制の解体現象が明確に現れている。そして、神々の仏法守護譚は、当時神仏習合がどこまで進んでいたかを示す重要な証左となるもので、すでに深く仏教に包摂された神祇界の現実を露わにしている。

　霊験・奇瑞・往生・儀礼譚中心の「釈教」篇は、主に権門出家者のめでたい奇瑞や往生譚に関心が寄せられていて、鎮護国家もしくは仏法王法相依関連説話はほとんど取られておらず。法然に触れて一向専修を語らず、彼の往生譚のみを取り上げていることは先述の通りである。

　もはや瞭然だが、かような性向を持つ『著聞集』の神国思想は、西尾のいう「南北朝の『神皇正統記』などに流れている」ようなものとも、山岡の言う「日本神々が擁護し、神々の子孫が君臨する」ようなものとも明らかに異なるものである。重複を恐れずに言えば、『著聞集』の神祇の世界は、本地垂迹思想を受容し、仏教に包摂されている点において『神皇正統記』などと趣を異にし、また脱記紀神話的秩序を指向している点において、古代的神国思想とも一線を画しているのである。『著聞集』の「神祇」篇は決して思想や宗教を語るものではなかった。それは公事の延長線上にあるもの、儀礼の一部に過ぎなかった。編者は数次に亘って「我が朝は神国なり」云々と述べているが、それは神国思想を唱えたのではなく、黒田の指摘通り、「「日本は神々が庇護する国」という程度の、かなり漠然とした概念」35)を述べていたに過ぎない。

　因みに、『著聞集』のこのような性格は、先に触れたように同時代の他

---

35) 注34)に同じ。五〇五㌻。

の説話集と異なるもので、『著聞集』同様、宗教と世俗の世界を併せ持っている『今昔物語集』とも大きな違いを見せている。神祇も釈教も古代には王権を保証し、王法を守護するものであったが、時代が降るにつれて変質が始まり、仏法も、王法を守護するものから権門体制の成立と共に国家と仏教とが結合し依存し合う「「王法」と「仏法」の相依、相即」36)する関係へと変貌した。そして「「王法」と「仏法」の相依、相即」は「「公事の体系」と「顕密の体系」という二つの知識体系が相並び、異質ながら連携・共有していた状況」37)を作り上げたのである。この「仏法王法相依論」を基盤としているのが平安時代の思想の枠組みであり、即ち『今昔物語集』という説話言説の世界であったならば、神祇が仏法に包摂され、それらが公事の一部に組み込まれてしまった世界が即ち『著聞集』であると言えよう。

五 「神祇」篇と「釈教」篇の配列

　『著聞集』の神国思想と関連してもう一つ検討しなければならないのは、「神祇」と「釈教」篇の配置に関する問題である。「神祇」篇の説話言説の世界は、先述の通り、限りなく仏教と公事とに包摂されるものであった。そして、「釈教」篇の説話言説が貴族的な公共性の具現を志向していたこともすでに確認済みである。これは神祇は釈教に包摂され、釈教は公事に収斂されるという構造となっていると概括できようが、要するに神祇と釈教が公事の一部と化していたことを意味するものである。本来王権を保証し、守護する機能を有していた神祇と釈教が、王権の衰退と共に権門の権威を保証するものへと構造の転換が行われ、王朝の貴族的公共性を

---

36)　注34)に同じ。一六七ページ。
37)　注34)に同じ。一六七ページ。

具現する知識と儀礼の結合体 ― 公事 ― の一部として見なされるように
なったのは、黒田も指摘しているように「公事の知識体系に、顕密の知識
体系と通じ合う窓口」38)が開けられていたからであると思われる。それ
故、編者が「神祇」、「釈教」の両篇を、「政道忠臣」(篇第三)、「公
事」(篇第四)、「文学」(篇第五)、「和歌」(篇第六)などの王朝的公共
性を具現する篇々と並んで置いたのは、別に神祇を重視したからでも、あ
るいは神国思想が台頭してきたからでもなく、総じてそれらを公事の一部
として認識したからに違いない。編者にとって「神祇」と「釈教」は、決
して宗教の世界ではなかったのである。

　次に篇の配列だが、「神祇」を「釈教」より先に配置したのは、ことの
起源において「神祇」の方が「釈教」より古いことが主因であろう。「神
祇」と「釈教」篇の小序の叙述目的は、起源と由来を明らかにし、語ると
ころにあったが、「神祇」の小序に神祇とは何かが一言も記されず、「釈
教」の小序にも釈教の何たるかが全く触れられていないことに注意した
い。編者は「神祇」と「釈教」の本質より、その由来と展開にのみ関心が
あったのである。「神祇」篇を「釈教」篇より先に置いたのは、神祇その
ものを重視したからではなく、由来において神祇の方がより古かったからで
ある。

六　おわりに

　以上、「神祇」・「釈教」篇の説話言説から、編者の神仏観、各篇の
内容、『著聞集』の神国思想及び篇の配置などの問題を検討してきた。纏
めれば、まず編者は記紀神話的な神祇観にも、中世神話的な神祇観にも与
せず、極めて権門体制志向的であったことを確認した。そして、「神

---

38) 黒田俊雄『日本中世の社会と宗教』、岩波書店、一九九〇年十月、一六六ジ。

祇」・「釈教」篇の説話世界は、神祇は釈教に包摂され、釈教は公事に収斂される構造を呈していることを確認した。また、『著聞集』の神国思想は、顕密体制が本地垂迹説を下敷きにして戦略的に作り上げた理論を受け継いだもので、古代的神国思想とも中世的神国思想とも一線を画すものであったことも確認した。篇の配置問題は、「神祇」篇が「釈教」篇より先に配置されたのは、神祇を特に重視したからではなく、由来において神祇の方が古いことによる、という結論を得た。

　永積安明は日本古典文学大系本『古今著聞集』の解説の中で、神祇・釈教の両篇を評して、「成季の宗教的関心がいかに古典的なものであったかを示している」（一二㌻）と、述べているが、本節は言うならば、その「古典的」の意味をより具体的に捉え返そうとしたものと言える。確かに宗教に対する編者の意識は、そのような評を許すほど古めかしいものであった。しかし、それは編者個人の性向や問題と言うよりは、彼が属していた文化圏 ― 権門体制 ― と切っても切れない関係にあったと言うのが公正であろう。権門体制の一員であった編者が、体制そのものが支持し、擁護する価値観を共有するのはむしろ当然のことだったろう。編者は自らの周囲に浮遊し、飛び交う新旧の様々な言説に接していたろうが、自分たちのコードに合うものしか選ばなかったのである。「神祇」と「釈教」篇が「古典的」と呼ばれる所以である。

第二節　笑話の中世的展開
-「興言利口」篇を中心に -

一　はじめに

　口から口へと断片的に伝えられていた笑話が、「巻」や「篇」というま
とまった形をなして現れたのは、『今昔物語集』巻第二十八が初めてのこ
とで、ここには平安時代の初・中期の笑話が収録されている。『古今著聞
集』(以下、『著聞集』と略す)の巻第十六「興言利口」篇は、それに次
ぐ笑話の「篇」で、主に平安時代の末期から鎌倉時代の前期までの笑話
を収めている。「興言利口」とは、編者の定義によれば、「放遊境を得る
の時、談話に虚言を成し、当座殊に笑ひを取り、耳を驚かすこと有るも
の」(小序)で、言うならば、巧みな言葉で、嘘も交えながら人を笑わせる話
の謂である。

　他の篇々の「実録」[39]性が強かったためか、「虚言」から成り、多数の
きわどい内容の性話群を有しているこの篇に対する評価は、従来さほど芳
しいものではなかった。戦前のことではあるが、尾上八郎は、「猥雑陋醜
が甚しく、口に上すべからざるほど度を過ぎてゐる。これは実に顰蹙すべき
ものである。」と厳しい口調で貶しているし[40]、大森志朗も、性話群につ
いて、「一般にこの種の話は原本にはなかつたらう」と、その存在自体を
否定する発言をしている[41]。更に、宮崎晴美に至っては、「滑稽談や猥雑
談などが第二位に位して居る事は…作者の人格に対する瑕ではあるまい

---

39) 編者は序の中で、「…頗る狂簡たりと雖も、聊かにまた実録を兼ぬ。」と、実
　　録としての説話集の編纂を試みたことを明らかにしている。
40) 尾上八郎 校註日本文学大系 第十巻 解題の「古今著聞集」項目、国民図
　　書、大正十五年九月、26㌻。
41) 大森志朗「古今著聞集考」(日本古典全集本『古今著聞集』の解説)、昭和
　　五年四月、二十三㌻。

か。」とまで極言している42)。

　ところが、戦後になってからこの篇を見直そうとする動きが現れ、それまで批判一辺倒だったのが肯定的な評価に変わるという大きな方向転換が行われた。「日常生活の中にあるおのずからなる普遍な笑いを発掘したところ」に編者の「すぐれた創作意識」を見出したり43)、「猥雑」と貶されてきた性話群から、「セックスをめぐる微妙な人間性の機微をとらえた一種の文学性のあらわれ」を読み取ろうとする44)など、この篇を再評価する動きが活発に現れ、今やむしろ『著聞集』を代表する篇として遇されるまでになっている。

　しかし、それは笑話と性話群の価値や意味を〈発掘〉した程度の域を越えるものではなく、篇全体を対象とする論考はほとんど見られない45)。『今昔物語集』や『宇治拾遺物語』の笑話の研究がかなりの水準にまで進んでいるのと比べると、その落差は大きいと言わざるを得ないが、量質共に『著聞集』の中で異色の位置を占めているこの篇の説話言説の解明こそ『著聞集』の理解のために欠かせないことは言うまでもない。そこで、本節では「興言利口」篇を形式、内容の両面から捉え直すと共に、他の説話集の笑話との比較を通じて、その笑いの特質を明らかにしてみたい。

---

42)　宮崎晴美「古今著聞集の色と味」、『古典研究』第六巻　第一号、昭和十六年一月、三十一ジー。
43)　塚崎進「古今著聞集の笑い」、『国文学　解釈と鑑賞』、昭和四十年二月、九十三ジー。
44)　西尾光一　新潮日本古典集成本『古今著聞集』下の解説、四四九ジー。
45)　「興言利口」篇の笑話の特質に関する論考には大谷伊都子の「笑話の分析—『古今著聞集』巻十六「興言利口」について—」（『宮地裕・敦子先生古希記念論集　日本語の研究』所収、明治書院、平成七年十一月）がある。

二　形式的な特徴

1　冒頭形式

　『著聞集』が説話集としては大変ユニークな冒頭形式を採用していること
とは、すでにⅠ部の第二章第三節で論証した通りである。要するに、「物
語」を「実録」に格上げすべく、時代・人物・場所の叙述から始まる正
史の叙述法を取り入れたのが『著聞集』の方法であった。ところが、「興
言利口」篇の冒頭形式を見ると、同様の叙述法が多数を占めている中、定
型の冒頭形式を持たず、自由な形で物語を叙述した話が少なからず含まれ
ている。一つ例を挙げると、五一六話　「二条中納言実綱家にて、侍ども
雨の夜試胆の事」は、次のような大変異色的な始まり方をしている。

　　　雨降り、風おどろおどろしかりける夜、二条の中納言実綱卿の家に侍
　　どもあつまりて、すずろ物語りしけるに、「ただいまいづく行きなん。東三
　　条の池の辺へむかひなんや」などいひけるを、ある侍、「かしこうまかる
　　よ。」といひたりければ、あらがひかためてけり。

　他の篇々では、一々人と時、場に関する情報の提示に懸命だったのに、
ここではまるで現代の小説や随筆のような、自由で気ままな形で物語を書
き出しているのである。形式への拘泥が意図的なものであったならば、その
形式の放棄もまた意識的なものであったはずだが、自ら「虚言」と規定し
た説話言説に対し編者は、次に挙げる他の例を見ても明らかなように、一
風変わった冒頭形式を試みているのである。

　・随身下野武守がむすめを秦頼武むかへけるに、（五二六話）
　・しきりにたけたかき女と、ことにたけひきかりける男、寝たりけるに、

（五四八話）

・坊城の三位の入道雅隆のもとに、正月朔日、深草かはらけ持ちて参りた
りけるに、（五五六話）

　「興言利口」篇所収の六十七話のうち、二十三話ほどに同様の冒頭形
式が試みられているが、二十巻三十篇の『著聞集』の中で異例のことであ
る。これはおそらく編者が「実説」として扱えない、「虚言」性豊かな話
柄については、それにふさわしい叙述法が必要であることに気づいていたこ
とを示すもので、説話の内容によって叙述形式が打ち破られた珍しいケー
スである。「興言利口」篇に見られる如上の冒頭表現は、つまり編者が同
篇の物語性　―　編者の言葉を借りれば「街談巷説」46)としての特性　―
を生かすべく作り出した叙述の方法だったのである。

2 説話の配列

　もう一つ、「興言利口」篇の形式上の特徴として注目したいのは、説話
の配列に『今昔物語集』の説話展開様式として知られる、いわゆる「二話
一類様式」が見出せることである。全篇を支配し切ってはいないが、話と
話を共通の「連想契機」で結んで並べようとする意識が広範囲に亘って施
されている。
　例をいくつか見てみよう。「興言利口」篇の冒頭(五〇八話)には、博学
多才で知られた源経信が、競馬に出場して十回も負けた随身(下野敦末)に
対し、「不幸のものの十列かな」と皮肉ったという逸話が置かれている
が、次には、管絃に秀で、才人と言われた知足院殿藤原忠実が、不始末を
おかした侍に「千秋万歳」を囃させるという奇抜な方法で罰したという話

---

46) 編者は序の中で、「敢へて漢家経史の中を窺はず、世風人俗の製有り。只
　　今、日域古今の際を知つて、街談巷説の諺有り」と述べている。

が続いている。この二つの説話は〈機知に満ちた懲らしめ方〉というモティーフが共通している。

　そして、第三話の五一〇話で編者は、藤原有盛が脱衣中に主君の藤原頼長と鉢合わせし、慌てふためいた話を紹介した後、その次には藤原範貞が蔵人の職にありながら藤原頼長の顔を知らなかったという話を配置している。両話共、「日本第一大学生」で、完璧主義者であったと言われる頼長とだらしない廷臣との予期せぬ対面というモティーフが一致している。

　もう一つ、五一二話と五一三話を見ると、これらは共に奇行で知れる随身(下野武正)と馬に関わる説話で、前者には中納言藤原家成の黒馬を欲しがっていた武正が奇策を講じて馬を手に入れることが、後者には法性寺殿藤原忠通の供奉中に落馬した武正が落馬地を自分の所有にしてしまったことが述べられているが、〈奇策や詭弁でほしいものを手に入れる〉というモティーフが共通している。このように「興言利口」篇には、共通の連想契機を持つ説話が一組をなして配列されている例が多いが、その全容は次の通りである。

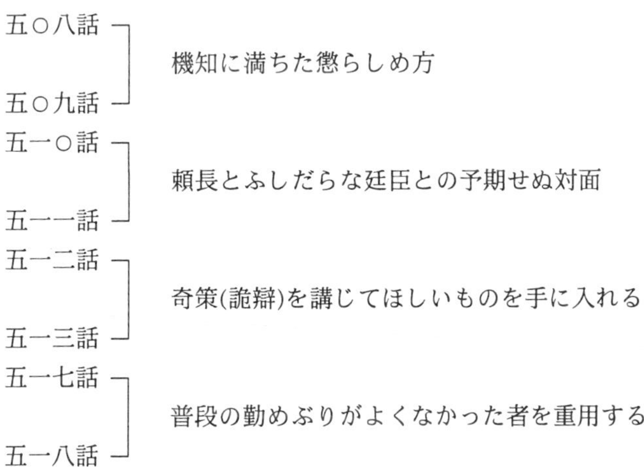

五二二話 〜 五二三話	畏れを知らない女たち
五二七話 〜 五二八話	読み間違い(聞き違い)により誤解が生じる
五三二話 〜 五三三話	増円の逸話
五三四話 〜 五三五話	行縢の着方を知らなくて笑われる
五三六(二話)	定茂の逸話
五三七話 〜 五三八話	おかしい言動で院を笑わせる
五四〇話 〜 五四一話	互いの弱点をついて戯れ合う
五四四話 〜 五四五話	折角の申し出に意外な答辯
五五一話 〜 五五二話	一生不犯の尼
五五六話 〜 五五七話	坊城の三位と意外な発言
五五八話 〜 五五九話	孝道の逸話

```
五六〇話 ┐
         ├ 周到な用意がだめになる
五六一話 ┘
五六二話 ┐
         ├ 家隆の逸話
五六三話 ┘
五六六話 ┐
         ├ 欠礼したことが分かって慌てる
五六七話 ┘
五六八話 ┐
五六九話 ├ 非常識な言動のために顰蹙を買う
五七〇話 ┘
五七一話 ┐
         ├ 場違いな服装をして嘲笑を買う
五七二話 ┘
```

　同旨のモティーフを共有する前後の話が一組の話群を形成しつつ、数珠のように広がるこのような配列法は説話集の配列法として珍しいものではない。しかし、年代順配列という大原則を守り通しながら、前後の話を共通の連想契機で繋いで配置したのはほとんど前例のないことである。それだけに、あえて「二話一類様式」を取り入れたことにはそれなりの理由があったはずであるが、冒頭表現の変化の場合と同様、その背後には、説話言説の「虚言」性、言い換えれば、説話の物語性が大きな動因として働いていたであろうことは想像に難くない。小林保治は、「偸盗」篇にも連想契機による配列法が見出せると指摘しているが47)、それがこの篇の物語性に起因することは言うまでもない。

47）小林保治、「『古今著聞集』の方法—〈巻第十二、偸盗第十九〉の場合—」（『論纂説話と説話文学』所収）、笠間書院、昭和五十四年六月、後に『説話集の方法』に転載、笠間書院。

三　内容上の特徴

　「興言利口」篇を論じる際、叙述の形式的な特徴と共に検討しなければならないのはその内容上の特徴である。「興言利口」篇の笑話としての特質は何であり、それはどこから来るものなのか、そして他の説話集の笑話と比べてどのような違いがあるのかなど、未解明の問題が多く残されている。

　「興言利口」篇の笑話には、大別すれば、笑わせる者と笑われる者の、二種類の人物が登場する。笑わせる者は、機知ある言動やユーモアで読者の笑いを誘発し、笑われる者は、滑稽な振舞いや失態を犯して読者の嘲笑を買っている。笑わせる方も、笑われる方も、読者を笑わせることに変わりはないが、前者が機知や風刺といった、知的な言動でもって読者の微笑や哄笑 ― いわば「意図あり」の笑い ― を引き出すのに対し、後者は醜態や無知、不作法など、社会コード上の〈負〉の部分を犯して嘲笑や失笑 ― 「意図なし」[48]の笑い ― を買っているという点に、笑いの質の違いが現れている。

　もう少し詳しく見てみることにしよう。まず登場人物の言行が読者(または聞き手)を笑わせる話であるが、これには二つの類型が見られる。話中に笑いを引き起こす者と笑われる者が共に登場する場合(イとする)と、笑いを引き起こす者のみ登場する場合(ロとする)である。まずイであるが、五三八話「順徳院の御時、恪勤者某傍輩と賭け、内裏の番替りに高足駄にて油小路を通行の事」を例に見てみよう。この話は、京の「恪勤者」が、鎌倉上りの新任の大番を、機知に富んだ言行でからかって見せたという話であるが、笑いを引き起こす者と笑われる者が共に登場して、前者の行為に

---

48) 大谷伊都子は、笑いの成立基盤を「言語的おもしろさ」と「行動的おもしろさ」とに区分し、更にそのおもしろさにおける意図性の有無により、「意図あり」と「意図なし」の笑いに分けている。(「沙石集の笑話について」、『語文』第五十三・五十四集、一九九〇年三月)

よって後者が笑い者にされる構造となっている。この場合、笑いを引き起こす役は主に権門の人か、「心はやきもの」(五四二話)たちが担当し、笑われる役は下位職や田舎者に回されている。篇中、このような構造の説話は十一話が見出せるが(〈表一〉参照)、笑いを引き起こす動機としては、愉快な物言い(五二〇、五二二、五三八、五四二話)、皮肉な物言い(五〇八、五三一、五四四話)、滑稽な振舞い(五〇九、五一八、五一九、五二四話)などが挙げられる。

〈表一〉

(話番号)	(笑いを引き起こす者)	(笑われる者)	(原因)
五〇八話	源経信(太宰権帥)	下野敦末(随身)	機知ある物言い
五〇九話	藤原忠実(摂政関白)	侍	奇抜な懲らしめ方
五一八話	秦兼任(随身)	従者	腹いせ
五一九話	藤原孝道	藤原師長	意に反した結果
五二〇話	寛快(僧)	沙汰の者	機知ある行為
五二二話	女房	藤原家隆	意外な展開
五二四話	中臣近武(随身)	法親王	滑稽な振舞い
五三一話	泰覚(僧)・後鳥羽院	南都の僧	皮肉な返答
五三八話	恪勤者	大番	機知ある行為
五四二話	藤原孝道	判官代	おかしな処方
五四四話	禰宜の妻	禰宜	見事に弱点をつく

　次はロで、笑われる者は登場せず、笑いを引き起こす役を演じる人物のみ登場する説話である。笑われる側がいないだけに、笑いを引き起こす側に重点が置かれ、彼らのおかしな物言いや振舞いが読者の笑いを引き起こす構造となっている。五一四話「修理大夫行通大蔵卿に昇任せし時、或人に返歌の事」を例に挙げると、大蔵卿に任命された修理大夫藤原行通に、

友人の一人がこれからは金持ちになるだろうからよろしくと皮肉る歌を贈ったところ、「建てそめてまだ物つまぬ大蔵はもとの修理にもまさらざりけり」と返したという話である。行通の才知に富んだ返歌は、被害者を出すことなく、そのユーモラスさのみで読者の笑いを引き起こしているが、同様の構造を持つものは十六話ほどが数えられる（〈表二〉参照）。そのうち、多数を占めているのは愉快な物言いが笑いの契機となっているもの(五一二、五一三、五一四、五二一、五一六、五四〇、五四一、五五六、五五九、五六三、五六四話)で、ヲコな振舞いによるもの(五二六、五三七、五五〇、五五五話)とその他(五三〇話)がそれに継いでいる。

　これらの説話で話主、即ち笑いを引き起こす者たちの身分を調べてみると、随身や大夫クラスがそれぞれ六人と五人で計十一人、女房が延べ四人、僧侶が四人、大納言以上が二人、その他が二人となっている。イでは主に権門の人々が笑いの主役を演じていたが、ロでは上流貴族の数が少ない反面、随身や大夫、女房など、中・下流階級出身の人々が主流をなしている。

　笑いには、うれしさから出るもの、おかしさから発せられるもの、照れ隠しの笑いなど様々な種類があるが、「興言利口」篇に見られるものはほとんどがおかしさから発せられるものである。なかんずく、「ミメモヨク芸能フルマヒ人にコトナルベキモノ」(『続古事談』)と言われた随身たちは、機知や滑稽といった、知的かつユーモラスな言動でもって笑いを引き出す二枚目半的な役割を演じている。

〈表二〉

(話番号)	(笑いを引き起こす者)	(原因)
五一二話	下野武正(随身)	奇策で馬を入手
五一三話	下野武正(随身)	詭辯で土地を奪う
五一四話	藤原行通(修理大夫)	愉快な物言い
五二一話	藤原忠良(大納言)	愉快な物言い
五二五話	下太友正(随身)	狂犬退治
五二六話	下野武守(随身)	娘の嫁入り
五三〇話	下野武守(随身)	馬の鬣を切らせる
五三七話	下野種武(随身)	仮名の散状を書く
五四〇話	藤原孝道・権の大夫(女房)	軽妙な言葉闘い
五四一話	備後・越前(女房)	軽妙な言葉闘い
五五〇話	念仏者	僧の機転
五五五話	僧	図々しさ
五五六話	土器師	面白い発言
五五九話	藤原孝道	愉快な物言い
五六三話	藤原家隆	せっかちな行動
五六四話	僧・女房	ことばの応酬

　第三番目は、愚かな言動のために嘲笑を買う者に関する説話である(ハとする)。五一二話「中納言家成、黒馬を下野武正に与ふる事、並びに所領の沙汰の者、馬ねぶりの事」を例にとれば、上京中に馬上で寝ぼけたために国の方へ逆戻りした「沙汰の者」が、遅れて上京する下人を叱りつけたという話が載っているが、自らの誤りに気がつかず、罪もない者を責め立てる「沙汰のもの」の滑稽な行動が笑いを引き起こしている。同種の説話を拾ってみると、五一三話の他に三十六話を数えることができる(〈表三〉参照)。このうち、大半はヲコな振舞いのために笑いものにされる話で[49]、

---

49) 五一〇、五一一、五一五、五一六、五二七、五二八、五二九、五三二、五三

「興言利口」篇全体の半分以上を占めている。そして、教養や礼儀作法に欠けた人々を笑いものにする話(五三四、五三五、五六二、五六八話)がこれに次いで多い。

〈表三〉

(話番号)	(笑いを引き起こす者)	(原因)
五一〇話	藤原有盛	主君の前で脱衣
五一一話	藤原範貞	左大臣顔を知らず
五一二話	後沙汰の者	寝ぼけて逆戻りする
五一五話	房官	上がり馬から転落
五一六話	侍	肝試しで騙される
五二七話	台所沙汰する女房	仮名の読みなし
五二八話	侍	仮名の聞き違い
五二九話	翁	ほらを吹く(裁判)
五三二話	馬の允侍	興ざめな連歌を継ぐ
五三三話	増円	鞠で酷い目に遭う
五三四話	定茂志	行縢の着方を知らず
五三五話	中間男	行縢の着方を知らず
五三六話	定茂	うぬぼれ、わがままを通す
五三九話	下人	寝ぼけて阿呆をする
五四六話	みそか法師	あほうな行動
五四七話	なま蔵人の妻	意外な行動
五四八話	大女と小男	ちぐはぐな問答
五四九話	山伏・鋳物師	絶妙な答え方
五五一話	一生不犯の尼	意外な展開
五五二話	一生不犯の尼	意外な行動

三、五三六、五三九、五四六、五四七、五四八、五四九、五五一、五五二、五五三、五五四、五五七、五五八、五六〇、五六一、五六五、五六六、五六七、五六九、五七〇、五七一、五七二、五七三、五七四話。

五五三話	僧	やらせを強要
五五四話	領所	小童にやり込められる
五五七話	僧	興ざめな発言
五五八話	僧	嘘がばれる
五六〇話	墓守	鹿をのがす
五六一話	縫殿の頭	自業自得
五六二話	田舎侍	無学ぶり
五六五話	青侍	不運ぶり
五六六話	上達部	左大臣を知らず
五六七話	左衛門の尉	醜態を見せる
五六八話	関東侍	下の句が付けられず
五六九話	僧	無学ぶり
五七〇話	馬の允	作法知らず
五七一話	侍	作法知らず
五七二話	宮の左衛門	境遇知らず
五七三話	神人	礼儀知らず
五七四話	下人	余計なお世話

　ハ群に登場する人々の顔ぶれを見ると、そのほとんどはイとロに比べ身分の低い人々である。沙汰の者、侍、房官、僧、下位官吏、下人・下女、田舎者など、貴族社会の底辺部を構成する人々が主流を占めているが、彼らが笑いものにされている理由は、主に教養、知識、センス、礼儀、作法などの欠如や虚言、愚行の発露のためである。イとロでは気の利いた物言いや行動が笑いの契機となっていたが、ハではその欠如がかえって笑いの対象となっている。話中の人物が滑稽な振舞いで笑いを引き起こすのも、間抜けなことをして嘲笑を買うのも、結果的に読者の笑いを買うのには変わりないが、その笑いが微笑や哄笑の類なのか、あるいは失笑や嘲笑の類なのかは、その質において大きな落差がある。「興言利口」篇の笑いは、失笑や嘲笑の方が多数を占めているが、これは取りも直さずこの篇の笑話の本

質を表すものである。

四 「興言利口」の発信地

　「興言利口」篇所集の説話は、他の篇々の説話が記録類を主な取材源として編纂されたのに対し、ほとんどが口から口へと伝えられた話を集めたものである。序でいう「世風人俗の製」や「街談巷説の諺」、または跋でいう「たまぼこのみちゆきずりの語らひ、あまさかるひなのてぶりのならひにつけて、ただに聞きつてに聞く事」などがそれに当たろうが、六十七話に及ぶ膨大な説話を、編者が一つ一つ取材して回ったとは考えられない。それよりは編者と関わりのある地域や人々の間ですでに広く知られ、語られていたものを取材源として取り入れたと見た方が妥当であろう。それでは、「興言利口」談の発信地としてそのような条件を備えている場所や人物としてはどのようなものがあるだろうか。

　まず挙げられるのは七条院とそこへ出入りした人々である。七条院は、後白河院の妃で建久元年に院号を授かった藤原殖子50)(一一五七〜一二二八年)の邸宅で、篇中説話の舞台として最もよく登場する場所でもある。七条院にはそこの主の女院がユーモアを解する人物であっただろう、院内の女房たちはもちろん、出入りする人々の中にも一風変わった人物が大勢いたらしい。

　主の七条院の方から見てみると、女院が主人公として登場する説話はないが、結構茶目っ気のある性格の持ち主であったらしいことを物語るものがある。五四二話「七条院の屁ひりの判官代に、孝道療治の法を教示の

<hr>

50) 『女院小伝』は七条院について次のようにその一生をまとめている。
　　高倉妃。後鳥羽高倉母。修理大夫信隆女。母贈正一位藤休子。建久元四十九叙従三位。元典侍。年卅四。同日准三后。同廿二日院号。元久二十一八庚寅為尼。四十八。真如智。安貞二九一六御事。(『群書類従』第五輯)

事」がそれで、梗概は次の通り。七条院に「立つにもひり、ゐるにもひり、はたらく拍子ごとにひ」り続ける病的な症状を持っていて「へひりの判官代」と笑いものにされている人がいたが、院が「御興懐に」琵琶の名人藤原孝道に診させたところ、孝道がいい加減な処方をしたために、かえって症状がひどくなってしまい、更に周囲の笑いを呼んだという内容である。

　主のこのような性向を受けてか、院内の女房たちにも才知に富んで、物言いの上手な者たちが多かったようである。権の大夫(五四〇話)、備後(五四一話)、越前(五四一話)、尾張(五四一話)などの女房たちが話中に顔を出すが、みな物言いが上手で、「言葉だたかひ」に長けた人ばかりである。五四一話は彼女らの「ざれあ」いぶりを次のように伝えている。まずは越前と備後とのやりとり。

　　　或る日、越前ひたひにかさの出でたりけるを、備後に向ひて、「や、おつぼね、このかさ見てたび候へ。さすが御身ぞ見知らせ給はん」といひたりけるを、備後、とりもあへず見るままに、「眉間をいれ給へるをば、なにとかはし侍るべき」とこたへたりける、心のはやさをかしかりけり。

つぎは、備後と尾張との「言葉だたかひ」ぶりである。

　　　尾張が咳病をしてわづらひけるを、備後とぶらふとて、「なにをやみ給ふぞ」といひたりける返事に、「餓鬼病をやみ候ぞ」と、こたへたりければ、備後、「さらばひんさうじを煎じてめせ」といひたりけり。

　このように、七条院には物言いの上手な人々が多かったが、院内の女房たちばかりではなく院外から出入りするものたちの中にも、彼女らに劣らぬ「こころはや」い人々がいた。その代表格が前出の藤原孝道(一一六六〜一二三九年)で、五四〇話を見ると、院の女房の一人の権の大夫が孝道の大きな鼻をからかう歌を詠んだら、すかさず頭が大きかった権の大夫をからかう歌を詠み返したという話が紹介されている。孝道はこの他にも五一九、五五八、五五九話などにも顔を出してその剽軽ぶりを披露し、個人としては「興言利口」篇の中で最も高い登場回数を記録している。また、彼の息子孝時と娘尾張の内侍も、それぞれ五三五話と五六四話に登場している。

周知の通り、孝時は『著聞集』の編者成季の琵琶の師である。『著聞集』に孝時にまつわる説話が十二話[51]も取られていることが示すように、成季と孝時は師弟関係を越えて公私両面において深く結ばれていたが、七条院周辺と孝道一族の説話は、おそらくこの孝時から聞いたのを書き留めたものであろう。

また、やはり孝道一族を介して入手したであろうと見られるものに、仁和寺関係説話がある。孝道は晩年出家して仁和寺で暮らしていたが[52]、そこでの見聞を語ったのが、おそらく孝時を経由して編者のところに伝えられたものと見られる。五二〇、五二三、五二四、五五九話などの四話がそれであるが、五二〇話は仁和寺の僧、寛快(生没未詳)に関する逸話を紹介しており、五二三、五二四話は守覚法親王(一一五〇〜一二〇三年)にまつわる説話である。

藤原家隆とその一族も「興言利口」篇によく顔を出している。家隆兄弟の逸話は計五話を数えるが、三話(五二二、五六二、五六三話)は家隆にまつわるもので、残りの二話(五五六、五五七話)は兄の雅隆の逸話である。編者は家隆から和歌を習ったとも[53]、または家隆と姻戚関係にあったとも言われている[54]。いずれにせよ、自分が直接見聞したことを記したものであ

---

51) 一〇五、二二三、二六五、二六七、二九一、三一〇、四〇二、四二六、四九七、五三五、六三五、六六四話等。

52) 五五八話の冒頭には、「孝道入道、仁和寺の家にて或る人と双六をうちけるを…」と、孝道が出家して仁和寺に居住していたことが記されている。

53) 五味文彦「『古今著聞集』と橘成季(上)(下)」、『古代文化』一九八五年十一月、一九八六年一月。

ろう。

　一方、職柄という側面から見ていくと、「興言利口」篇で最も賑やかな活躍ぶりを見せているのは随身たちである。随身は、説話の世界では欠かせない存在で、彼らの言動は平安時代の人々にとって話題の種となっていたが、「興言利口」篇においても例外ではない。かの有名な下野武正(五一二話)を始め、その孫の武守(五二六)、武景(五三〇)、種武(五三七)らが登場し、滑稽な振舞いで笑いを引き起こしており、他に後白河院の随身だった秦兼国(五一七)、秦兼任(五一八)、中臣近武(五二四)、下太友正(五二五)、下野敦末(五〇八)などもそれぞれ三枚目的な役柄を演じている。

　この他に、「興言利口」篇には、坊門院と醍醐寺を舞台とする説話が二話ずつある。坊門院を舞台としているのは五二七話と続く五二八話で、説話の配列のところで触れたように読み間違い、または聞き間違いによるハプニングを扱ったものである。醍醐寺関連説話は五三三話と五六九話で、寺に所属する僧侶たちの滑稽な振舞いを伝えている。

　「興言利口」篇には、このように編者と直接つながりを持っていた孝道一族、家隆一族、そして随身階層などを通じて伝承されていたものであることを確認したが、当時の貴族たちがどのような話柄に興味を示し、そうした話柄を管理し、伝えたのかを知る上で大変参考になることでもある。

五　他の説話集の笑い

　十三世紀の中盤という、日本の政治や社会構造にかつてない急激的な変化が起こってから六十年余り経って成立した『著聞集』の笑話は、その前に編纂された笑話に比べどのような違いがあるのだろうか。笑いに時代的な特徴はあるのだろうか。あるいは、同じ笑話と言えども、収集と編纂を担

---

54) 宮田和美「橘成季の周辺」、『国学院雑誌』、昭和六十一年一月。

当した編者の個性によって違いが生じてくるのであろうか。ここでは『著聞集』より先に編纂された説話集のうち、笑話を多量に収めている『今昔物語集』と『宇治拾遺物語』を対象に、その笑いの特質を調べることにしたい。

1 『今昔物語集』の笑い

　『今昔物語集』巻第二十八は中古に流布した笑話の宝庫である。計四十四話の、貴賎の人々の織りなす滑稽譚が、例のきびきびとした筆致で描かれているが、日本初のまとまった笑話集であるばかりでなく、笑いの方向性が「ヲコの者への嘲笑」と「可咲シキ物言ヒをする者の賞揚」[55]の方へ据えられ、書承笑話の典型と言うべき形式を呈しているところにその文学史的な価値が認められている。

　『今昔物語集』の笑話の特質については多種多様な説が出されているが、「攻撃的」な笑いと「好意的」な笑い[56]とか、「男性的であり、楽天的」[57]といった、研究者の主観と好みが先走りする、抽象的で曖昧な言説で飾られたものが多い。その笑いの本質をもう少し的確に捉えるために、ここでは巻第二十八の笑いを内容別に細分し、それがどのような行為に向けられているのかを調べることにしたい。但し、四十四話の中には欠文で内容不明のもの(三十六話)や民話(四十話)、普通の物語が十一話含まれているが、これらは分析の対象から除外した。

　『今昔物語集』の笑いの中で最もよく見られるものは、奇抜な発想や物言いが引き起こす笑いである。たとえば、山階寺の中算が木寺の基増をからかうために、わざと「木立」を「きだち」と言い間違えると、基増が

---

55) 織田正吉『日本のユーモア2　古典・説話篇』、筑摩書房、一九八七年六月、九五ジ。
56) 注55)に同じ。
57) 片寄正義『今昔物語集論』、三省堂、昭和十八年二月、三三一ジ。

「木立トコソ云ヘ、木立ト云フラムヨナ。後目タ無キノ言ヤ」と誹ったので、「然ラバ御前ヲバ、『木寺ノ基増』トコソ可申カリケレ」とやり込めたという第八話はその典型的な例として挙げられる。才知に富んだ物言いが笑いのポイントとなっているが、同趣のものは計十九話が数えられ[58]、首位を占めている。

その次に多く見られるのは、ヲコな行為によって引き起こされた笑いである。稲荷詣に出かけた近衛舎人が、参詣中の女を口説いたが、それが実は自分の女房で、みなの面で散々恥をかかされたという第一話はその好例と言えよう。同類としては計十一話が数えられる[59]。

この他、教養や知識の欠如が引き起こす笑いもある。中心としての京文化に未熟な人を笑いものにする話柄で、源頼光の郎等たちが初めて牛車に乗ってひどく酔ってしまったという第二話を含め、四、七話などがこの部類に入る。

以上を纏めると、巻第二十八には奇抜な発想や物言いによって引き起こされた笑いが六割を占め圧倒的に多く、ヲコな行為によって引き起こされた笑いがそれに次いで多い。織田正吉の言葉を借りれば、前者を「好意的」な笑いに、そして後者を「攻撃的」な笑いに言い換えることもできようが、文体や評語から受ける厳しい印象とは裏腹に、『今昔物語集』の笑いは「深遠なる思想、世間に対する風刺といふやうなもの」[60]よりは、愉快な物言いから触発された、「好意的な笑い」が主流を占めていると言うことができる。これは『今昔物語集』巻第二十八の笑話を、「言説の方向性」という側面から捉え直して、「「笑える説話」ではなく、「笑いのある説話」」と定義した前田雅之の指摘とも照応するものと言えよう[61]。

---

58) 第五、六、八、九、十、十一、十三、十四、十五、十六、十七、十九、二〇、二一、二三、二四、三七、三八、四三話。
59) 第一、三、二九、三〇、三一、三二、三三、三四、三五、四一、四二話。
60) 前掲の織田論文に同じ、三一二ジ゙。
61) 前田雅之「説話集に見る中世の濫觴＊〈公〉・〈私〉・〈世俗〉をめぐっ

2 『宇治拾遺物語』

　十三世紀初頭の成立とされる『宇治拾遺物語』には、併せて二十八話
の笑話が収録されている[62]。『今昔物語集』と同系と言われ、現にいわゆ
る「同文的な同話」の関係にある話が五話[63]も含まれているにもかかわら
ず、『今昔物語集』巻第二十八と『宇治拾遺物語』の笑話とはかなり色
合いが違う。漢字片仮名交じり文と漢字平仮名交じり文という、表記様式
の違いによるものもあろうし、事件叙述中心の長文構造と笑いそのものに
ポイントが置かれた短文形式という、叙事様式によるところもあるだろう
が、決定的なのは、笑いの質の違いである。

　『宇治拾遺物語』の笑話については、実に様々な見解が出されていて枚
挙に暇がないほどであるが、その本質を見事に捉え得たものに、織田の次
のような指摘がある[64]。

　　　ことさらヲコな振舞いをするというのでなく、人間ならだれでも思いあ
　　　たる心理が生む自然なおかしみ、人間本来の性質が生む笑い、すなわち
　　　ユーモアらしいユーモアに着目し、それを採集しているのが注目される。

　「自分が自分を笑う」ことがユーモアだとすれば、かの有名な「田舎の
児桜の散るを見て泣く事」(巻第一の一三話)の評語で「うたてしやな」と

　　　て」、『日本文学史を読むⅢ　中世』所収、有精堂、一九九二年三月。後
　　　に、『今昔物語集の世界構想』に転載、笠間書院、平成十一年十月。
62)　小林智昭は、全集本『宇治拾遺物語』の解説の中で、『宇治拾遺物語』の説
　　　話を「仏教」「世俗」「世俗・仏教混」の三つにカテゴリーに分け、後二者
　　　の方から笑話をそれぞれ六話と二十二話ずつ選び出している。
63)　日本古典文学大系本『宇治拾遺物語』の「説話目録」によれば、『宇治拾遺
　　　物語』の二五、九四、一二四、一四五、一六二話はそれぞれ『今昔物語集』巻第
　　　二十八の二〇、二三、二一、二四、六話と「同文的な同話」の関係にある。
64)　前掲の織田論文に同じ、一〇〇ジ。

苦笑する編者の姿勢には確かにユーモアと言うべきものが含まれており、これはおそらく日本初のユーモアのある笑話と言うことができる。しかし、『宇治拾遺物語』の笑話にはユーモア譚ばかりがあるのではない。他者を笑うものもあれば、他者を笑わせるものもあり、性に関わるものもあって、量こそそれほど多くないものの、実に多彩な笑話が揃っている。『宇治拾遺物語』の笑話を、『今昔物語集』と同様、笑いの内容によって分類してみると、およそ次のような四つのカテゴリーに分けることができる。

　まずは、物言いの面白さから引き起こされる笑いである。主が席を空けた間、氷魚を盗み食いした僧が鼻から氷魚が飛び出てくると、「この比の氷魚は、目鼻より降り候なるぞ」ととぼけたという七九話などはその好例だが、この他にも、四九、六二、七四、七五、一〇九、一二四、一六二、一八二話などの九話がこの部類に入る。

　次はヲコ話で、愚かな言行が引き起こす笑いである。ある生女房がいい加減に書いて貰った仮名暦のために、三日も排泄を我慢したという七六話（「仮名暦あつらへたる事」）はその代表的なものであるが、この他、一三、一四、三四、七七、九四、一一〇、一一三、一二九、一八一、一九〇話など、計十一話が同類として数えられる。

　三番目は嘘の暴露が引き起こす笑いで、『宇治拾遺物語』の笑話を特徴づけるものでもある。これには、有名な「穀断の聖」を始め、五、六、十一、十五、一三三話などの六話を挙げることができる。

　最後は、人間的な弱みが引き起こす笑いで、織田のいう「人間本来の性質が生む笑い」でもある。「児の掻餅するに空寝したる事」（一二話）の他、「鼻長僧の事」（二五話）がこの部類に入る。

　以上をまとめれば、『宇治拾遺物語』の笑いは、およそ次のような四つのカテゴリーに分けられる。

イ　愉快な物言いが引き起こす笑い
ロ　ヲコな言行が引き起こす笑い
ハ　嘘の暴露から引き起こされる笑い
ニ　人間的な弱みが引き起こす笑い

　このうち、数の上で最も多いのは、ロの〈ヲコな言行が引き起こす〉笑話(十一)で、次はイの〈愉快な物言いが引き起こす〉笑話(六)がそれを次いでいる。ハとニは、『宇治拾遺物語』以前には見ることのできなかった、全く新しい種類の笑いで、『宇治拾遺物語』を特徴づけるものではあるが、イとロとに比べれば、どうも少数派と言わざるを得ない。話自体の個性という面で強い印象を与えるのは何と言ってもハとニであるが、全体を眺望するならば、『宇治拾遺物語』の笑話の中心は、ロのヲコ話なのである。

　但し、繰り返し指摘されてきたことであるが、話中人物のヲコな行為を見る編者の眼差しが『今昔物語集』や『著聞集』のそれとは異なって、穏やかで寛容である点はやはり『宇治拾遺物語』の個性として触れざるを得ない。

　そして、もう一つ付け加えるべきことは、性話が取られていないことである。性に関わる話が全くないのではないが、「狂惑の法師」の偽断絶(六話)や舅と婿との錯覚(十四話)を扱った説話のように、性を素材とするものはあっても、男女の間の本格的な関係を扱ったものはとられていないのである。

六　おわりに

　『今昔物語集』の中で巻第二十八「世俗」が位置しているのは、「霊鬼」と「悪行」の間である。隣接する巻は、巻題を見るだけで想像がつくように、世の中の〈負〉の領域に関するもので、笑話を集めた「世俗」がここに配置されていることから、編者が笑いというものを如何に受け止めていたかが推測できる。笑いは、どうも霊鬼の如く異様なもので、悪行の如く慎むべきものと考えられていたようである。これは『著聞集』においても同じであるが[65]、しかしながら、『今昔物語集』と『著聞集』の間には、形式と内容の両面において大きな隔たりがある。

　中古までは、笑話は物語という語りの様式のうちに閉じ込められ、物語を織りなす一要素にすぎなかった。『今昔物語集』巻第二十八の場合は、冒頭表現が例の「今ハ昔…トナム語リ伝ヘタルトヤ」という様式の規制を強く受けており、叙述も次々と事件の経緯を説明していく平坦で単純な方法で書かれているなど、叙事構造が物語の域を抜け出していない。『宇治拾遺物語』の方は、『今昔物語集』と比べ著しい変化が認められるにしても、「いまはむかし」という冒頭様式の規制の影響から依然として抜け切っていない点を指摘しないわけにはいかない。それに比べ、『著聞集』の笑話は、表現と内容の両面において大きな進展を見せている。部分的ではあるが、上述の通り、自由な冒頭表現が姿を現し始めており、文体や叙事構造においても、長々とストーリーを並べる書き方から笑いにポイントを絞った、短く簡潔な方向に向かって変わろうとする兆しが現れている。しかも、『今昔物語集』や『宇治拾遺物語』には見られない性話群の存在は、近世の艶笑談の先駆をなすものと評価できるし、話末に〈おち〉を取り入れたことも笑話の面白みを一段階引き上げている[66]。笑話が「集」を構成する一要素の地位から、文学の一ジャンルとして開花するのは近世に入ってからのことである。「集」の一部分であった「巻」や「篇」の形態から離れて独立した世界を築きながら、単なる笑話からきわどい艶笑談に至るまで、多様多種な説話が集められ、編纂されるようになるが、『今昔

65）『著聞集』の中で「興言利口」篇は、「宿執」「闘諍」篇と「怪異」「変化」篇の間に置かれている。

66）〈おち〉のある話は『宇治拾遺物語』にも見られるが、『著聞集』では一種の方法として多用されている。

物語集』から始まった「集」としての笑話を近世の笑話文学へ繋ぐ橋渡し的な役割を担ったのが他ならぬ「興言利口」篇であったのである。

III部

抄入話の研究

第五章『古今著聞集』の抄入話の研究
-『十訓抄』との関係を中心に -

一　はじめに

　『古今著聞集』(以下、『著聞集』と略す)には計七十九話の後期抄入話がある。その大半は『十訓抄』と『江談抄』から抄入されたものであり、ことに『十訓抄』からは六十一話が抄入されていて全体の約八割を占めている。これら抄入話の扱い方について、研究者たちの意見は二つに分かれている。抄入が本来の『著聞集』の編者の手によるものでない以上、『著聞集』の本文として取り扱うべきでないというものと、後代における『著聞集』の享受は抄入話を含めた形で行われてきたものなので、本文の一部として扱ってしかるべきだというものとがそれである。

　が、双方共本文確定に固執するばかりで、それ以前の、抄入話に関する基礎的研究、例えば抄入元の本文、抄入の方法、抄入された時期、抄入者などについて綿密な検討は未だなされていない。そこでⅢ部では、抄入話の中でも中心をなしている『十訓抄』よりの抄入話を対象として、抄入の方法、抄入元となったテクスト、抄入者などについて考察を行いたい。

二　抄入の方法

　抄入を行った人物は、抄入元となった『十訓抄』の本文を『著聞集』に抄入の際、どのような原則と方法の下で作業を行ったのであろうか。ここでは、抄入が実際にどのような過程を経て行われたかを、両書の本文を対照させながら検討する。

1　省略

　『十訓抄』の説話を『著聞集』に抄入する際、抄入者は、一人の人物に関する説話の場合はほとんど原話に手を加えずにそのまま再録している。ところが、同趣の説話に複数の人物が登場する場合は、その中から一人の人物に関する部分のみを一つの説話として抄入するか、もしくは人物別に別個の説話として分立させている。

　たとえば、『十訓抄』の巻第六の十七話(以下巻数と話番は六ノ十七のように表記する)には、太宰府に流された菅原道真が慕君の詩を詠じたという逸話の後に、須磨へ退去した光源氏がやはり都に思いを馳せつつ懐古の歌を詠んだという、二つの説話が収められている。これが、『著聞集』の「文学」篇の一三七話には、光源氏の話は省かれ、道真の逸話のみ抄入されている。一方、『十訓抄』の六ノ二六には、徴兵されて帰らぬ人となった夫を待ち続けた妻が石となったという中国の故事と、同趣の日本の佐夜姫伝説が載せられているが、『著聞集』には「和歌」篇に一七九、一八〇話の二つの説話に分けて抄入されている。前者の方が断然多く計六例あり、後者は一例のみであるが、それをまとめたのが次の〈表一〉である。

〈表一〉

<table>
<tr><th colspan="3">『十訓抄』</th><th colspan="3">『著聞集』</th></tr>
<tr><th>巻</th><th>番号</th><th>内容</th><th>篇</th><th>番号</th><th>内容</th></tr>
<tr><td>五</td><td>二</td><td>a　源延光、村上天皇から御製を賜る夢を見る
b　小野小町、「思ヒツヽ…」と詠む</td><td>文学</td><td>一三四</td><td>a のみ抄入</td></tr>
<tr><td>六</td><td>一七</td><td>a　道真、太宰府で慕君の詩を詠ず
b　光源氏、須磨で懐古の歌を詠む</td><td>文学</td><td>一三七</td><td>a のみ抄入</td></tr>
<tr><td>六</td><td>二六</td><td>a　夫を待ち尽くした妻、石となる
b　佐夜姫、死後松浦明神として祭られる</td><td>和歌</td><td>一七九
一八〇</td><td>a を抄入
b を抄入</td></tr>
</table>

三	六	a 布施に単をもらった尼、歌を残して去る b 布施に琴の音をと言われた法師、歌を詠む	和歌	一八六	bのみ抄入
十	五三	a 無縁法師、歌で人々を感動させ布施をとる b 遊女白女、歌で亭子院を感動させ御衣を賜る	和歌	一九九	bのみ抄入
六	二一	a 紅梅殿の梅、道真を慕って太宰府に飛び移る b 唐国の梅、天子の学問修行の如何によって咲いたり散ったりする	草木	六七一	aのみ抄入
六	一	a 楚の襄王、忠臣の諫言を受け入れて他国への侵略を取りやめる b 周の文王、臣下の諌めを聞かずに殷の紂を討つ	魚虫禽獣	七二三	aのみ抄入

　右のような抄入方針は、一人の人物をめぐって複数の説話が続いている場合も守られている。例外もあるが1)、ほとんどの場合、数話の中から一話のみを選んで抄入することを原則としている。〈表二〉にその例を挙げる。

〈表二〉

『十訓抄』			『著聞集』		
巻	番号	内容	篇	番号	内容
五	三	a 東宮の折の後三条院、学士実政に餞別の秀句を贈る b 同じ院、実政に和歌を贈る	文学	一三五	aのみ抄入
六	一四	a 中納言顕基、後一条院の亡き後出家し、無常を説く詩を言草にする b 同じ人、上東門院に呼ばれるが慕君の歌を送って辞退する。 c 同じ人、後一条院が苦境に立たされた時、朗詠で救いあげる d 同じ人、宇治殿が大原の庵室を訪ねた時、子の前途を頼む	文学	一三六	aのみ抄入
十	五	a 源経信、自作の歌を高く評価した子の俊頼の言葉に満足する b 同じ人、躬恒の歌に比肩し得るのは自作しかないと自慢する	和歌	一七〇	aのみ抄入
十	五二	a 大江定基、愛人の死を機に出家する b 定基は唐の娥眉山の寂昭の後身であった	和歌	一九七	aのみ抄入

---

1)「孝行恩愛」の三一四話には源顕基にまつわる二つの説話が『十訓抄』六ノ十五話から省略なしに抄入されている。

　抄入者が複数の説話の中から一話のみ選んで抄入したことについては幾つかの理由が考えられる。たとえば、「和歌」篇に抄入されている一三五、一三六、一三七、一九七話の場合は、抄入元の前後の話が漢詩に関するものないしは和歌とは無関係な内容だったので省かれたと見られ、七二三話の場合は、ｂの話材が「魚虫禽獣」篇にふさわしくなかったので除外されたものと見られる。これは抄入者が抄入を『著聞集』の枠組みに合わせながら行ったことを意味するものである。『著聞集』の編集方針に少なくともある程度は沿う形で一応抄入は行われていたのである。しかし、それは後述することになるが、内容にまでは至っていない。

2　敬語使用の徹底

　『著聞集』には数千に及ぶ上下貴賤の人々や神仏が登場する。これらの人々や神仏に対し、編者はそれぞれの身分に応じて敬語を使い分けているが、ことに神仏のような超自然的な存在や特定の高位の人物には最高敬語を使っている。次を見てみよう。

- ・(神)…賀茂の大明神、日本国を捨てて他所へ渡らせ給ふべきよし見てけり。…(二一話、「神祇」)
- ・(仏)…長谷の観音より宝珠をたまはらせ給ふと御覧ぜられけるを、…(六七話、「釈教」)
- ・(三種の神器)天徳の内裏の焼亡に、神鏡みづから飛び出で給ひて、南殿の桜の木にかからせ給ひたりけるを、…(二話、「神祇」)
- ・(天皇)主上、玄象ひかせおはしましけり。…(九八話、「公事」)
- ・(摂政、関白)小野宮殿・九条殿、御同車にて出仕せさせ給ひける時、…(七九話、「政道忠臣」)

　ほんの数例を挙げたに過ぎないが、賀茂の大明神や長谷の観音といった神仏、内侍所のような神器、そして天皇と摂政・関白の位の人々に対してはほとんど例外なく最高敬語を使っている。このような現象は何も「神祇」や「釈教」、「公事」、「政道忠臣」といった信仰や政治に関する特殊な篇々に限られたものではなく、『著聞集』全篇に亘って一貫している。

　ところが、ほぼ同じ時期に編纂されているにもかかわらず、『十訓抄』では敬語の使用に相当の乱れが見られる。原『十訓抄』がそのようであったのか、あるいは伝写の過程で乱れが生じたのかは、現存『十訓抄』の伝本間の異同が激しいので判じかねるが、『著聞集』に比べて敬語、ことに最高敬語の使用法に一貫性が欠けている。

　これを、抄入者は抄入元の本文の中に敬語使用の間違いや不備があった場合、原『著聞集』ほど徹底的ではないが、その身分に相応しい敬語に書き換えている。〈表三〉を見てみよう。

〈表三〉

	『十訓抄』		『著聞集』
a	イ　神ハ和歌ニメテ給物ナリ ロ　神は和歌にめで給ふものなり	（十ノ九） （十ノ一〇）	神は和歌にめでさせ給ふものなり　　　　　　　（一七一）
b	イ　然ヲ帝ヒソカニ内裏ヲ出 ロ　しかるを,帝よをのがれて	（六ノ十三） （六ノ一〇）	しかるに御門ひそかに内裏を出でさせ給ひて　　　　（四七二）
c	イ　遊覧之時 ロ　遊覧の時	（十ノ三） （十ノ三）	遊覧し給ひし時　　　（一六八）
d	イ　慈恵此事ヲ聞テ憤リテ ロ　慈恵此ことを聞ていきどをり	（四ノ七） （四ノ七）	僧正返り聞き給ひて、いきどほりて　　　　　　　（五七八）
e	イ　オトヲトノ君達実房・実国ナトニ越ラレテ、 ロ　おとゝのさねふさ・さね国などにこえられて	（九ノ六） （九ノ四）	おとうとの実房・実国などに越えられ給ひける時は　（一六六）
f	イ　用明ノ杖ノ下ニ ロ　用明の杖の下に	（六ノ二四） （六ノ二〇）	用明天皇の御杖の下に（三一三）
g	イ　忠盛ヨシナクヤ思ハレケム ロ　忠盛よしなしとや…	（四ノ三） （四ノ三）	忠盛朝臣は、よしなしとや思ひけん、　　　　　　（五七五）

（イは書陵部本、ロは岩波文庫本）

　　a　は能因の雨ごいの歌によって旱魃が救われた話である。神の行為に対し、『十訓抄』には書陵部本、岩波文庫本共に「メテ給」、「めで給ふ」となっているのが、『著聞集』の抄入話には「めでさせ給ふ」と最高敬語に書き直されている。神ばかりでなく、天皇に対しても事情は同じで、bに見る如く、花山院に対し『十訓抄』に「内裏ヲ出」、「よをのがれて」と敬語が用いられていないのに対し、『著聞集』には「内裏を出させ給ひて」と改められている。

　　c、d、e、は人臣のうち、公卿や僧正といった高位に達した人物の例である。cは道長の大井川での遊覧に関する記述だが、『十訓抄』に「遊覧之時」となっているのが、『著聞集』には「遊覧し給ひし時」となっており、dは『十訓抄』が慈恵僧正に対し「慈恵此事ヲ聞テ憤レテ」、「慈恵此ことを聞ていきどをり」と敬語ぬきで記しているのに対し、『著聞集』では「僧正返り聞き給ひて」と僧官名と共に敬語表現を施している。

　　登場人物に職位や姓があった場合、可能な限り名前にそれを冠して記そうとする傾向も見受けられる。f　とgに見るように、『十訓抄』がそれぞれ「用明」と「忠盛」と呼び捨てているのを、『著聞集』は「用明天皇」、「忠盛朝臣」と尊称づきに改めている。

　　抄入者が『十訓抄』の敬語表現の不備を改めたのは、抄入話の表現レベルを原『著聞集』に合わせようとする意欲があったからであろう。しかし、cで道長に対して最高敬語を使わずに、ただ「遊覧し給ひし時」とのみ記していることを見れば明らかなように、それは完璧にまでは果たされていない。もし抄入者が編者自身であったなら、右のようなことは起るはずがないので、これは抄入者が編者でないことを示す証左の一つとなろう。

3　表現・内容の正確化

　　次に、抄入者は意味の通らない表現や表記の多い『十訓抄』の本文の表現や内容を、読みやすくかつ正確に書き直すのに力を注いでいる。『著聞集』はすでに指摘されているように[2)]、非常に簡潔な文体と表記の正確さで有名である。編者は、随所で「おぼつかない」(五八、一三一、一四三、二〇五、二七六話)、「委しく尋ぬべし」(五四話)、「不審」(二三七話)を連発していることからも分かるように、ことの事実性に固執しており、それは原『著聞集』の本文の正確さにそのまま反映されている。

　これに対し、『十訓抄』は文が長い上に主語が判然としない部分が多いためか読みづらく、また登場人物の姓名、出自、職位などに誤記が目立つ。それを、抄入者は抄入元の説話に間違いがあった場合、手を加えてできるだけ分かりやすく正確な文章に直してから抄入している。一つ例を見てみよう。『十訓抄』の五ノ二は、枇杷大納言源延光が、他界した村上天皇から詩を賜ったという内容であるが、本文は次のようになっている。

　　イ a 邑上帝カクレサセ給テ後、枇杷大納言延光卿朝夕、恋忍ヒ奉ラ、御カ
　　　　タミノ色ヲ一生ヌキ給ハサリケリ。
　　　 b 或夜ノ夢ニ、御製給ハラセケル。＜中略＞
　　　 c 大納言夢覚テ驚テ、是ヲ和シ奉ル。＜後略＞

　　ロ a 村上御かどかくれさせ給ひて後、枇杷大納言延光卿、朝夕こひしのびた
　　　　てまつりて、御かたみの色を一生ぬぎ給はざりけり。
　　　 b 或夜の夢に御製を給はせける。＜中略＞
　　　 c 大納言夢におどろきて是に和したてまつる。＜後略＞

　この文章は、文 a では話の中心人物というべき延光が主語となっているが、文 b では邑上帝(村上御かど)に変わり、文 c では再び延光に変わるな

---

2) 荒木浩「説話の形態と出展注記の問題—『古今著聞集』序文の解釈から
　—」、『国語国文』、一九八四年十二月。

ど、語法に統一性がなく、文意が明確でないが、『著聞集』の抄入話には
次のように手が加えられている。

　　a 村上帝、かくれさせ給ひて後、枇杷の大納言延光卿、あさゆふ恋しく思ひ
　　たてまつりて、御かたみの色を一生ぬぎ給はざりけり。b ある夜の夢に御製
　　をたまひける。<中略>　　c 大納言、夢さめておどろきてこれに和したてまつ
　　る<後略>　（「文学」、一三四話）

　　即ち、『十訓抄』の「給ハラセケル」（「給はせける」）を「たまひけ
る」に替えることで、文 b の主語を延光に直しているが、こうすることに
よって話全体の話主を一人の人物に統一し、文意が通りやすいようにして
いる。
　　次は、書写の際の誤写のために生じたと見られる、意味不明な語句に手
を加えて原意に復し、文意を分かりやすくした例である。松浦明神の由来
を語った『十訓抄』六ノ二十六（ロ本では六ノ二十二）には、佐夜姫が夫の
大伴狭手麿との別れを悲しんで領巾を振りつつ死んで行ったことを述べた
後、『万葉集』にその類歌のあることを、次のように記している。

　　イ <前略>松浦明神トテ御座ハ、彼サヨヒメノナレルト云伝タリ。此山ヲ松
　　　浦山ト云。イソヲハ松浦カタト云也。万葉集ニ此歌ノ心アリ。〈後略〉
　　ロ <前略>松浦の明神とて、いまにおはします。このさよひめのなれるといひ
　　　つたへり。此山をまつら山ともいひ、磯をば松浦がたとも云也。万葉集に
　　　此うたの心あり。〈後略〉

　　見ての通り、下線部の意味が判然としないが、『著聞集』にはそれが次
のように書き換えられている。

　松浦明神とていまにおはしますは、かの佐夜姫のなれるといひつたへたり。この山を松浦山といふ。磯をば松浦潟ともいふなり。「万葉」に御心の歌あり。

　　佐夜姫つまごひに領巾ふりしより負へる山の名

（「和歌」、一八〇話）

　『万葉集』所収の右の歌(八七一、巻五)は、佐夜姫伝説を踏まえたものであるから、「万葉集ニ此歌ノ心アリ」では意をなさず、当然「万葉に御心の歌あり」とした方が正しいことは言うまでもない。抄入者は、引用歌と本文との関係を考慮し、手を入れたと見られるが、このような訂正作業は随所で見ることができる。本文の内容にそぐわない語句や不要な語句を切り落とし、滑らかで簡潔な文体に仕上げようとしているのである。

　「和歌」篇に抄入されている一九九話は、遊女白女の歌に感心した亭子院が袿を一重下賜すると、廷臣たちも争って自分の服を脱いで与えたという逸話を『十訓抄』の十ノ五三から抄入したものであるが、『十訓抄』と『著聞集』との間には次の下線部分の表現に食い違いが見られる。

(イ本)其外上達部・四位各キヌヽキテカケヽレハ、二間ハカリニツミアマリ
　　ニケリトナン。(十ノ五三)
(ロ本)其外、上達部・四位各きぬぬぎてかけゝれば、二間ばかりに積あまり
　　にけりとなむ。(十ノ五〇)
(著聞)その外、上達部・殿上人おのおの衣ぬぎてかづけられければ、二間ば
　　かりに積みあまりけるとなん。(一九九)

　『十訓抄』のように「カケヽレハ」でも文意は通るが、褒美として「キヌヽキテ」与えたものなので、「かづけられければ」の方がより正確で、内容にかなった表現であることは言うまでもない。抄入者はこのような細かい部分

にまで気を配りつつ手を加えているが、〈表四〉にその類例を挙げる。

〈表四〉

a	(イ本)思ノ如クニヤ有ケン	(十ノ一〇)
	(ロ本)思ひのごとくやありけん	(十ノ十一)
	(著聞)おもひのごとくにやなりけん	(一七二)
b	(イ本)トナカメケレハ、社ノ内ヨリ忍ヒタル御声ニテ	(十ノ十二)
	(ロ本)とながめければ、御社のうちにしのびたる御声にて	(十ノ十三)
	(著聞)とよめりければ、御社のうちに忍びたる御声にて	(一七四)
c	(イ本)ワレ又貧家ニシテ財ナケレハ、心ノ如クニ訪ニアタハス。	(六ノ二三)
	(ロ本)我又家貧しく、たからなければ、こゝろのごとくにとぶらふ力たらず	(六ノ一九)
	(著聞)我また家まづしく財持たねば、心のごとくにやしなふに力たへず。	(三一二)
d	(イ本)オヤノ体ニ可依ニヤ。	(六ノ二四)
	(ロ本)おやのていによるべきにや。	(六ノ二〇)
	(著聞)おやの気色によるべきにや。	(三一三)

　aは待賢門院の女房加賀が、「かねてより思ひしことに伏柴のこるばか
りなるなげきせんとは」という歌を予め詠んでおいて、自分がそのような状
況になることを日頃待ち望んでいたが、念願がかなって花園の大臣源有仁
と契るものの、捨てられたことについて、その思い通りになったのだろう
か、と言っているところである。文章全体の内容から見て「思ノ如クニヤ
有ケン」では意味が通らないが、抄入者はこれを「おもひのごとくにやなり
けん」と直して、文意が通りやすくしている。

　bは、男の訪れが途絶えがちになった和泉式部が、貴船神社に詣でて恋
に焦がれる思いを歌で詠むと、託宣の返歌を賜ったという話である。式部
の詠歌を『十訓抄』ではイ、ロ両本共に「ナカメケレハ」と記している
が、『著聞集』の抄入話には「よめりければ」と改められている。式部の
歌に対しすぐさま託宣の返歌があったという内容から判断すれば、「よめ
りければ」の方が文意にかなったものであろう。

　cは、老母のために殺生禁断の令を犯した貧僧の話の一節である。捕まえられて取調を受けた僧が、貧しいゆえ、思いのままに老母を養うことができなかったので、やむを得ず令を犯した事情を述べているくだりであるが、『十訓抄』に「訪ニ」となっているところを、『著聞集』では「やしなふに」と直している。やはり文脈から見て後者の方が当を得た表現と言えよう。

　dは、賭弓の成績が悪かったために、人々の前で父に打たれた随身の公助の話である。打たれながらも逃げなかった理由を、父が追いかけようとして倒れて、怪我でもしては気の毒だからと公助が説明したのに対して、もし打ち殺されでもしたらかえって不孝であるから、逃げるか逃げないかは親の顔色を見て判断すべきだと評しているが、『十訓抄』の「オヤノ体」を『著聞集』では「おやの気色」と直している。

　以上のように、抄入者は『十訓抄』の本文上の不明な言葉、語句、表現を正確で、読みやすく書き換え、より滑らかな文章に仕上げてから抄入を行っている。これもまた抄入話の表現レベルをできるだけ原『著聞集』並にまで高めようとした意欲の現れと見てよかろう。

4　事実への拘泥

　抄入者が気を配ったのは表現ばかりではなかった。登場人物に関する事項 ― 名前、出自、職位など ― から詩句の引用に至るまで、誤りがあった場合は直してから抄入している。次を見てみよう。

　赤染衛門の母性愛とその子大江挙周の親思いを描いた『十訓抄』十ノ十四には、赤染衛門について赤染時茂女という注が小字で付けられている。ロ本にはこれが欠け、イ本のみに見られるが、『著聞集』の抄入話（一七六）にはこれが大隅の守赤染時用女、或いは順の女と云々と訂正されている。赤染衛門の実父は不明だが（平兼盛とも言われる）、育ての親は広く知られているように赤染時用であるから、『十訓抄』の注は誤写か錯覚による誤りである。それを抄入者は他の俗説をも添えて改めているのである。

　また、百首の歌い方をめぐる故実話である『十訓抄』四ノ十二は、新院(崇徳院)と百首の歌い方について問答した人物の名を「左京大夫顕季」と記しているが、抄入者はこれを「左京の大夫顕輔」と改めている(一八九話)。六条藤家の祖、藤原顕季(一〇五五～一一二三年)は顕輔の父で、崇徳天皇が譲位して新院となった時(一一四一年)にはすでに他界しているから、『十訓抄』の編者が誤ったのを、抄入者は「顕輔」と書き直しているのである。

　次に、有名な養老の滝伝説を孝行譚として伝えている『十訓抄』の六ノ二十二には、元正天皇を「四十四代文武妹草壁皇子女」と注記している[3]。しかし、周知の通り、元正天皇は「文武姉」であって、「文武妹」ではないから、やはりこれも『十訓抄』の編者か書写者が誤って記したものであろうが、抄入者は「元正天皇(女帝、文武姉・草壁皇子女)」(三一一話)と是正している。

　もう一つ、花山院の出家後の人々の動静を描いた『十訓抄』六ノ十三には、花山院の女御であった弘徽殿の女御の家系を「小野宮殿ノ御女、弘徽殿ノ女御」と記している。(ロ本六ノ十には「小野宮殿の御母、弘徽殿の女御」とある)が、小野宮殿藤原実頼の娘たちには花山院の女御となったものはおらず[4]、弘徽殿の女御簟子は法住寺太政大臣と号した藤原為光の娘である(『尊卑分脈』)。抄入者はこれも「法住寺の相国の御女、弘徽殿の女御」(四七二話)ときちんと訂正している。

　そして、『十訓抄』の記述内容に疑問があった場合には、傍注をつけてその内容に異議を申し立てている。『著聞集』の一四〇話(「文学」)は、

---

3)　但し、この注記はロ本には見られない。
4)　実頼の三人の娘の中、長女慶子と次女述子はそれぞれ朱雀院妃と村上妃とになったが、三女は入内していない(『尊卑分脈』)。

『十訓抄』の十ノ二十九話から抄入した説話であるが、藤原兼家が東北院で催した朗詠の一部始終を記したものである。この一四〇話には、東北院について次のように『十訓抄』にはない右注が付せられている。

　　　私に云ふ。東北院は兼家公の孫女上東門院の建立なり。時代相違せり。不審

　東北院は、長元三年(一〇三〇年)上東門院彰子が父道長建立の法成寺の東北方面に建てた寺なので、祖父の兼家(九二九〜九九〇年)の在命中には当然存在しなかったが、抄入者はそれを鋭く指摘しているのである。
　以上の例は、『著聞集』への抄入作業が単なる書き写しではなく、表現や記述内容についてある程度の綿密な吟味過程を経た上で行われたことを示している。内容の精度を『著聞集』並に高めようと努めていた抄入者の意気込みが窺われる。

5　簡潔化

　『著聞集』の抄入話に見られる特徴としてもう一つ取り上げなければならないことは、文章の簡潔化への傾向である。先にも触れたように『著聞集』の文体が非常に簡潔で、すっきりとしているのに対し、『十訓抄』の方はくどくて説教調が目立つが、抄入者は『十訓抄』のそのような部分を思い切って省いたり、書き換え、一度整えてから抄入している。
　『十訓抄』の十ノ十五は歌徳説話で、濡れ衣を着せられた鳥羽法皇の女房小大進が北野天満宮に籠もって自分の無実を歌で訴えると、神助で疑いが晴れたという内容であるが、編者は評語で『古今集』仮名序の文句を引用しつつ、歌の効用について次のように述べている。

(イ本)…チカラヲモ不入シテ天地ヲウコカシ、目ニ見ヱヌ鬼神ヲモ哀ト思ハ
　　スト古今集ノ序ニカヽレタルハ、是等ノ類也。…(十ノ十五)
(ロ本)…力をもいれずして、あめつちをうごかし、めに見えぬ鬼神をも、あは
　　れと思はすと、古今集序にあるは、是等の類なり。…(十ノ十六)

　ところが、『著聞集』の抄入話(一七七)を見ると、仮名序の引用部分が
大幅に切り取られて次のようになっている。

　　　「力をもいれずして」と、「古今集」序に書かれたるは、これらのた
　　ぐひにや侍らん。…

　おそらく抄入者は、『著聞集』の読者が仮名序の本文を熟知してことを
前提にして、引用を最小限に留めたのであろうが、結果的に文章全体が
すっきりとしたものになっている。抄入者のこのような姿勢はかなり徹底的
で、至る所で不要な説明や修飾語、語句を切り取っている。次の〈表五〉
にその幾つかを例示する。

〈表五〉

a	(イ本)…女房達返シエセテヤミニケリ。和琴ヲハアツマノコトヽ云也	(三ノ二)
	(ロ本)…女房達返事もえせでにがりにけり。和琴をあづまことヽいふ也	(三ノ二)
	(著聞)…女房達,返しえせでやみにけり。	(一八四)
b	(イ本)イミシクイロくシクイロフカシ。	(十ノ五〇)
	(ロ本)いみじくいろくしくいろふかし。	(十ノ四七)
	(著聞)いみじく色ふかし。	(一九六)
c	(イ本)此童ニ「奥ノ方ヘコ」ト云て	(十ノ四六)
	(ロ本)此わらはに、「おくのかたへ」といひて、	(十ノ四三)
	(著聞)この童を呼びて、「おくへ」といひて	(二〇一)
d	(イ本)彼文ニ二十二章ヲ分立タル終ノ段ヲハ、	(六ノ二四)
	(ロ本)彼文に、廿二章を分立てたるをわりの一段をば、	(六ノ二〇)
	(著聞)二十二章の終りの段を	(三一三)

　aは大江匡衡が蔵人であった頃、女房たちの悪戯を機知に富んだ歌で退けたという話であるが、『十訓抄』の所収話には、文中に登場する「和琴」について例文のような説明が付け加えられている。ところが、『著聞集』の「和歌」篇に抄入されている説話(一八四)にはこの説明部分が省かれている。あえて「和琴」を「アツマノコト」と敷衍しなくても差し支えないと考えたからであろう。

　bは修飾の重複を除いた例である。『十訓抄』の十ノ五十は、徳大寺の右大臣藤原公能が、陶器の枕に歌を隠し入れて懸想人に送って思いを伝えたとし、彼の行動を「イミシクイロくシクイロフカシ」と褒め称えている。が、『著聞集』を見ると、「イロくシク」が省略され、ただ「いみじく色ふかし」となっているのみである。過剰な修飾を切り落としてより簡潔な文章にしようとしたからであろう。

　cとdは、不要な語句を切り落とした例である。cは『袋草紙』を出典とするもので、参拝道中の和泉式部が時雨に見舞われ、「出刈りりける童」に「あを」という雨具を借りて事なきを得るが、翌日、童が艶書を持参して訪れたことに感心して、簾の中に呼び入れたという話である。『十訓抄』の十ノ四十六には和泉式部が童に「奥ノ方ヘコ」と呼び入れたとしているが、『著聞集』の抄入話(二〇一)ではこれが「おくへ」となって、より含みのある表現に変わっている。ここでもやはり機械的に書き写す代わりに、表現の微妙な差異にまで目を配りながら仕事を進めている抄入者の姿が窺われる。一方、dは『孝経』の編次に関する説明で、最終章の「喪親章」の編次を、『十訓抄』が「二十二章ヲ分立タル終ノ段」と冗長な書き方をしているのに対して、抄入者は「二十二章の終りの段」とつづまやかな形に書き換えている。

　抄入者の手入れ作業は本文に対してのみならず、評語に対しても行われ、『十訓抄』のくどく教訓臭い評語を、削除または省略したり、書き直したりして全面的に簡略化を図っている。まずは省略の一例である。

　和泉式部の娘小式部は、母と共に説話集によく取り上げられている歌人の一人であるが、『十訓抄』の編者も三ノ一に、藤原定頼（九九五〜一〇四五年）に母無しで歌が作れるかとからかわれた小式部が即詠で定頼をやり込めた逸話を紹介している。そして、文末に

　　　是ハウチ任テノ理運ノ事ナレトモ、彼卿ノ心ニハ、是程ノ歌只今ヨミ出スヘシトハシラレサリケルニヤ。

と、定頼に同情するかのような評語を付け加えている。ところが、『著聞集』の抄入話（一八三）にはこれが抄入されていない。小式部の才知ぶりに話の中心が置かれているだけに、定頼への同情は無意味と判断したからであろうか。ともかく、抄入者は評語を意識的に削除してから抄入を行っているのである。

　次は一部削除の例である。東寺長者定遍（一一三三〜一一八五年）は生仏の誉れのある高僧であったが、歌道には疎い人物であったらしく、『十訓抄』（十ノ七五）には源雅定との対面の際に自ずと無知ぶりを現してしまった定遍の逸話が収録されている。そして評語で、人は多能でなければならないと次のように述べている。

　　　和歌ノ道ハ、顕密知法ノ碩徳ニハヨラサリケリト、中々イトタウトシ。同僧正ナレトモ、昔ノ遍昭、今ノ覚忠ナトニハ似給ハサリケリ。凡高キ賤キ心ノヒカン方ニ付テ、能ハイカニモ有ヘキナリ。無能人ハオホキナル恥ナルヘシ。ナレハニヤ、布袋和尚ノ十無益ヲカキ給ヘル中ニ、文武不備、心高無益トアリ。和尚ハ弥勒ノ化作ナリ。抑人縦ヒ和歌・管弦勝レタリトモ、才幹ノ愚カニ、風月ノカケヌレハ、ナヲシアナツラハシク、カロくシク覚ユ。〈後略〉

　しかし、『著聞集』の抄入話(一九八)には右の引用文の中、下線部分が切り落とされている。『十訓抄』の編者が「能」や「風流」をも兼ねなければ人に侮られやすいことに力点を置いて説いているのに対し、抄入者はその部分を切り捨てることによって、歌道と仏道とは別の道だけれども、昔の高僧たちは定遍と違って歌道にも優れていたと『十訓抄』の教訓色を消している。

　省略や削除の他に、抄入者が多用したのは評語の書き換えである。『著聞集』のスタイルに合わせようとしたのか、短く、気の利いたものに直そうとしている。『十訓抄』の編者は四ノ十四と十五に、周りの人々が第一句のみを聞いて季節外れの歌材だと笑いだしたことを、見事にまとめ上げてへこませたという話を二話紹介した後、十五話の末尾に次のように意見を述べている。

　　物ヲ聞モハテス、ヒタサハキニ笑事アルマシキ事也。又サヤウニ思カケヌ事モヨムマシキニヤ。又人アリテ誠ノアヤマリヲシタリトモ、我タメ苦シミノノナカラムニ、強ニ難シソソシリテモ何カセム。
　　　　　(四ノ十五。岩波文庫本 {四ノ十五} にも同文がある)

ところが、この二話を一話としてまとめて『著聞集』に抄入(一九〇話)したのを見ると、長い教訓調の評語の代わりにただ「おなじ事にや」とあるのみである。

　また、若い頃男たちにもてはやされた小野小町が零落し、ついには野山をさすらったことを、『十訓抄』が「懐旧ノ心ノウチニハ、悔シキ事多カリケンカシ」(二ノ四)と幾分意地悪く評しているのに対し、抄入者は「人間の有様、これにて知るべし」(一八二)と、淡々とした語り口で結んでいる。

　抄入者が『十訓抄』の評語に大幅な手入れ作業を施した理由としては、まず抄入先の前後の説話との調和を考えて文句を調整する必要性が生じたり、教訓色が強すぎて和らげる必要があったりしたためであろうが、本文ばかりではなく評語も『著聞集』の形に整えてから抄入を行っているのである。

三　抄入者をめぐって

六十一話もの多数の説話を、誰が、何時、如何なる意図のもとで『十訓抄』から抄入したかについては、全く不明である。但し、抄入が編者の手によるものでないことは、抄入話の典拠や配列の仕方が『著聞集』序や跋に表明されている編集方針と著しく反していることから裏づけられる。しかも、典拠や配列の仕方からばかりでなく、話柄の選択や表記などからもそれを確認することができる。

たとえば話柄の選択だが、すでに原『著聞集』にあるにもかかわらず同じ説話が重複して抄入されている例がいくつか見られる。つまり、先にも引用した「孝行恩愛」篇の三〇二話は、赤染衛門が重病に罹った息子の大江挙周を、自分の命と引き替えに救ってほしいと願掛けしたが、これを知った挙周が代わりに自分の命を捧げると祈って共に救われたという、親子の絆を語った説話であるが、これと全く同じものが「和歌」篇の一七六話に抄入されている。また、晩年出家した藤原家隆が七首の歌を詠じた後、臨終正念に往生したという説話が原『著聞集』の「哀傷」篇の四六九話にあるにもかかわらず、同じ内容の話が「和歌」篇の一九四話に抄入されている。

もし編者がこれらの説話を抄入したとすれば、このような重複は起こらなかったはずなので、編者が抄入者であることはまずあり得ない。しかも、原『著聞集』の四六九話と抄入話の一九四話にはそれぞれ家隆が詠じたという歌が載せられているが、第五句に次のような食い違いが見られることもその傍証となろう。

　　　契りあれば難波の里にやどりきて浪の入日ををがみけるかな(一九四話)
　　　契りあれば難波の里にやどりきて浪の入り日ををがみつる哉(四六九話)

　次は表記だが、原『著聞集』と抄入話の間では、同一人物に対しても呼称に違いがみられる。宇多天皇を例に挙げると、原『著聞集』ではすべて寛平法皇と称しているのに対し、抄入話の一九九話では「亭子院」と記している。また、原『著聞集』ではすべて後朱雀院と称している(三六、七八、四二八、五八三話)のに対し、抄入話の一三六話と三一四話では「新主」と呼んでいる。藤原公能に対しても、原『著聞集』では大炊御門の右府(二七三話)、大炊御門の右大臣(三五八話)、御子の大炊御門(四八八話)などと呼んでいるのに対し、抄入話(一九六話)では「徳大寺の右大臣」と異なった呼び方をしている。この他にも、藤原実房、実国の兄弟を、原『著聞集』ではそれぞれ三条の左府の入道(六三二話)・三条の左大臣の入道(二〇話)、実国朝臣(九八話)・右兵衛の佐実国(四五一話)・中納言実国卿(二〇七、四六一話)・同じ卿(二〇八話)・大納言実国(一六三、二〇九、四六二話)・実国大納言(二〇六、二一〇話)・大納言実国卿(二〇話)・藤大納言実国(四九三話)などと、例外なく官位付けで呼んでいるが、抄入話では「おとうとの実房・実国」(一六六話)と官位抜きで名前のみ記している。

　もう一つ、抄入の仕方の粗忽さも挙げられる。「和歌」篇の一六六話は『十訓抄』の九ノ六話(岩波文古本は九ノ四)から抄入したものであるが、文末評語は次のようになっている。

　　　かやうによみ給ひけるは、いとやさしくて、恨みはさこそ深かりけめども、誠信の、舎弟斉信に越えられて、目のまへに悪趣の報をかため給ひけるには似ずや。

　ところが、下線部分は抄入話そのものとは全く無関係な内容で、抄入元の前話に、藤原誠信が弟の斉信に昇進を越えられて憤死したということを受けて、九ノ五話に次のように評したのを、そのまま写したものである。

　　　　ナトヨミ給ケンモ、恨ハ深コソオホシメシケメトモ、カヽル事ハナカリキ。誠信ノ目前ニ悪趣ノ報ヲ感セシメ給ケム。ヨシナクコソ覚レ。顕基中納言ノツネハ、ツミナクテ配所ノ月ヲミハヤト云レケルニハ似給ハス。ヨキ善知誠ノ次ヲヱナカラ、身ヲ空クナシハテシ、無益ノ事カ。是ノミナラス、寛算カ雷トナリ、清和ノ前身ノ法華経ヲ悪趣ニ廻向セシ、恨ノフカキユエ也。

　『著聞集』にこの説話を抄入しなかったにもかかわらず、その評語のみを引いた結果、混乱を来しているのである。抄入者の不注意と言わざるを得ない。が、編者ならばこのような誤りは犯さなかったはずなので、やはり抄入者は編者以外の人物と見たい。ちなみに評語の附し方も、原『著聞集』に比べて長くくどさが目立っている。

　さて、『十訓抄』よりの抄入が編者でない別人によって行われたとすれば、それが一人であったか、それとも複数であったかが気になるところである。西尾光一は複数の人物の手によるものと想定しているが[5]、筆者も二人かそれ以上の人々の手によるものと見ている。

　『十訓抄』からの抄入話の抄入の仕方には明らかに二つのパターンが見受けられる。一つは抄入が『十訓抄』の配列順に従って行われている場合であり、もう一つは配列順とは関係なく行われている場合である。試みに、『十訓抄』より二話以上が抄入されている五篇(「文学」「和歌」「孝行

---

5) 西尾光一　新潮日本古典集成本『古今著聞集』上の解説。

恩愛」「興言利口」「魚虫禽獣」)を調べてみると、まず「文学」篇で
は、一三四話から一四〇話までの七話は、『十訓抄』の五巻から二話、六
巻から二話、九巻から二話、十巻から一話が同様の順序で抄入されている
が、最後の一四一話は前話より前の話が配されていて順序を乱している。
次に、「和歌」篇では一六六話から一七七までの一二話は『十訓抄』の
九、十の両巻からそれぞれ二話と十話ずつ順に抄入されているが、以下の
二十四話は巻順が六、五、二、三、四、十巻と入り乱れているばかりでは
なく、話順も同様になっている。

　一方、「孝行恩愛」篇の四話の場合は、最初の三話は『十訓抄』の巻
六から順に抄入されているが、最後の一話に順序の乱れがあり、「興言利
口」篇の三話の場合は抄入元不明の話を挟んで順不同となっており、六話
抄入の「魚虫禽獣」篇は全体がちぐはぐな配列となっている。次の〈表
六〉は以上を纏めたものであるが、右の漢数字は『著聞集』の話番を、左
は『十訓抄』の巻数と話番をそれぞれ示しており、抄入が『十訓抄』の配
列順に従って行われた部分を太字で示した。

〈表六〉

文　学	一三四	一三五	一三六	一三七	一三八	一三九	一四〇
	五 2	**五** 3	**六** 14	**六** 17	**九** 7	**九** 9	十 29
	一四一						
	十 28						
和　歌	一六六	一六七	一六八	一六九	一七〇	一七一	一七二
	九 6	**九** 11	**十** 3	**十** 4	**十** 5	**十** 9	**十** 10
	一七三	一七四	一七五	一七六	一七七	一七九	一八〇
	十 11	**十** 12	**十** 13	**十** 14	**十** 15	六 26	六 26
	一八一	一八二	一八三	一八四	一八五	一八六	一八七
	五 9	二 4	三 1	三 2	三 4	三 6	四 6
	一八八	一八九	一九〇	一九一	一九二	一九三	一九四
	四 11	**四** 12	**四** 14・15	**四** 17	十 38	十 39	十 56
	一九五	一九六	一九七	一九八	一九九	二〇〇	二〇一
	十 49	**十** 50	**十** 52	**十** 75	十 53	十 45	十 46
	二〇二						
	十 48						
能　書	二九二						
	十 70						
孝行恩愛	三一一	三一二	三一三	三一四			
	六 22	**六** 23	**六** 24	六 14			
相撲強力	三八二						
	三 10						
偸　盗	四四六						
	六 38						
哀　傷	四七二						
	六 13						
興言利口	五七五	五七七	五七八				
	四 3	三 9	四 7				
草　木	六七一						
	六 21						
魚虫禽獣	七二二	七二三	七二四	七二五	七二六		
	六 33	六 1	六 8	二 2	十 25		

便宜上、右の表で太字で記した話群をＡグループとし、それ以外をＢグ

ループと呼ぶことにしよう。抄入話をこうして二つにグループに分けて眺めてみると、両者の間には微妙ながら種々の差異が浮び上がってくる。

　まず「文学」篇である。すでに指摘されているように6)、この篇のＡグループが漢詩説話で終始しているのに対し、Ｂグループの一四一話は漢詩を含まず、その代わりに申文にまつわる説話を載せていて自ずと趣を異にしている。次に「和歌」篇を見ると、「日域」を舞台とした和歌説話がＡグループに十二話続いた後、Ｂグループの先頭話に当たる一七九話には突然中国の望夫石説話が抄入されていて、話柄の上での断絶を呈している。しかも、共に『十訓抄』より抄入されたものであるにもかかわらず、細かく調べてみると両者の間にはどうも噛み合わない所が目に付く。人物呼称もその一つであるが、藤原公任に対し、Ａグループ(一六八話)では原『著聞集』と同様、「四条の大納言」と記しているのに対し、Ｂグループ(一九一話)では「公任卿」と称している。また、抄入元の誤りについても、Ａグループでは前述通り、それらをいちいち改めているのに対し、Ｂグループでは、例えば匡衡と言うべきところを匡房とそのまま写したり(一八四話)、二条院の乳母子だった藤原惟方を「二条院の御めのと」(一九二話)と誤記したりするなど、同一人物の仕事とは考えられないような違いを見せている。

　一方、「魚虫禽獣」篇には五つの説話(七二二〜七二六話)が抄入されている。配列順が乱れていてすべてＢグループに属するが、中国を舞台とする説話を四話も含んでいる異質の部分である。話中に「魚虫禽獣」が登場しないわけではないが7)、動物説話とは呼びがたいものばかりである。これらの説話は、いみじくも評語の中に「もろこしのことなれども、いささかこれをしるせり：七二二話」、「この一篇などは、禽獣の部にいるべきにあらず。さりながら、二鴈のためしに注し入れ侍るなり：七二五話」などと

---

6)　西尾光一　日本古典文学集成本『古今著聞集』下の解説。
7)　たとえば各話には、馬(七二二話)、蝉・蟷螂・黄雀(七二三話)、鶴(七二四話)、鴈(七二五話)、大蛇(七二六話)のような動物の名が見える。

書き添えられているように、『著聞集』の編纂方針と相容れないものばかりが群れをなしている。たとえば、七二二話は塞翁が馬の話、七二三話は王を戒める話、七二四話は忠臣の話、七二五話は世のためしを説く話、そして七二六話は笛を吹いて大蛇の難を逃れるという、むしろ他の篇々に入れてしかるべき話柄ばかりである。

　ＡとＢの両グループの間には、このように表記や話柄に微妙なずれがあって、同一の人物による抄入でない可能性を強く示しているが、その決め手となるのはやはり重複抄入の存在である。『十訓抄』の六ノ十四話は、ａ後一条院の寵愛を受けた中納言源顕基(一〇〇〇～一〇四七年)が院の死後、「忠臣は二君につかへず」と出家したことと、ｂ大原に遁世している折、訪れた道長に子息の前途を頼んだことを伝えているが、これがＡグループとＢグループとに二回に亘って抄入されている。

　Ａグループに属する「文学」の一三六話には、ａの部分が「道心」を表明した漢詩と共に抄入されている。そして、Ｂグループに入る「孝行恩愛」の三一四話には、ａとｂが漢詩抜きで抄入されている。仮に両グループの抄入者が同一人物であったとすれば、一つの説話を二カ所に重複して抄入するようなことはしなかったはずなので、ＡグループとＢグループの抄入者は別人と見るべきであろう。

　Ａグループの説話は、「文学」、「和歌」、「孝行恩愛」など、王朝貴族の公共性を取り上げた篇々を中心に分布しているのが特徴である。Ａグループを抄入した人物(仮に甲としよう)は、原『著聞集』のこの部分の不備を感じ、補強へ踏み切ったと見られるが、甲はかなり博学で文章力も兼ねた人物であったらしい。先述の通り、『十訓抄』の誤りが直せ、文章の潤色ができるほどの実力を有し、しかも『著聞集』という説話集について精通し、かつよく理解していたと見える。それ故、彼は編者の編集方針を逸することなく仕事ができたのである。

　これに対し、Ｂグループの抄入者(乙とする)は、『著聞集』の編纂方針や各篇巻の内容についての理解が浅く、抄入の原則と言うべきものを持ち合わせていなかったらしい。外国の話は取らないという大原則を平気で破り、抄入話の配置を内容も吟味せず適当に行い、抄入元の順序を無視するなど、甲とは随所で違いを見せている。

　これらの抄入者たちの個人名を詮索することはもはや不可能だし、また無意味なことであろう。但し乙については、「和歌」篇の一九八話の評語を抄入する際、『十訓抄』に「昔ノ遍昭、今ノ覚忠ナトニハ似給ハサリケリ」とあるのを、「昔の遍昭、いまの覚忠・慈円などには似給はざりけるにや」と書き換えて、慈円の名をさりげなく追加しているところを見ると、九条家と何らかの関わりを持つ人物であった可能性が高い。また、『本朝文粋』巻十所収の藤原篤茂(生没年未詳)の「仲春於₌左武衛将軍亭₋同賦₌雨来花自湿₋」の引用詩句が、『十訓抄』に「材取於己」となっていた(二ノ二)のを、抄入の時、「材取諸己」と直した(七二五)ことを見ると、漢詩にはかなり詳しい人物であったようである。

四　抄入元の本文について

　抄入者が抄入の際、手元に置いて参考にしたはずの『十訓抄』はどのようなものであったのだろうか。先述の通り、『十訓抄』は異本が多い上に、伝本間に異同が激しく、原『十訓抄』の本文を求めるのは望めないことであるが、『十訓抄』からの抄入作業が行われたのは、両書が編纂された建長年間からそれほど離れていない時期のことであったと推測される。なぜならば、諸本共通の奥書の年代である暦応二年(一三三九)にはすでに抄入話を含めた本文が完成していたからである。

　が、この時代の『十訓抄』の本文は現存本のそれと随分違うものであったらしい。というのは、『著聞集』の抄入話のテクストを現存本の『十訓抄』の諸本の本文と比べてみたとき、かなりの本文の異同が認められるからである。このような本文の対照作業は、『著聞集』と『十訓抄』との関わりばかりではなく、『十訓抄』の伝本研究にもある見通しを提供してくれるのではないかと期待しつつ、これから考察を行いたい。

　『著聞集』の現存本には、永積安明の調査によると[8]、四十をこえる伝本があり、それらは二部門・四類・八種に分類できると言う。このうち、「最も誤脱少なく、古本のおもかげを残」している(日本古典文学大系本『古今著聞集』の解説)とされているのはいわゆる甲門の第一類の第一種本に属するもので、日本古典文学大系本や新潮日本古典集成本の『著聞集』がこれに当たる。

　一方、『十訓抄』の場合は、同じく永積安明によると(岩波文庫本の解説)、第一類から第四類に及ぶ四つの異本群に分かれるが、第三類本と第四類本はそれぞれ第一類本と第二類本の亜流に過ぎないもので、結局『十訓抄』の伝本は第一類本と第二類本を源流とするものとされている[9]。

　ところで、第一類本は、上・中・下の三巻構成で、巻第七と巻第十の後半(岩波文庫本 ─ 東大国文学研究室本を底本として翻刻したもの ─ では四十四話から七十九話まで)を欠しているが、写本としては「最も流布してゐ」[10]たものである。一方の第二類本もやはり三巻本構成であるが、漢字、片仮名交じりの片仮名本で、いまのところ吉田幸一所蔵本(以下吉田本と略す)と宮内庁書陵部本(以下書陵部本と略す)の二種類の存在が知られている。書陵部本の紹介者である泉基博によれば、この二つの伝本には直接的な伝写関係はないものの、その親本が「同一もしくは極めて近い

---

8)　永積安明　日本古典文学大系本『古今著聞集』の「解説」、岩波書店、一九六六年三月。
9)　永積安明、岩波古典文学大事典の『十訓抄』項目。
10)　岩波文庫版解説、三二七ペ。

「関係」であった可能性が高いとされている11)。そして、泉はこの第一類本と第二類本との関係においては、第二類本の本文が第一類本に比べてより説明的で、出典に忠実であることを挙げ、後者が前者より先行するものと論じている。

如上の既存の研究を纏めると、『十訓抄』の現存本のうち、最も古くて信頼の置けるのは第二類本ということになる。しかし、結論を先取りすれば、この第二類本とて『十訓抄』の祖本とは断言できない。それを立証するために次に『著聞集』の抄入話と『十訓抄』の該当話の本文を比較するが、テクストとしては、『著聞集』は新潮日本古典集成本『古今著聞集』上・下を、『十訓抄』は第二類に書陵部本(イとする)を、第一類に岩波文庫本(ロとする)をそれぞれ使用する。

『著聞集』の一四〇話(「文学」篇)は『十訓抄』巻十の二十九話(ロでは三十話)から抄入したもので、全文は次のようになっている。

東三条院の関白前の太政大臣^(兼家)、a 九月十三夜の月に、東北院^(私に云ふ、東北院は兼家公の孫女上東門院の建立なり。時代相違せり。不審)の念仏に参り給へるに、b 夜もうちふけて世の中もしづかなるほどに、斉信民部卿をめして、「c こよひただにはいかがやまん。朗詠ありなんや」と仰せられければ、d いとかしこまりて、しばしわづらふ気色なるを、人々耳をそばたてて、e いかなる句をか詠ぜんずらんと待つほどに、「極楽の尊を念ずる事一夜」とうちいだしたりける、たぐひなくめでたかりけり。この句書きたる斉信、やがて御ともにさぶらひけり。我が句をしも、さばかりの人の朗詠にせられたりける、いかばかり心の中のすずしかりけん。

この句は、f 勧学会の時、「念を山林に摂む」を賦する序なり。

g 念＝楽之尊＿一夜

11) 泉基博『御所本十訓抄』下の解説、笠間影印叢書七十九、笠間書院、昭和五十八年四月。

　　　山月正円
　　　先=句曲之会_三朝
　　　洞花欲ﾚ落
　これは三月十五夜の事なり。九月十三夜に詠ぜられける、h いかにとお
ぼゆ。但し念仏の儀ばかりに i とりよれるにや。 j 古人の所作、仰ぎて信
ずべきか。

　右の文章の中、下線部分は『十訓抄』の伝本間に異同のある部分であ
るが、抄入元と抄入先の異同を見やすくするために問題の部分のみ取り出
して示したのが〈表七〉である。

〈表七〉

	『著聞集』	『十訓抄』（イ本）	『十訓抄』（ロ本）
a	九月十三夜の月に	九月十三夜ノ月ニサソハレテ	九月十三夜の月にさそはれて
b	夜もうちふけて世の中もしづかなるほどに	夜モウチフケテ世中モ閑ナルホトニ	夜うちふけて、世間しづかなるに、
c	こよひただにはいかがやまん	コヨヒタ、ニハイカ、ヤマム	こよひたゞにはいかゞあらん
d	いとかしこまりて	イト畏テ	かしこまりて
e	いかなる句をか	イカナル句ヲカ	何の句を
f	勧学会の時	勧学会ノ時	勧学会の
g	念=極楽之尊_一夜 山月正円 先=句曲之会_三朝 洞花欲ﾚ落	念=極楽之尊_一夜 月正円 先=句曲之会_三朝 洞花欲ﾚ落	欠
h	いかにとおぼゆ	イカ、ト覚ユ	いかゞとおぼゆ
i	とりよれるにや	トリヨレリケルニヤ	とりよせられけるにや
j	古人の所作、仰ぎて信ずべきか	古人ノ所作仰可信歟	古人のそさゆへ存をや

　ご覧の通り、『著聞集』の本文はイ本に酷似している。表のaからjまでの例文を調べてみると、a、g、h、iにわずかな語句の違いがあることを除けば、他は全く同文である。しかも、a、h、iの場合は書写の際よくありがちな書き直しによるものと見られるし、gも書陵部本には欠けている二行目の「山」の字が、同類本の吉田本には記されているので、両者はほぼ同文関係にあると言って差し支えない。ところが、ロ本とは、cの「…いかがやまん」が「いかゞあらん」となっていたり、gの漢詩が欠けていたり、また評語のiの後半部が違っていたりするなど、本文上の異同が激しくて、ロ本が抄入元となったとは到底考えられないのである。これは一四〇話に限らず、抄入話全体に亘って広く指摘できることであるが、次の〈表八〉にその主たるものを選んで例示した。

〈表八〉

『著聞集』	『十訓抄』（イ本）	『十訓抄』（ロ本）
餞別のなごりを惜しませ給ひて　　　　（一三五）	餞別ノ名残惜セ給テ　　　（五ノ三）	餞別のわかれを惜しませ給ひて　　　　（五ノ三）
後一条院ときめかし給ひて　　　　（一三六）	後一条院トキメカシ給テ　　　　（六ノ十四）	後一条院にめしつかはれて　　　　（六ノ十一）
げにさこそはと、さりがたくあはれにおぼゆれ　　　　（一三八）	ケニサコソハトサリカタクアハレニ覚レ　　　　（九ノ七）	さこそはとあはれに覚ゆれ　　　　（九ノ五）
まかりいづるままに、高麗へぞ行きにける　　　　（一三九）	罷出ルマヽニ、高麗ヘソ行ケル　　　　（九ノ九）	まかり出て、やがて高麗へぞわたりにける　　　　（九ノ六）
中宮の大夫　　　　（一六七）	中宮大夫　　　　（九ノ十一）	中宮権大夫　　　　（九ノ八）
前の参議より中納言になられにけり　　　　（一六七）	前宰相ヨリ中納言ニナサレニケリ　　　　（九ノ十一）	さきの宰相より、大納言になられにける　　　　（九ノ八）
集などに入りたらんおもても優なるべしと思ひて、いかがしたりけん　　　　（一七二）	集ナトニ入ン、オオモテモ優ナルヘシト思て、イカヽシタリケム　　　　（十ノ十）	集などにいりなんおもても、優なるべしとおもひてすぎけるに　　　　（十ノ十一）
小大進泣く泣く申すやう　　　　（一七七）	小大進ナクヘ申様（十ノ十五）	小大進申様　　　　（十ノ十六）
昔、夫婦あひ思ひて住みけり。男いくさに　　　　（一七九）	昔夫婦相思テスミケリ。夫ト軍ニ…　　　　（六ノ二六）	或は男軍に…　　　　（六ノ二二）
高き山の嶺にのぼりて、はるかにはなれ行くを見るに、　　　　（一八〇）	高キ山ノ峰ニ登リテ、遥ニハナレ行ヲ見テ　　　　（六ノ二六）	高山のみねにてはなれゆくをみるに　　　　（六ノ二）

さる博士なれば、女房たちあなづりて　　　　　　　　　　（一八四）	共ル博士ナレハ、女房達アナツリテ　　　　　　　　　　（三ノ二）	はかせなれば、女房たちあつまりて　　　　　　　　　　（三ノ二）
この乞者は三形の沙弥なりと、或る人いひけり　　　　　　　（一八六）	此乞者ハ三形沙弥ナリト人云ケリ　　　　　　　　　　（三ノ六）	（無し）　　　　　　　　　　（三ノ六）
こちふかば匂ひおこせよ梅の花あるじなしとて春な忘れそ　　　（六七一）	コチフカハニホヒオコセヨ梅ノ花アルシナシトテ春ナワスレソ　　　　　　　　　　（六ノ二一）	こちふかば匂ひをこせよ梅のはなあるじなしとて春をわするな　　　　　　　　　　（六ノ一七）
伶人助元、…左近府の下倉にめしこめらる。　　　　　　　　　（七二六）	伶人助元、…左近府ノ下倉ニ召篭ラル　　　　　　　　　　（十ノ二五）	伶人助光、…左近生の下倉にめしこめらる　　　　　　　　　　（十ノ二六）

　以上の例は、『十訓抄』の第二類本と『著聞集』の抄入話との親近性を示すものとして注目してよいと考えられる。しかし、ことはそう簡単ではなく、両者の親近関係を暗示する例が数多く存在する中、かえって第一類本の本文との親近関係を示す部分も散在しており、伝承関係を複雑にしている。次の〈表九〉にその例を示す。

〈表九〉

『著聞集』	『十訓抄』（イ本）	『十訓抄』（ロ本）
やぶり焚きて後　　　　　　（一六七）	破リタキ　　　　　　（九ノ十一）	やぶりたきて後　　　　　　（九ノ八）
かくいはんれうに遅参せられけるとぞ　　　　　　（一六九）	カクイハレン断ニ遅参セラレケルニコソ　　　　　　（十ノ四）	かくいはんれうに、遅参せられたりけるとぞ　　　　　　（十ノ四）
身めかたち愛敬づきたりけるむすめをなんもたりける。十七八ばかりなりければ、　　　　　　（一七三）	ミメ・カタチヨカリケル女メヲナンモチタルケルカ、十七八ナリケレハ	みめ・かたちあいきやうづきたるむすめをなんもちたりける。十七八ばかりなりければ　　　　　　（十ノ十二）
…よめる、とあるはこの心なり　　　　　　（一七九）	…ヨメル、此心ナリ　（六ノ二六）	…よめる、とあるは、このこゝろなり　　　　　　（六ノ二二）
山の次郎判官代と　　　　　　（二〇〇）	山次郎判官ト　　　　　　（十ノ四五）	山次郎判官代と　　　　　　（十ノ四二）
僧かなしみの心深くして、（三一二）	僧カナシミテ　　　　　　（六ノ二三）	僧かなしびの心ふかくして　　　　　　（六ノ一九）
先入於故宅 廃籬於久年 蘘鹿於住所 無主又有花　　　　　　（六七一）	先人於故宅 廃籬於旧年 蘘鹿猶棲所 無主独碧天　　　　　　（六ノ二一）	先久於故宅 廃籬於久年 蘘鹿在住所 無主亦有花　　　　　　（六ノ一七）

　仮に、抄入者が第二類本系の本文のみ頼りにして抄入を行ったとすれ

ば、右のような本文の異同は起こらなかったはずで、これらの例は抄入元となったテクストが第二類本でも第一類本でもない、別のものであったことを示している。それがどのようなものであったかは分らないが、『著聞集』への抄入が比較的に早い時期に行われたことを考えると、『十訓抄』の原形は現存本とかなり違うものであったと考えられる。ある時期に、何らかの理由によって現存本のように二つの系列に分かれてしまったが、本来は両系列の本文がミックスされた形 ― つまり、今日の『著聞集』の抄入話の本文のような ― のものではなかったかと推測される。ここで『十訓抄』の伝本関係を論じる余裕はないが、『著聞集』の抄入話ははからずしもそれを示していて、暦応二年(一三三九)以前に存在した、第一類と第二類の親本と言うべきがものが『著聞集』の抄入元となったことを物語っているのである。一例しかないので十分とは言えないが、『十訓抄』のイ、ロ両本とも欠字となっている部分が『著聞集』の抄入話には明記されていることもその傍証になるかも知れない。即ち、『十訓抄』イ本の十ノ四十五には「ウスヤウノ______ヲヤリテ」(ロ本は「薄様の______をやりて」)と欠字になっている部分があるが、抄入話の「和歌」篇一九六話には「薄様の中重をやりて」とあって、原『十訓抄』の面影を垣間見させているのである。

　因みに、未見ゆえ断定は控えたいが、泉による書陵部本翻刻版の注記から判断する限り、第二類本の中で『著聞集』の抄入話の本文に最も近いのは吉田本の方である。吉本は上巻が欠巻となっているので全容は未詳だが、その本文は次の〈表十〉に見る如く書陵部本よりも『著聞集』の抄入話に近いものである。このことから、『十訓抄』の第二類本の中では吉田本が最も善本である可能性が高いと考えられる。

〈表十〉

『著聞集』	『十訓抄』(書本)	『十訓抄』(吉本)
念=極楽之尊-一夜 山月正円 先=句曲之会-三朝 洞花欲レ落　　　　（一四〇）	念=極楽之尊-一夜 月正円 先=句曲之会-三朝 洞花欲レ落　　　（十ノ二九）	念=極楽之尊-一夜 山月正円 先=句曲之会-三朝 洞花欲レ落
尊者として　　　　（一七〇）	当者として　　　　（十ノ五）	尊者として
身のうさをなかなかなにと… 　　　　　　　　　（一七三）	身ノウサヲ中ニ何ト　（十ノ十一）	身ノウサヲ中々何ト…
集などに入りたらんおもても優なるべしと思ひて、いかがしたりけん、 　　　　　　　　　（一七二）	集ナトニ入ン、オオモテモ優ナルヘシト思て、イカヽシタリケム 　　　　　　　　（十ノ一〇）	集ナトニ入ン、オモテモ優ナルヘシト思て、イカヽシタリケム
あまた見しすがたの　（一九八）	アマタミシ大カタノ　（十ノ七五）	アマタミシスカタノ
朝夕あながちに酒を愛でほしがりければ、 　　　　　　　　　（三一一）	朝夕　ナカチニ酒ヲアイシホシカル 　　　　　　　　（六ノ二二）	朝夕アナカチニ酒ヲアイシホシカル
後世はかならずみちびかせ給へ 　　　　　　　　　（三一四）	後生ニハ国導セ給へ　（六ノ十四）	後生ニハ必導セ給へ
をりしも村雲の月にかかりければ、 　　　　　　　　　（四七二）	オリシモ、ムラ　モ月ニカヽリケレハ 　　　　　　　　（六ノ一三）	オリシモ、ムラクモ月ニカヽリケレハ
松樹を　　　　　　　（六七一）	柳松ヲ　　　　　　（六ノ二一）	抑松ヲ
いとありがたきことなれば、したしき・うとき、よろこびをいふ。かかれどまた、「よろこばず」といひて 　　　　　　　　　（七二二）	イトアリカタキ事ナレハ、シタシキウトキ善ヲ云カヽレトモ、又カヽレトモ、又「悦」ト云テ、 　　　　　　　　（六ノ三三）	イトアリカタキ事ナレハ、シタシキウトキ喜ヲ云カヽ、カヽレトモ、又「不悦」ト云テ、
王、この時さとりをひらきて、晋をせめむといふこと、おもひとどまりにけり 　　　　　　　　　（七二三）	王此時サトリヲ開テ、　ヲ責ト云事留給ヌ 　　　　　　　　（六ノ一）	王此時サトリヲ開テ、晋ヲ責ト云事留給ヌ
えびす、懿公を殺して、みなくらひて 　　　　　　　　　（七二四）	ヱヒス懿公ヲコロシテミナク亡テ 　　　　　　　　（六ノ八）	ヱヒス懿公ヲコロシテミナクラヒテ

五　おわりに

　『十訓抄』から『著聞集』へ後期抄入された抄入話について、抄入の方法、抄入者、抄入元となったテクスト及び抄入話の扱いを中心に考察を行った。本稿で述べたことを纏めると、まず抄入の方法においては、例話

の出し方が放漫で、語法と表現に誤謬の多い『十訓抄』の文章を正確か
つ簡潔なものに書き直すために、省略、削除、書き換えなどを周到に施し
たことを、両テクストの対照を通じて明らかにした。

　次に、如上の作業を行ったのは本来の編者ではなく、二人かそれ以上の
人物であるということを確認した。その根拠としては、編者が抄入者でな
い理由に原『著聞集』と抄入話との間に重複する説話があることと、表記法に
食い違いが見られることを挙げた。そして、抄入者を複数の人物と見た理由と
して抄入話の抄入の仕方に二つ以上のパターンがあることを挙げた。

　一方、抄入話と『十訓抄』の現存本とを対照してみた結果、抄入元と
なった『十訓抄』のテクストは現存本の『十訓抄』ではなく、その親本で
ある可能性が高いとの結論を得た。そしてまた、『十訓抄』第二類本の中
では吉田幸一所蔵本の本文が抄入話の本文に最も近いことを明らかにし
た。以上の結果は『著聞集』というテクストの読みの世界を広めるばかり
ではなく、『十訓抄』の伝本研究の一助にもなると考えられる。

結語

　『古今著聞集』の形式と内容の特徴について考察したこれまでの論考は、凡そ次のように纏めることができよう。

　Ｉ部では、『著聞集』の編纂原理や構造、叙述形式を取り上げた。書名の考察から始まり、「著聞」という語が、形式から表現・内容に至るまで、既存の説話集とは一線を画すものを編むべく凝らされた様々な工夫を背景として成立した造語であったこと(第一章第一節)、そして『著聞集』の編纂動機が、すでに失われ、失われつつあった王朝貴族の「公共性」と反「公共性」を集成しようとする、使命感とも言うべきものによって支えられ、推進されたことを確認した(同・第二節)。また、編者については、本文に見られる編者自らの発言や行跡の分析を通して、基本的には「例」志向的な傾向の強い人物であったが、物事を相対化して見ようとする意識を持ち合わせ、そのような精神構造が「古」と「今」、雅と俗といった、対象化された説話世界の構築に繋がったことを論証した(同・第三節)。

　一方、構造と叙述形式については、『著聞集』が完璧とは言えないまでも、ほぼ全篇が編者の世界観に基づいた緻密な構想と内的論理によって、体系的に組織されていること、そしてそのような試みが説話文学においては画期的な出来事であったことを指摘し(第二章第一節)、冒頭形式の類型と特徴の分析を通して、『著聞集』の冒頭形式がそれぞれの話柄に合わせて使い分けられており、読者を多岐に亙る『著聞集』の作品世界へ導くために用意された装置でもあったことを明らかにした(第二章第三節)。

　Ⅱ部では、『著聞集』の説話言説の分析を行った。『著聞集』の説話言説が、「たしかなること」と「うける事」という位相の異なるものから成っていること、編者が、「うける事」を、「たしかなること」の枠組みの中へはめ込み、〈負〉の言説を〈正〉の言説へ置換することによって、説話の歴史化を図ろうとしたことを明らかにし(第三章第一節)、話末評語の分析を通して、編者が王朝文化の「公共性」と反「公共性」の世界に対して冷静かつ観望的な姿勢を堅持していたことを確認した(第三章第二節)。

　各篇の説話世界においては、まず「神祇」と「釈教」篇の場合、神祇は釈教に包摂され、釈教は公事に収斂されていることを確かめ、神祇と釈教が公事の一部と化していることを論証(第四章第一節)し、笑話を取り上げた「興言利口」篇については、説話の叙述及び内容の分析を通して、その笑いの特質を究明すると共に、この篇の文学史における意義を明らかにした(第四章第二節)。

　Ⅲ部の抄入話の研究においては、『十訓抄』よりの抄入話を対象に、抄入の方法、本文について検討を行い、編者と抄入者が別人であること、抄入者が複数の人物であること、そして抄入元となった『十訓抄』のテクストは現存本『十訓抄』のそれではなく、その親本である可能性が高い、との結論を得た。

＊

　以上の結果から、『著聞集』とはどのような説話集だったのかを概括するならば、王朝文化の公共性と反公共性を説話で以て再構築し、それに時間的秩序を賦与することによって、説話の歴史化を図った説話言説であったと纏めることができよう。説話集のうち、王朝文化の公共性を取り上げたものは少なくなく、院政期以降、『古事談』、『続古事談』、『今物語』、『十訓抄』などが立て続けに登場しており、その一方で、『宇治拾遺物語』のような、それを対象化したものも編纂されている。しかし、一つの作品の中に双方の世界を体系的に対比して見せたのは『著聞集』が最初にして最後であった。『今昔物語集』にも同様の現象が見られないのではないが、それは「仏法」と「王法」という枠組みの中の一部としてであり、しかも厳密に言って正負の構造を呈するものでもなかった。世俗説話は、「公事という公共性を知識として記述化・体系化（＝対象化）する行為」から始まり、その対象化へ進んだと言われるが[12]、『著聞集』はまさに世俗説話の発展過程を反復しつつ進化を遂げた、世俗説話集の縮図にして帰着点であったと言える。

　『著聞集』はよく尚古的な作品と言われる。しかし、『著聞集』が志向したのは「古」ではなく、その価値規範であった公共性であり、『著聞集』の中で嘆かれているのは「古」の喪失ではなく、王朝的公共性の廃れであった。ゆえに、一時的な現象ではあったが王朝文化が再び盛り上がりを見せていた後嵯峨院の時代に、『著聞集』の編纂が企画され、完成に至ったことは偶然であり得ず、王朝的公共性のあり方を求め、集成しようとしたのが編纂の動因であったことは行論中に述べた通りである。しかし、それはあくまでもあるべき姿であって、現実のものとなり得なかったことは言うまでもない。『著聞集』に反王朝的公共性の世界が収められるようになったのは、本来志向した世界がすでに影に過ぎないという自覚無しではあり得ぬことで、あるべきものと現実との距離感が、その対象化を可能にしたと見られる。王朝的公共性の世界であれ、その対象化された世界であれ、編者は冷静で観望的な姿勢を堅持していたが、それは編者が両方の世界に対し共通に感ぜずにはいられなかった距離感への編者なりの対応であ

---

12) 前田雅之「説話集に見る中世の濫觴＊〈公〉・〈私〉・〈世俗〉をめぐって」、『日本文学史を読むⅢ中世』所収、有精堂、一九九二年三月。後に、『今昔物語集の世界構想』に転載、笠間書院、平成十一年十月。

り、表現であったと言うことができよう。

　『著聞集』の説話言説の多様性は、編者の人間や世界認識の幅の広さによるものであるが、それが最大限に表出されているのは言うまでもなく「興言利口」篇である。「興言利口」篇に見られる話柄と叙述形式の逸脱性は、『著聞集』の個性ともなっているが、貴賎の人々の姿を俯瞰でも仰視でもない水平アングルで捉え、等身大の人間としてあるがままに描いたことは特記すべきことである。『今昔物語集』にも同質の内容の説話があるが、語りの形式に違いがあり、『宇治拾遺物語』が表現し得なかった領域 ― 性話 ― を取り上げていることで、『著聞集』は『宇治拾遺物語』とも一線を画している。無論、日本の散文文学が物語や説話という古態の様式から抜け出し、内容、表現共々人物を等身大の存在として描けるようになるには近世を待ったなければならなかったが、『著聞集』の「興言利口」篇はその先駆をなすものとして評価できよう。

参考文献及び参考論文

Ⅰ　参考文献

藤岡作太郎『鎌倉室町時代文学史』、大倉書店、大正四年。

野村八良『近古時代説話文学論』、明治書院、昭和十年九月。

益田勝実『説話文学と絵巻』、三一書房、昭和三十五年二月。

西尾光一『中世説話文学論』、塙書房、昭和三十八年三月。

三谷栄一『物語文学史論』新訂版、有精堂、昭和四十年十月。

日本文学研究資料叢書『説話文学』、有精堂、昭和四十七年十一月。

『日本の説話　1』(原点と周辺)、東京美術、昭和四十九年一月。

『日本の説話　2』(古代)、東京美術、昭和四十八年十月。

『日本の説話　3』(中世1)、東京美術、昭和四十八年十一月。

『日本の説話　4』(中世2)、東京美術、昭和四十九年六月。

有吉保　『中世日本文学史』、有斐閣双書、昭和五十三年五月。

　　　　　　　　『日本文学全史　3』(中世)、学灯社、昭和五十三年。

西尾光一『説話文学小考』、教育出版株式会社、一九八五年十月。

小西甚一『日本文芸史』Ⅲ、講談社、一九八六年四月。

『日本文学講座』3(「神話・説話」)、日本文学協会編、大修館書店、一九
　　　　八六年七月。

中村真一郎『色好みの構造』(岩波新書三一九)、岩波書店、一九八五年十一月。

ユルゲン・ハーバーマス『公共性の構造転換 ― 市民社会の一カテゴリについ
　　　　ての探求 ―』、細谷貞雄・山田正行訳、未来社、一九七三年
　　　　六月

ノルネルト・エリアス『宮廷社会』波田節夫外訳、法政大学出版局、一九八
　　　　一年三月。

ロイ・ストロング　『ルネサンスの祝祭 ―王権と芸術―』上下、星和彦訳、平
　　　　凡社、一九八七年五・六月。

説話の講座1『説話とは何か 』、勉誠社、一九九一年五月。

説話の講座2『説話の言説 ― 口承・書承・媒体 ― 』、勉誠社、一九九一年九月。

説話の講座3『説話の場 ― 唱道・注釈 ― 』、勉誠社、一九九三年二月。

説話の講座4『説話の世界Ⅰ ― 古代 ― 』、勉誠社、一九九二年六月。

説話の講座5『説話の世界Ⅱ ― 中世 ― 』、勉誠社、一九九三年四月。

説話の講座6『説話とその周縁 ― 物語・芸能 ― 』、勉誠社、一九九三年三月。

網野善彦外篇『中世の罪と罰』、東京大学出版会、一九八三年十一月。

赤木志津子『平安貴族の生活と文化』、パルトス社、昭和三十九年一月。

『日本絵巻大成8 年中行事絵巻』、中央公論社、昭和五十二年十二月。

山中裕『平安時代の古記録と貴族文化』、思文閣出版、昭和六十三年五月。

山中裕・鈴木一雄編『平安貴族の環境』、至文堂、平成三年十一月。

山中裕・鈴木一雄編『平安時代の儀礼と歳事』、至文堂、平成六年二月。

『舞楽図説』、故実叢書編集部、明治図書出版株式会社、一九九三年六月。

『江家次第』(『神道大系』朝儀祭祀編四)、神道大系編纂会、平成三年三月。

『北山抄』(『神道大系』朝儀祭祀編三)、神道大系編纂会、平成四年六月。

逵日出典『神仏習合』、臨川書店、一九八六年八月。

高取正男『神道の成立』、平凡社、一九九三年六月。

安蘇谷正彦『神道とはなにか』、ぺりかん社、一九九四年四月。

大隅和雄『日本史のエクリチュール』、弘文堂、昭和六十二年六月。

竜福義友『日記の思想 ― 日本中世思考史への序章 ― 』、平凡社、一九九五年十一月。

黒田俊雄『日本中世の国家と宗教』、岩波書店、昭和五十年七月。

黒田俊雄『日本中世の社会と宗教』、岩波書店、一九九〇年十月。

佐藤弘夫『神・仏・王権の中世』、法蔵館、一九九八年二月。

山本ひろ子『異神』、平凡社、一九九八年三月。

山本ひろ子『中世神話』、岩波新書、一九九八年十二月。

『説話論集』第一集　説話と説話文学会篇、清文堂、一九九一年五月。

『説話論集』第二集　説話と説話文学会篇、清文堂、一九九二年四月。

『説話論集』第三集　説話と説話文学会篇、清文堂、一九九三年五月。

『説話論集』第四集　説話と説話文学会篇、清文堂、一九九五年一月。
『説話論集』第五集　説話と説話文学会篇、清文堂、一九九六年八月。
『説話論集』第六集　説話と説話文学会篇、清文堂、一九九七年四月。
『説話論集』第七集　説話と説話文学会篇、清文堂、一九九七年十月。
『説話論集』第八集　説話と説話文学会篇、清文堂、一九九八年八月。
『説話論集』第九集　説話と説話文学会篇、清文堂、一九九九年八月。
坂井衡平『今昔物語の新研究』、誠之堂、大正十二年。
片寄正義『今昔物語集論』、三省堂、昭和十八年二月。
片寄正義『今昔物語集の研究』上、三省堂、昭和十八年十二月。
『今昔物語集』、日本文学研究資料叢書、有精堂、昭和四十五年三月。
国東文麿『今昔物語集成立考』〔増補版〕、早稲田大学出版、昭和五十三
　　　　年五月。
坂口勉『今昔物語集の世界』、教育社、一九八〇年二月。
池上洵一『今昔物語集の世界 ― 中世のあけぼの』、筑摩書房、一九八三年
　　　　八月。
小林智昭　日本古典文学全集『宇治拾遺物語』の解説、小学館、一九八五年
　　　　五月。
小峯和明『今昔物語集の形成と構造』、笠間書院、昭和六十年十一月。
日本文学研究大成『今昔物語集』池上洵一篇、国書刊行会、平成二年十一月。
伊東玉美『院政期説話集の研究』、武蔵野書院、一九九六年四月。
前田雅之『今昔物語集の世界構想』、笠間書院、一九九九年十月。
河村全二『十訓抄全注釈』、新典社、平成六年五月。

II　参考論文

1『古今著聞集』一般

野村八良「古今著聞集」（『増補鎌倉時代文学新論』所収）、明治書院、大
　　　　正十一年十二月。
尾上八郎「古今著聞集」（『校註　日本文学大系』第十巻の解題）、国文図

書、大正十五年九月。

大森志朗「古今著聞集考」（日本古典全集『古今著聞集』下の解説）、日本古典全書刊行会、昭和五年四月。

永積安明「『古今著聞集』の本文批評」、『研究』第三十五号、昭和九年七・九月。

永積安明『古今著聞集伝本考』（上）・（下）、『国語と国文学』、昭和九年七・九月。

遠藤元男「古今著聞集について(上)」、『古典研究』第六巻第一号、昭和十六年一月。

高須芳次郎「思想上から見た『古今著聞集』」、『古典研究』第六巻第八号、昭和十六年八月。

藤崎俊茂「古今著聞集の思想構造(一)」、『古典研究』第六巻第八号、昭和十六年八月。

永積安明　日本古典文学大系『古今著聞集』の解説、岩波書店、一九六六年三月。

大森志郎「古今著聞集の世界」（『日本の説話』4　中世Ⅱ所収）、東京美術、昭和四十九年六月。

志村有弘「「古今著聞集」研究序説」、（『中世説話文学研究序説』所収）、桜楓社、昭和四十九年十一月。

中島悦次　角川文庫版『古今著聞集』上の解説、昭和五十年八月。

福田益和「古今著聞集の表現に関する一考察　—　今昔物語集・宇治拾遺物語との比較を通して—　」、『語文研究』第三十九・四十号、昭和五十年八月。

福田益和「古今著聞集研究序説」、『長崎大学教養部紀要［人文科学篇］』第十六巻、昭和五十年十二月。

下西善三郎「『古今著聞集』巻第四文学第五について」、『金沢大学　語学・文学研究』第八号、昭和五十三年一月。

福田益和「古今著聞集の研究」、『長崎大学教養学部紀要［人文科学篇］』第十一巻第二号、一九八一年一月。

出雲路修「《古今著聞集》の世界」、『国語国文』第四十八巻五号、一九七九年五月。後に『説話集の世界』（岩波書店、一九八八年九月

に転載)

志村有弘「「古今著聞集」の系譜」（『説話文学の構想と伝承』所収）、明治
　　　書院、昭和五十七年五月。

西尾光一　日本古典文学全集『古今著聞集』上・下の解説、昭和五十八年六
　　　月、六十一年十二月。

荒木浩「説話の形態と出典注記の問題　―『古今著聞集』序文の解釈から―　」、
　　　『国語国文』第五十三巻　第十二号、昭和五十九年十二月。

市古貞次「古今著聞集の二面性」（『中世文学点描』所収）、桜楓社、昭和
　　　六十年四月。

山岡敬和「古今著聞集における橘成季の方法　―　彼の言葉を手がかりにして
　　　―　」、『国学院雑誌』、平成元年十二月。

山岡敬和「古今著聞集」（説話の講座5『説話集の世界　―　中世　―　』所
　　　収）、勉誠社、平成五年四月。

前田雅之「非在と現前の迫で　―　古今著聞集における京　―　」、『日本文
　　　学』、一九九三年七月。

志村有弘「『古今著聞集』覚書　―　武士説話と芸道説話　―　」、『相模国
　　　文』第二十号、平成五年三月。

岡田百合子「『古今著聞集』における和歌説話の考察」、『文学論藻』第六
　　　十九号、平成七年二月。

岡田百合子「『古今著聞集』における和歌説話の考察」、『文学論藻』第七
　　　十号、平成八年三月。

永吉恭子「『古今著聞集』―　巻第十二偸盗第十九の研究　―　」、『愛文』
　　　第三十一号、一九九六年三月。

2　説話一般

森正人「歴史叙述としての説話」、『伝承文学研究』第二十七号、昭和五十
　　　七年七月。

網野善彦「博奕」（『中世の罪と罰』所収）、網野善彦外篇、東京大学校出版
　　　会、一九八三年十一月。

大隅和雄「歴史的世界の成立」（『日本の社会史　第七巻　社会観と世界像』

所収)、岩波書店、一九八七年七月。

玉井力「「院政」支配と貴族官人層」（『日本の社会史　第三巻　権威と支
　　　　配』所収）、岩波書店、一九八七年九月。

伊東玉美「歴史叙述しての説話集　―　故実と歴史叙述のメカニズム　―　」
　　　　（『王朝歴史物語の世界』所収）、山中裕編、吉川弘文館、一九九
　　　　一年六月。

前田雅之「説話の構造」、『国文学解釈と鑑賞』、平成三年十月。

筧雅博「公家政権と京都」（『岩波講座　日本通史　第八巻　中世2』所収）岩
　　　　波書店一九九四年三月。

細川涼一「中世の遊び」（『岩波講座　日本通史　第九巻　中世3』所収）、岩
　　　　波書店、一九九四年十月。

久保田淳「中世文学史」（『岩波講座　日本文学史　第五巻　十三・十四世紀
　　　　の文学』所収）、一九九五年十一月。

荒木浩「説話文学と説話の時代」（『岩波講座　日本文学史　第五巻　十三・
　　　　十四世紀の文学』所収）、一九九五年十一月。

佐伯真一「動乱期の記録と文学」（『岩波講座　日本文学史　第四巻　変革期
　　　　の文学1』所収）、一九九六年三月

田村憲治「公家日記の説話的世界　―　『台記を通して』　―　」、『国語と
　　　　国文学』、平成八年十一月。

上岡勇司・菅原利晃「『十訓抄』の研究状況と参考文献目録　―　付『寝覚
　　　　記』参考文献目録　―　」、『北海道教育大学紀要(第1部A)』第
　　　　四十四巻、平成六年三月。

3　〔Ⅰ部〕

（第一章）

福田益和「「古今著聞集」小考　―　名義をめぐって　―　」、『語文研究』
　　　　第三七号、昭和四十九年八月。

浅見和彦「古へと今の世　―『十訓抄』と後嵯峨院時代」、『国文学』、一

九九五年十月。

野村八良「世相と人心」（『近古文学史論』所収）、明治書院、昭和二十七年十月。

斉藤隆三「古今著聞集と当時の世相」、『古典研究』第六巻第一号、昭和十六年一月。

藤崎俊成「『古今著聞集』と時代性」、『古典研究』第六巻第一号、昭和十六年一月。

山岡俊明『類聚名物考』（井上頼国・近藤瓶城校訂）、明治三十六～八年。

篠原昭二『日本古典文学大辞典』の「江談抄」項目、岩波書店、一九八三年十月。

中島悦次「宇治拾遺物語と古今著聞集との性格」、『解釈と鑑賞』、昭和十六年二月。

中島悦次『打聞集』、白帝社、昭和三十六年十月。

神谷敏夫「古今著聞集に現れたる橘成季の思想」、『国学』創刊号、昭和九年十二月。

峰岸明「『古今著聞集』文体について」、『説話文学研究』第五号、昭和四十六年三月。

五味文彦「『古今著聞集』と橘成季(上)(下)」、『古代文化』、一九八五年十一月、八六年一月。

五味文彦「王朝の物語」（『武士と文士の中世史』所収、東京大学出版会、一九九二年十月）

篭谷真智子「『古今著聞集』の作者考」、『史窓』、第三十七号、一九八〇年三月。

宮田和美「橘成季の周辺」、『国学院雑誌』、一九八六年一月。

竜福義友「転換期の貴族意識」（『岩波講座　日本通史　第七巻　中世1』所収）、岩波書店、一九九三年十一月。

藤崎俊成「『古今著聞集』と時代性」、『古典研究』第六巻第一号、昭和十六年一月。

野村八良「古今著聞集概説」、『古典研究』第六巻第八号、昭和十六年八月。

藤崎俊茂「古今著聞集の思想構造(一)」、『古典研究』第六巻第八号、昭和十六年八月。

篭谷真智子「『古今著聞集』の作者考」、『史窓』第三十七号、一九八〇
　　　　　年三月。
土谷恵「中世初期の仁和寺御室 ―『古今著聞集』の説話を中心に ― 」、
　　　　　『日本歴史』、一九八五年十二月。
小泉恵子「『古今著聞集』成立の周辺」、『日本歴史』、一九八八年七月。
竜福義友「『玉葉』の源頼朝観」、『文学』、一九九一年春号。
小林保治「編者橘成季の周辺 ― 藤原孝道・孝時父子のこと ― 」（『説話
　　　　　集の方法』所収）、笠間書院、平成四年二月。
松本麻子「九条家をめぐる二人の成季 ―『古今著聞集』の作者について― 」、
　　　　　『青山語文』、一九九六年三月。

（第二章）

小西甚一『日本文芸史』Ⅲ、講談社、一九八六年四月。
志村有弘「『古今著聞集』管見」、立教大学『日本文学』第十三号、昭和
　　　　　三十九年十一月。
竹居明男「『古今著聞集』史実年表(稿)」、『国書逸文研究』第二十四
　　　　　号、平成三年十月。
坂口勉「今昔説話の舞台」（『今昔物語集の世界』所収）、教育社、一九八〇
　　　　　年二月。
中野猛「宇治拾遺物語の舞台について」、『説話』四、昭和四十七年十二月。
志村有弘「『古今著聞集』の説話配列方式」、立教大学『日本文学』第十
　　　　　五号、昭和四十年十一月。
出雲路修「《古今著聞集》の編纂」（『説話集の世界』所収）、岩波書店、一
　　　　　九八八年九月。
呉讃旭「『古今著聞集』の構成」、『都大論究』第二十六号、一九八九年
　　　　　三月。
坂口勉「今昔説話の登場人物」（『今昔物語集の世界』所収）、教育社、一九
　　　　　八〇年二月。
野村卓美「『発心集』の時代意識」、『国語と国文学』、昭和五十九年十
　　　　　二月。

三谷栄一「物語の冒頭表現の推移とその方法　―　後期物語文学論序説(上)
　　　　　―　」、『国学院雑誌』、昭和六十三年、九月。

福田晃「日本昔話の成立　―　叙述形式「ムカシ」の生成をめぐって　―　」
　　　　　（『日本昔話研究集成』一所収）、名著出版、一九八五年六
　　　　　月。

西郷信綱「神話と昔話」（『日本昔話研究集成』一所収）、名著出版、一九
　　　　　八五年六月。

和田英松「今昔物語集」、『国学院雑誌』十巻二・三・五号、明治三十
　　　　　七。

馬淵和夫「説話文学を研究する人のために」、『解釈と鑑賞』、昭和三十三
　　　　　年十一月。

春日和夫「今昔考　―　説話の時制と文体　―　」、『国語国文』、昭和四十
　　　　　一年七月。

小峰和明「今昔物語の〈今昔〉　―　語りと時間意識　―　」、『国文学研
　　　　　究』八〇集、一九八三年六月。

三谷栄一「物語の源流　―　「むかし」の意義」（『物語义学史論』所収）、有
　　　　　精堂、昭和二十七年五月。

山田直巳「物語に於ける認識の問題　―　「今は昔」について　―　」、『王朝
　　　　　文学史稿』第六号、昭和五十三年五月。

徳田和夫『お伽草子研究』、三弥井書店、昭和六十三年十二月。

高橋享「モノガタリ言語序説」、『名古屋大学教養部紀要号A21』、一九七
　　　　　七年三月。後に『物語文芸の表現史』に転載、名古屋大学出版
　　　　　部、一九八七年十一月。

藤井貞和「説話と物語」、『解釈と鑑賞』、一九八一年八月。後に『物語文
　　　　　学成立史』に転載、東京大学出版会、一九八七年十二月。

小峯和明「物語観との関連　―　物語史へ　―　」（『今昔物語集の形成と構
　　　　　造』所収）、笠間書院、一九八五年十一月。

塚原鉄雄「文章の構造と主体の視点　―　伝承における過去と現在　―　」、一
　　　　　九六七年十一月五日、国語学会秋季大会での発表。後に『王
　　　　　朝』第五冊に所収。

小峯和明　「今昔物語集の〈今昔〉　―　語りと時間認識　―　」、『国文学研

究」八十集、一九八三年六月。後に『今昔物語集の形成と構
造』に「語りと時間意識」という題で転載、笠間書院、一九八
五年十一月。
三木紀人『研究資料日本古典文学』③『説話文学』の「今は昔」項目、明治
書院、一九八四年一月。
三谷邦明「古代叙事文芸の時間と表現 ─ 源氏物語に於ける時間意識の構
造 (上)・(下) ─ 」、『文学』、一九七四年一・二月。後に
『物語文学の方法』Ⅰに転載、有精堂、一九八九年。
黒田日出男「お伽草子の絵画コード論 ─ 挿絵の世界をも読むために ─ 」
(『お伽草子』所収)、ぺりかん社、一九九〇年十一月。

〔Ⅱ部〕

(第三章)

田村憲治「公家日記の説話的世界 ─ 『台記』を通して ─ 」、『国語と
国文学』、平成八年十一月。
小峯和明「実語と妄語の〈説話〉史」(『日本文学史を読むⅡ古代後期』所
収、有精堂、一九九一年五月)
西尾光一「中世説話文学の形態と方法(一)」(『中世説話文学論』所収)、塙
書房、昭和三十八年三月。
柴田芳成「『今物語』の「ふしぎ説話群」」、『国語国文』、平成十一年二月。

(第四章)

小峰和明「説話という表現」(『時代別日本文学史事典 中世編』所収)、有
精堂、一九八九年十月。
古典文庫本『古事談』下 小林保治校注、現代思潮社、一九八一年一二月。
阪口玄草「近古時代の説話集と仏教」、『国語と国文学』第十八巻第十
号、昭和十六年八月。
高須芳次郎「思想上から見た『古今著聞集』」、『古典研究』第六巻第八

号、昭和十六年八月。

大隅和雄「中世神道論の思想史的位置」（岩波思想大系『中世神道論』所収）、岩波書店、一九七七年五月。

山本ひろ子「中世神話」、『時代別日本文学史事典』中世編、有精堂、一九八九年八月。

岡田荘司「吉田卜部氏の発展」（『神道史論叢』所収）、国書刊行会、昭和五十九年五月。

小川豊生「中世日本紀の胎動 ― 生成の〈場〉をめぐって ― 」、『日本文学』、一九九三年三月。

小峯和明「神祇信仰と中世文学」（岩波講座『日本文学史 第五巻 十三 ・ 十四世紀の文学』所収）、岩波書店、一九九五年十一月）

金沢英之「中世におけるアマテラス ― 世界観の組みかえと神話の変容 ― 」、『国語国文』、平成十年五月。

伊藤聡「中世神話の展開 ― 中世後期の第六天魔王譚を巡って ― 」、『国文学 解釈と鑑賞』、一九九八年十二月。

高橋美由「伊勢神宮の成立とその時代」（『日本精神史』所収）、ぺりかん社、一九八八年。

小峰和明紀「神祇思想と中世文学」（『岩波講座 日本文学史 第五巻 十三・十四世紀の文学』所収）、一九九五年 十一月。

平雅行「鎌倉仏教論」（『岩波講座 日本通史 中世2』所収）、岩波書店、一九九四年三月。

御巫清勇「著聞集神祇篇について」、『古典研究』第六巻第八号、昭和十六年八月。

小林保治「中世前期説話集の流れ」（『説話集の方法』所収）、笠間書院、平成四年二月。

小林保治「『古今著聞集』の方法 ― 〈巻第十二、偸盗第十九〉の場合 ― 」（『論纂 説話と説話文学』所収）、笠間書院、昭和五十四年六月。

小林保治「『古今著聞集』の方法 ― 〈巻第十五、宿執第二十三〉の窓から ― 」（『中世説話とその周辺』所収）、明治書院、昭和六十二年十二月。

宮崎晴美「古今著聞集の色と味」、『古典研究』第六巻第一号、昭和十六年一月。

塚崎進「古今著聞集の笑い」、『国文学 解釈と鑑賞』、昭和四十年二月。

益田勝実「中世的風刺家のおもかげ ― 『宇治拾遺物語』の作者 ― 」、
　　　　『文学』、一九六六年十二月。

織田正吉『日本のユーモア2 古典・説話篇』、筑摩書房、一九八七年六月。

長野嘗一「説話文学における笑い」（『説話文学論考』所収）、笠間書院、昭
　　　　和五十五年。

大谷伊都子「笑話の分析―『古今著聞集』巻十六「興言利口」について ― 」
　　　　　（『宮地裕・敦子先生古希記念論集 日本語の研究』所収）、明
　　　　　治書院、平成七年十一月。

河音能平「鎌倉前期河内鋳物師の一風貌 ―『古今著聞集』の一説話 ― 」
　　　　（『中世封建社会の首都と農村』所収)、東京大学出版会、一九
　　　　八四年三月。

前田雅之「説話集に見る中世の濫觴＊〈公〉・〈私〉・〈世俗〉をめぐっ
　　　　て」（『日本文学史を読む Ⅲ中世』所収)、有精堂、一九九二
　　　　年三月。後に『今昔物語集の世界構想』に転載、笠間書院、
　　　　平成十一年十月。

久保田淳「『宇治拾遺物語』の「都」」、『説話文学研究』第十二号、一九
　　　　七七年六月。

〔Ⅲ部〕

（第五章）

中島悦次「『古今著聞集』の増補と十訓抄」、『国学院雑誌』、昭和三十
　　　　三年十・十一月。

泉基博「古今著聞集に取り入れられた十訓抄の本文について」、『武庫川国
　　　　文』第四号、昭和四十七年三月。

泉基博『御所本十訓抄』下の解説、笠間影印叢書七十九、笠間書院、昭和
　　　　五十八年四月。

泉基博「『十訓抄』における平仮名諸本の本文系統について」『甲南国文』

　　　第四十二号　一九九五年三月。
泉基博「『十訓抄』における片仮名本と平仮名本の関係について」、『甲南
　　　女子大学研究紀要』、平成七年年三月。
泉基博「『十訓抄』の本文研究上の問題について ― 平仮名諸本の分類上の
　　　問題 ― 」、『国語国文』、平成八年四月。
呉讃旭「古今著聞集の抄入話と十訓抄 ― 抄入者と抄入元の本文をめぐって ― 」、
　　　『芸体能論集』第6輯、明知大学校(韓国)、一九九六年三月。
呉讃旭「古今著聞集の抄入話研究」、『日本学報』第三六輯、韓国日本学
　　　会、一九九六年五月。

『古今著聞集』 研究

著 者

吳 讚 旭

· 日本中世文学 専攻
· 韓国外国語大学 日本語科 卒業
· 東京都立大学 大学院 修士課程 修了
· 東京都立大学 大学院 博士課程 修了 (文学博士)
· 現在 明知大学校 人文大学 日語日文科 教授

【最近主要論文】

『古今著聞集』의 説話言説考(2001년)
『十訓抄』의 説話言説考(2003년)
일본중세문학에 나타난 충(忠) - 『古今著聞集』를 중심으로 -(2004년)

(e-mail: cwoh@mju.ac.kr)

· 저자와의 협의 하에 인지는 생략합니다.

初版印刷 2005年 8月 12日 | 初版發行 2005年 8月 27日

著 者   吳讚旭
發行處   (株) J&C
登 錄   第7-270號

132-031 서울市 道峰區 雙門洞 358-4 晟周 B/D 6F
TEL (02)992-3224(代)   FAX (02)991-1285
e-mail: jncbook@hanmail.net | www.jncbook.co.kr

· 저자 및 출판사의 허락없이 이 책의 일부 또는 전부를 무단복제·전재·발췌할 수 없습니다.
· 잘못된 책은 바꿔 드립니다.

ISBN 89-5668-248-8 93830   정가16,000원